Die verlorenen Seelen vom Bodensee

Titel:	Die verlorenen Seelen vom Bodensee
Untertitel:	Ein Fall für Karl Grimm
Autor:	Gerd Stiefel
Herstellung:	verlag regionalkultur
Satz und Lektorat:	Melina Lamadé, vr
Umschlaggestaltung:	Melina Lamadé, vr
Endkorrektorat:	Michelle Weber, vr

ISBN 978-3-95505-428-1

Bibliografische Information der Deutschen Nationalbibliothek:
Die Deutsche Nationalbibliothek verzeichnet diese Publikation in der Deutschen Nationalbibliografie; detaillierte bibliografische Daten sind im Internet über http://dnb.dnb.de abrufbar.

Diese Publikation ist entsprechend den Frankfurter Forderungen auf alterungsbeständigem und säurefreiem Papier (TCF nach ISO 9706) gedruckt.

verlag regionalkultur
Ubstadt-Weiher • Heidelberg • Stuttgart • Speyer • Basel

Verlag Regionalkultur GmbH & Co. KG
Bahnhofstraße 2 • 76698 Ubstadt-Weiher
Tel. 07251 36703-0 • *Fax* 07251 36703-29
E-Mail kontakt@verlag-regionalkultur.de
Internet www.verlag-regionalkultur.de

Die verlorenen Seelen vom Bodensee

Ein Fall für Karl Grimm

Ein Kriminalroman

von

Gerd Stiefel

verlag regionalkultur

Du kannst alles tun im Leben.

Aber alles hat Konsequenzen.

Karl Grimm

Karl Grimm war heute Morgen früh wach geworden, hatte beim Bäcker schon frische Brezeln und Brötchen geholt und freute sich auf ein entspanntes und schönes Frühstück mit seiner Familie. Im Hause Grimm und auch bei der Kriminalpolizei in Konstanz hatte sich einiges verändert. Maria, seine Frau, hatte einen Ruf der Universität Konstanz erhalten und arbeitete mit halbem Deputat als Professorin in der Juristischen Fakultät. Sie war endlich in Konstanz angekommen und rundum zufrieden. Die Uni in Konstanz lag auf dem Gießberg, hatte einen exzellenten Ruf und war im wahrsten Sinne des Wortes gerade mal einen Steinwurf vom Reihenhäuschen der Familie Grimm entfernt. Natürlich musste Karl im Job jetzt etwas kürzertreten und die Familie mit betreuen, aber das war es mehr als wert, denn seine Frau war wieder ein ganz neuer Mensch.

Für Karl Grimm bedeutete die zu Beginn des Jahres 2014 umgesetzte Reform der Polizei karriereorientiert zunächst Stillstand. Konstanz wurde von einer Direktion zum Polizeipräsidium aufgewertet, aber die Kriminalpolizeidirektion und damit natürlich auch die Führung der Kriminalpolizei waren über den Bodensee nach Friedrichshafen gewandert. Der neue Kripochef, ein Leitender Kriminaldirektor aus Tübingen, hatte Karl angeboten nach Friedrichshafen zu kommen und dort für ihn als sein Stellvertreter den Führungsstab zu leiten. Obwohl es eine Direktorenstelle und Karl bisher noch Kriminaloberrat war, hatte er abgelehnt. Er wollte die zwischenzeitlich entspannte Atmosphäre in seiner Familie nicht durch weite Wege und noch längere Dienstzeiten gefährden. Sein neuer Job war die Leitung des Kriminalkommissariats in Konstanz. Diese Aufgabe war natürlich nicht vergleichbar mit der, die er zuvor innehatte. Das Kriminalkommissariat verfügte in etwa über so viel Personal, wie die Kriminalpolizei-

Außenstelle Singen, die Karl vor der Reform zusätzlich unterstellt war. Trotz politischer Intervention war diese aber aufgelöst und viele Aufgaben und vor allem das Personal nach Konstanz verlagert worden. Für Karl war klar, dass er mit seiner Absage an seinen neuen Chef in Friedrichshafen nicht gepunktet hatte. Damit hatte er sich erst einmal aufs Abstellgleis gestellt. Aber seine Frau war glücklich, seine drei Kinder hatten Wurzeln geschlagen, neue Freunde gefunden und fühlten sich am See zuhause. Was wollte er denn mehr?

„Guten Morgen, meine Lieben. Aufstehen! Oder wollt ihr etwa den ganzen Tag verschlafen?“ Karl hatte sich zwischenzeitlich in das Obergeschoss geschlichen, wo alle in ihren Zimmern noch schliefen. „Och Papa, es ist Sonntag, lass uns doch einfach mal ausschlafen!“, meckerte es aus dem Zimmer der Jungs. Maria war wach und kam ihm im Morgenmantel lächelnd entgegen. „Na, da wirst du nicht gleich Freude ernten. Geh runter, mein Schatz. Ich regle das mit den Kindern.“ Fünf Minuten später saß die Familie am Tisch und alle waren erstaunlich gut gelaunt. Es war ein wunderschöner Sommersonntagmorgen. Karl hatte den Frühstückstisch auf die Terrasse verlegt. „Was sollen wir heute schönes unternehmen?“, fragte Karl in die Runde hinein. „Ins Strandbad, ins Strandbad“, war die einhellige Antwort seiner beiden Jungs und die große Schwester Anna nickte zustimmend. Karl wartete noch die Reaktion von Maria ab, von der er aber kein Nein erwartete. Wenn die Kinder sich so einig waren, warum denn nicht? „Ich packe nachher gleich die Strandsachen ein. Ihr Kinder kümmert euch um eure Badesachen und bringt sie dann zu mir. Karl, kannst du noch ein paar Getränke aus dem Keller holen? Und bring doch bitte gleich die Kühltasche mit. Dann können wir schon bald los“, antwortete Maria. „Bombe, Bombe. Das wird ein Supertag!“, freuten sich die beiden Jungs und rauschten in ihr gemeinsames Zimmer ab.

Die Grimms schnappten sich ihre Fahrräder und fuhren den kurzen Weg hinunter an den See zum Strandbad. Die Idee, ins Strandbad zu gehen, hatten offensichtlich auch andere Familien gehabt. Doch die Liegewiese im Bad war groß genug und es gelang Karl noch einen schönen freien Platz unter einem Baum, der im Laufe des Tages immer wieder Schatten spendete, zu ergattern. Das war's. So oder so ähnlich stellten sich die Grimms einen schönen Sonntag vor. Kaum hatten sie sich am Platz eingerichtet, waren alle drei Kinder weg. Maria und Karl räkelten sich in der wärmenden Sonne und genossen den Moment in vollen Zügen. Vom Strandbad hatte man einen herrlichen Blick auf die Insel Mainau und Unteruhldingen auf der gegenüberliegenden Seeseite. Es gab alles, was man sich in einem solchen Strandbad wünschen würde: ein Beachvolleyballfeld, einen Kiosk für Essen und Getränke und ein Kinderplanschbecken. Dafür waren aber die Grimm'schen Kinder schon zu groß. Als Karl seinen Blick schweifen ließ, entdeckte er Anna und die Jungs beim Beachvolleyballfeld, wo sie mit Anderen Volleyball spielten. „Hättest du gedacht, dass wir einmal so herrliche Kinder haben und eigentlich schon zu Lebzeiten im Paradies leben dürfen?" Karl hatte seine Maria in den Arm genommen und beide schauten miteinander auf den See. „Das habe ich von Anfang an so geplant", scherzte Maria und rückte mit ihrem Körper an Karls Seite. „Das ist schön, mein Schatz. Ich glaube, wir haben unsere Krise überwunden und sind wieder richtig gut auf Kurs. Was meinst du, Maria?" „Das haben wir. Unsere Liebe ist stark und stark genug auch noch den einen oder anderen Mount Everest miteinander zu besteigen. Ich bin sehr glücklich, dass du wegen der Kinder, mir und der Stelle an der Uni in Konstanz auf die Führungsposition in Friedrichshafen verzichtet hast. Aber die Zeiten ändern sich wieder und die Polizei wahrscheinlich auch", antwortete

Maria. „Da hast du sicher Recht. Gerade habe ich aber einen Haufen frustrierter Kolleginnen und Kollegen in Konstanz zu führen, die gar nicht so recht kapieren, was da passiert ist. Der Chef aus Friedrichshafen führt sich in einer Art und Weise auf, wie ich es selbst in Stuttgart nicht erlebt hatte und die Südbadener können mit dem autoritären Gehabe überhaupt nichts anfangen", erläuterte Karl seiner Frau die Stimmung in seinem Kommissariat. „Aber jetzt lass uns nicht mehr vom Dienst oder der Uni sprechen, sondern genießen wir den Tag", fuhr Karl fort, als sein Mobiltelefon klingelte. An der Nummer erkannte Karl Grimm sofort, dass ihn der Polizeiführer vom Dienst (PvD) aus dem Lagezentrum anrief. Ein Umstand, der mit der neu strukturierten Polizei jetzt eher ungewöhnlich war. „Karl Grimm hier. Was gibt es?", meldete sich Grimm kurz und knapp. „Ja, es tut mir leid, dass ich Sie am Sonntag störe. Der Kripochef aus Friedrichshafen hat mich gebeten, dass ich Sie von einem Fall unterrichte, der vor zwei Stunden angelaufen ist und er wünscht, dass Sie nach Möglichkeit den Tatort oder besser das Boot persönlich in Augenschein nehmen. Ach ja und dann möchte er gerne von Ihnen über die Lage unterrichtet werden", brachte der PvD sein Anliegen auf den Punkt. „Ja und was ist denn nun passiert und wird hierfür nicht der Kriminaldauerdienst (KDD) eingesetzt?", wollte Grimm vom PvD wissen. „Ja, das ist ja das Problem. Der Kriminaldauerdienst ist bei zwei Leichen. Eine in Ravensburg und eine in Leutkirch. Bis die wieder frei sind kann es noch einige Zeit dauern und deshalb hat der Leitende Kriminaldirektor Bär entschieden, dass der Kommissariatsleiter aus Konstanz zu verständigen sei." „Und was ist denn nun passiert?", hakte Grimm nochmal nach. „Ach so. Ja, klar. Die Wasserschutzpolizei hat heute Morgen bei einer Streifenfahrt auf dem Überlinger See in etwa auf Höhe des Teufelstisches bei Konstanz-Wallhausen eine Badegondel entdeckt. Darin liegen eine tote Frau und ein Säugling. Vielmehr habe ich nicht. Aber noch so viel:

Die Wasserschutzpolizei hat das Boot gesichert und ankert jetzt in etwa dort, wo sie das Boot entdeckt haben", fasste der PvD die für ihn wesentlichsten Informationen zusammen. „Gut, Herr Kollege, ich bin gerade mit meiner Familie im Strandbad in Litzelstetten. Ich werde also schon ein wenig brauchen, bis ich auf der Dienststelle und dann am vermeintlichen Tatort bin. Haben Sie denn schon die Kriminaltechnik verständigt und wer kommt außer mir noch zum Tatort?", wollte Grimm noch wissen. „Ach, das entscheiden Sie jetzt. Wenn ich gleich jemand verständigen soll, dann mache ich das. Aber der Kripochef meinte, Sie sollen sich das erst einmal anschauen. Vielleicht ist es ja auch ein natürlicher Tod oder Suizid?", antwortete der PvD. „Aber wenn Sie in Litzelstetten im Strandbad sind, schicke ich ein kleines Boot der Wasserschutzpolizei zu Ihnen. Der Tatort ist ja gleich ums Eck." „Gut, dann schicken Sie mir das Boot. Sagen Sie aber den Kollegen, dass ich sie in legerer Freizeitkleidung erwarte und natürlich keine Waffe und nichts bei mir habe. Das heißt, ich kann mir das nur kurz anschauen und wenn weitere Maßnahmen zu treffen wären, müssten sie mich zurück ins Strandbad oder in mein Haus nach Litzelstetten bringen. Sie können aber schon einen Kriminaltechniker, besser zwei, auf den Weg schicken. Die brauchen wir in jedem Fall", fasste Grimm die von ihm gewünschte Vorgehensweise zusammen. „Vielen Dank, Herr Grimm. Das Boot ist in 10 Minuten da und bringt Sie zum Teufelstisch. Das Boot bleibt bei Ihnen und bringt Sie nachher auch wieder zurück. Soll ich Kollegen vom Kommissariat Konstanz anrufen oder was meinen Sie?", hakte der PvD nach. „Na, ich dachte, dass die Kollegen/innen von der Kriminalinspektion 8 aus Friedrichshafen hier helfen sollten. Aber lassen Sie mal. Ich schaue mir das jetzt erst einmal an", beendete Karl Grimm das Telefonat mit dem PvD. Karl war klar, dass die Kriminaltechniker aus Friedrichshafen frühestens zwei Stunden nach Alarmierung da waren. Und vielleicht war der Fall auch einfach gelagert und ohne Techniker zu lösen, was Karl aber eher nicht erwartete. Er drehte sich zu seiner Maria um. „Hab soweit mitgehört, Karl. Geh ruhig. Das ist doch okay und vielleicht kannst du nachher wieder hierherkommen. Immerhin darfst du jetzt noch Boot fahren. Deine Jungs und bestimmt auch Anna werden ganz schön Augen machen, wenn du mit dem Polizeiboot wegfährst", scherzte Maria. Karl war schon aufgestanden, zog sich seine Shorts, ein T-Shirt und Sandalen an, verabschiedete sich kurz und ging zum Strand. Karls Erfahrungen mit den Polizeibooten beschränkten sich bisher auf das in Konstanz liegende schwere Polizeiboot. Heute hatten die Wasserschutzpolizeikollegen aber ein gummiertes, leichtes Boot mit dabei. Wahrscheinlich um besser anlanden zu können. Es war mit zwei Außenbordern ausgestattet und kaum saß Karl im Boot, flitzte das Boot gefühlt weit über den am See erlaubten 40 km/h hinüber nach Wallhausen und dem nördlich davon liegenden Teufelstisch. Karl hatte vom Teufelstisch schon gehört. Die Besonderheit dieser im Wasser aufrechtstehenden Felsnadel lag darin, dass das Plateau, also der Tisch, bei Niedrigwasser gut gesehen werden konnte und ganz selten sogar über der Wasseroberfläche lag. Der Teufelstisch lag knapp 50 Meter vom Bodenseeufer entfernt und auf der Seeseite ging es am Tisch mehr als 90 Meter in die Tiefe. Ein Paradies für Taucher, was aber aufgrund der vielen Todesfälle seit mehreren Jahren verboten war. „Vielen Dank, Kollegen, dass Sie mich zum Tatort bringen. Das wäre sonst wahrscheinlich schwierig geworden. Ich bin gespannt, was mich erwartet", konversierte Karl Grimm ein wenig. Die beiden jungen Kollegen der Wapo erwiderten entspannt: „Ist doch klar, Herr Grimm. So wie wir das mitbekommen haben, liegen in dem Boot zwei Leichen. Eine Frau und ein Baby. Möglicherweise liegt ein Verbrechen vor und für Verbrechensbekämpfung, auch auf dem See, ist nun mal die Kriminalpolizei zuständig." Grimm nickte und genoss die kurze Fahrt mit dem schnellen Boot.

Die Badegondel am Teufelstisch

Das leichte Polizeiboot fuhr rasch an Dingelsdorf und Wallhausen vorbei und erreichte mit Karl Grimm an Bord den Teufelstisch. Eine Kollegin und ein Kollege der Wapo Konstanz erwarteten Karl Grimm bereits und signalisierten dem anderen Boot, dass es an Backbord beilegen solle, um den Kommissariatsleiter an Bord des größeren Bootes zu bringen. Karl Grimm stand kurz darauf auf Deck des schweren Polizeibootes und entdeckte dahinterliegend am Seezeichen 22 angeseilt ein kleines Boot mit wahrscheinlich den besagten Leichen darin. Die Wapo hatte das Boot mit einem schwarzen Leichentuch abgedeckt, so dass außer der Gondel nichts zu sehen war. „Haben Sie die Leichen abgedeckt und was erwartet mich, wenn ich mir das gleich anschaue?“, wollte Karl Grimm von der Kollegin und dem Kollegen gerne in Erfahrung bringen. „Ich bin mit unserem kleinen Beiboot hingefahren und habe die Leichen so wie Sie sagen abgedeckt. Ich habe natürlich zunächst überprüft, ob die zwei Personen noch leben oder tot sind, aber ich konnte weder bei der Frau noch bei dem Kind irgendeinen Puls fühlen oder ein anderes Lebenszeichen entdecken. Ich habe, so gut es ging, nichts weiter angefasst. Ich bin auch nicht in das Boot gestiegen, sondern habe das von unserem Beiboot aus erledigt“, führte die junge Kollegin aus. Karl konnte nicht zuordnen, ob die Kollegin im mittleren oder gehobenen Dienst war. Mit den Dienstgradabzeichen der Wasserschutzpolizei kannte er sich nicht so gut aus. War aber auch egal. „Was können Sie denn zu den zwei Personen im Boot sagen?“, wollte Grimm nun wissen. „Die Frau trug ein weit ausgeschnittenes rotes Trägershirt und sehr knappe weiße Shorts, braune Haare und neben ihr lag, glaube ich, eine Spritze. Das Baby, das sehr verhärmt auf mich wirkte, war nackt. Es hatte noch ein Seil um den Hals. Das habe ich aber alles so belassen. Und nachdem ich bei beiden den Puls fühlen wollte, stellte ich fest, dass bei beiden die Leichenstarre schon eingetreten war“, führte die Kollegin aus. „Gut, dann fahren Sie mich doch bitte zu dem Boot oder der Badegondel rüber, damit ich mir ein Bild machen kann und verständigen Sie doch bitte die Kriminaltechnik über das Lagezentrum. Bevor wir hier irgendetwas verändern, sollten sich unsere Techniker das hier selbst ansehen." Kaum hatte Grimm ausgesprochen, klingelte sein Mobiltelefon. „Karl Grimm, was gibt es?" „Ja, hier ist Leitender Kriminaldirektor Bär. Können Sie schon was zu den Leichen im See sagen?", fragte Grimms Chef neugierig nach. „Nein, Herr Bär, das kann ich noch nicht. Aber ich bin gerade im Begriff zu den beiden Leichen zu fahren, um mir ein persönliches Bild zu machen. Ich gebe Ihnen dann gern wieder Bescheid. Die Situation hier ist etwas skurril. Die Leichen, wohl eine Frau und vielleicht ihr Baby, liegen in einem kleinen Boot, das am Seezeichen 22, über dem Teufelstisch angebunden wurde. Ich habe auf jeden Fall die Techniker angefordert und hoffe, dass Sie das unterstützen", ergänzte Grimm noch. „Ja, gut, die Techniker hätte es vielleicht noch nicht gebraucht, aber wenn Sie das jetzt so entschieden haben, dann lassen wir es dabei", brummte Bär ins Telefon. Sie brauchen mich auch nicht mehr anrufen. Ich habe jetzt ein Meeting mit meinem Rotary Club in einem Restaurant beim Yachthafen in Friedrichshafen. Heute wird der alte Präsident verabschiedet und der Neue ins Amt eingeführt. Und wissen Sie, wer das ist?", fragte Bär seinen Kommissariatsleiter, beantwortete die Frage aber gleich selbst. „Da ich das bin, also der neue Präsident, habe ich heute keine Zeit mehr. Der Fall bleibt im Übrigen zunächst beim Kommissariat. Hört sich ja jetzt nicht nach einem schweren Verbrechen an. Das schaffen Sie schon", führte der Leitende Kriminaldirektor noch aus und legte auf. „Klasse!", dachte Grimm so bei sich. „Das sind die neuen Chefs. Wichtig und nochmal wichtig. Aber egal", Karl Grimm wandte sich wieder seiner Arbeit zu, zog sich Plastikhandschuhe über und war mit der Kollegin schon unterwegs zur Badegondel. Die Kollegin legte vorsichtig bei, so dass Karl Grimm die Decke leicht zurückschlagen konnte. Die Frau lag mit offenen Augen neben einem Baby. Neben der Frau, die vielleicht geschätzt zwischen 20 und 25 Jahre alt war, lag Richtung Backbord eine leere Spritze. Am rechten und linken Arm konnte Karl auf die Schnelle keine Einstichstellen sehen, so dass für Karl eine rasche Fallzuordnung nicht möglich war. Das Baby wirkte auf ihn sehr abgemagert und unterernährt. Vielleicht war es auch schon ein Kleinkind. Aber auch hier wollte Karl erst die Spezialisten untersuchen lassen, um sich in Fortfolge ein besseres Bild darüber zu machen, was hier passiert sein konnte. Der Leichnam des Babys wies mehrere Flecken auf. Dies konnte möglicherweise auf den Verwesungsprozess zurückzuführen sein, es war aber auch möglich, dass dem Baby Gewalt angetan worden war. Um den Hals des männlichen Babys war ein Seil geschlungen und sichtbar fest angezogen. Vielleicht hatte man es auch erdrosselt. Das war ein Tatort für die Kriminaltechniker und in jedem Fall wollte Karl eine Obduktion der beiden Leichen veranlassen. Er fotografierte die im Boot liegenden Leichen mit seinem Handy, deckte sie danach mit dem Tuch wieder ab und wandte sich der Kollegin zu. „Ich kann mir noch kein abschließendes Bild von dem machen, was hier passiert sein könnte. Aber das Baby sieht aus, wie wenn es verhungert oder erdrosselt worden wäre und die Frau könnte die Mutter des Babys sein. Aber jetzt müssen erst einmal die Techniker ran und dann sollten die Leichen nach Freiburg in die Gerichtsmedizin. Können Sie denn solange hierbleiben, bis die Techniker da sind?“, wollte Karl noch von der Kollegin wissen. „Wir bleiben solange da, wie Sie uns brauchen. Aber Herr Grimm, wenn ich mir diese Bemerkung erlauben darf, ich habe bei der Sache ein ganz komisches Gefühl.“ Karl Grimm ließ die Bemerkung erst einmal so stehen, aber auch ihm erschien die ganze Tatortsituation sehr speziell. Warum der Teufelstisch? Warum ein totes Baby und eine Rauschgifttote, die vielleicht gar keine Rauschgiftsüchtige war? Der Leichnam des Babys war zu mager. Auch zeigte es Spuren von möglicher Gewalt, aber das war für Karl zu früh, um sich irgendwie festzulegen. Wenn die Mutter sich vielleicht selbst getötet hatte, könnte auch ein erweiterter Suizid vorliegen. Bevor Karl wieder loswollte, machte er noch ein paar Übersichtsaufnahmen vom vermeintlichen Tatort. Im Strandbad Litzelstetten angekommen verabschiedete sich Karl von seiner Familie und dem wunderschönen Sonntag. Er wollte schnell nach Hause, sich umziehen und dann ins Kommissariat gehen, um noch den einen oder anderen Kollegen oder Kollegin hinzuziehen und mit den ersten Ermittlungen zu beginnen. „Wer weiß", dachte Karl so vor sich hin, „wenn der Fall dann doch mehr hergibt, zieht Friedrichshafen den schnell an sich und das wäre dann auch gut so."

Polizeipräsidium Konstanz, Kriminalkommissariat

Karl hatte sein Auto vor dem stattlichen Gebäude am Benediktiner Platz geparkt und war unterwegs zu seinem Büro im ersten Stock. Das Polizeipräsidium – früher die Polizeidirektion – war in der ehemaligen Klosterkaserne untergebracht, die bis zum Jahr 1977, also über 100 Jahre, militärisch genutzt worden war. Vor dem Gebäude traf er auf ein paar rauchende Kolleginnen und Kollegen vom Streifendienst, die ihn freundlich grüßten. Im Büro angekommen zog Karl seine alte Alarmierungsliste hervor und versuchte als Erstes sein Glück bei seinem neuen Stellvertreter im Kommissariat, Arno Angele. Er war bis zur Reform Chef der Kriminalpolizeiaußenstelle Singen gewesen, die im Zuge der Reform aufgelöst wurde. „Hallo, hier ist Karin Angele", meldete sich eine freundliche Stimme. „Ja, guten Tag Frau Angele. Grimm hier. Entschuldigen Sie bitte die Störung am heiligen Sonntag und vor allem bei diesem herrlichen Wetter. Ist Ihr Mann da? Und könnte ich ihn sprechen?" „Hier ist die Tochter", kam prompt die Antwort, „und wer sind Sie?" Karl lachte innerlich. „Mein Name ist Karl Grimm von der Kriminalpolizei in Konstanz. Ich bin ein Kollege Ihres Papas und würde ihn gerne sprechen, wenn er da ist." „Ach so. Ja von Ihnen habe ich schon einmal gehört. Ich gebe das Telefon gerne weiter." „Arno hier. Karl was gibt es? Hast du Sehnsucht?

Nichts für ungut, aber mir würde Konstanz von Montag bis Freitag reichen. Sonst verstehe ich die Menschen in Singen nicht mehr“, frotzelte Arno Angele am Telefon. Arno Angele war bis zum 31.12.2013 Chef der Kriminalpolizei-Außenstelle Singen gewesen und war mit einem Teil seiner Kolleginnen und Kollegen reformbedingt und zwangsweise nach Konstanz versetzt worden. Die Begeisterung hierfür hielt sich bei allen in Grenzen. Und das wusste Karl natürlich. „Herr Erster Kriminalhauptkommissar beliebt zu scherzen“, antwortete schalkhaft Karl und meinte dann: „Nein Spaß beiseite. Wir haben zwei Leichen auf einem Boot auf dem Überlinger See. Es ist noch nicht klar, ob es überhaupt zu einem Verbrechen gekommen ist, aber es sieht danach aus. Und ich würde gerne heute noch die Ermittlungen aufnehmen. Vielleicht sind wir dann schnell schlauer und übergeben das ganze Paket am Montagmorgen an Friedrichshafen oder schreiben dann selbst den Bericht an die Staatsanwaltschaft. Ich war vor Ort und habe mir die Sache angeschaut. Jetzt habe ich so ein komisches Gefühl im Bauch und die beiden Leichen sind auch sehr speziell“, endete Karl mit seinen ersten Ausführungen zur Lage. „Also du meinst, ich solle jetzt doch am Sonntag nach Konstanz kommen und dich unterstützen. Zweites mache ich gerne, doch nach Konstanz, na ja. Aber Chef, warum wir? Dafür wäre doch eigentlich der neu ins Leben gerufene Kriminaldauerdienst zuständig. Es hieß doch immer wir hätten keinen Bereitschaftsdienst mehr und hätten jetzt nachts und an den Wochenenden frei“, frotzelte Arno Angele munter weiter. Karl wusste, dass Arno nicht mehr hier ankommen würde und bei den anderen jüngeren Kolleginnen und Kollegen aus Singen es noch eine ganze Weile dauern würde, bis sie in Konstanz angekommen waren. Und Karl selbst war von dem neuen Gesicht der Polizei auch nicht überzeugt. Aber er war Chef und deshalb blieb er gegenüber seinem Dienstherrn loyal. „Klar Arno, das wäre normalerweise frühestens Montag unser Fall oder wahrscheinlich sogar der, der Kriminalinspektion 1 in Friedrichshafen. Aber der

Kriminaldauerdienst ist ausgebucht und der Leitende Kriminaldirektor Bär hat mich gebeten den Fall zu übernehmen. Könntest du nach Konstanz kommen und vielleicht noch zwei Leute mitbringen? Ich organisiere noch ein Spurenteam aus Konstanz und dann schauen wir uns den Fall mal etwas genauer an. Einverstanden?" „Gut, bin in einer knappen Stunde da." Weitere Fragen stellte Arno Angele jetzt nicht mehr und war schon fast von Singen nach Konstanz unterwegs. Vorher telefonierte er noch mit der Kollegin Kerstin Elser und ihrem Partner Hans Widenhold. Ein Ermittlerteam auf das sich Arno schon in Singen immer verlassen konnte. Karl war froh, dass er den Arno Angele erreicht hatte. Nachdem er als Kripochef von Stuttgart nach Konstanz gewechselt hatte, war die Willkommenskultur bei der Kriminalpolizei in Singen zunächst schwierig gewesen. Aber dann kam es zu einem Tötungsdelikt an einer Immobilienmaklerin in Singen. Das war gut ein Jahr her. Die anfänglichen Friktionen, auch weil Karl in Singen die Leitung der Sonderkommission selbst übernommen hatte, waren rasch überwunden. Karl lernte im Verlauf der Soko die Singener Kolleginnen/Kollegen und vor allem Arno Angele besser kennen und schätzen. Und last but not least konnten sie den Fall erfolgreich mit einem überführten Täter abschließen.

Grimm saß in seinem Büro und schaute sich in aller Ruhe die von ihm gefertigten Fotos auf seinem Handy an. Das Baby sah schon sehr mitgenommen aus. Es hatte für ein Baby zu markante Gesichtszüge und es wirkte verhärmt und abgemagert auf Karl. Das Seil um den Hals deutete möglichweise darauf hin, dass das Kind erdrosselt oder ertränkt worden war, oder es einen anderen Grund gegeben hatte, es festzubinden. Bei der Beschaffenheit des Seils wollte er sich nicht eindeutig festlegen. Aber man könnte meinen, dass es auch ältere Spuren am Hals des Kindes gab. Diese würden darauf hindeuten, dass das Baby oder Kind das Seil schon länger um den Hals trug und es dann doch damit festgebunden war, dass es nicht wegkrabbeln oder laufen konnte. „Rätselhaft", dachte Karl, „das Baby wirkt wie ein Kind, ist aber so groß, wie ein Baby und wenn es ein Baby war, dann hätte man doch kein Seil zum Festbinden gebraucht". Karl lies verschiedene Szenarien vor seinem geistigen Auge ablaufen und es erschlich ihn das Gefühl, dass dem Kind furchtbares Leid angetan worden war. Und er dachte immer mehr, dass das Kind verhungert sein könnte. Doch dann besann sich Karl wieder auf seine nächsten Aufgaben. „Rainer Huser, guten Tag." „Hallo Herr Huser, hier spricht Karl Grimm. Wir haben vielleicht ein Tötungsdelikt auf dem Überlinger See. Alles etwas skurril und seltsam. Deshalb wäre es mir recht, wenn Sie sich in den Dienst begeben könnten. Wissen Sie zufällig, ob ihr Partner Paschke auch irgendwo zu erreichen ist? Ich habe keine Nummer von ihm in den alten Unterlagen gefunden." „Das ist kein Problem, Chef. Rudi ist mit seiner Freundin bei mir. Den kann ich gleich mitbringen. Wo sollen wir hinkommen? Aufs Kommissariat?" „Klar. Wir treffen uns bei mir im Büro. Arno Angele, Kerstin Elser und Hans Widenhold kommen auch."

Die ersten Schritte

Die Kolleginnen und Kollegen, die Karl Grimm in den Dienst beordert hatte, waren rasch in Konstanz eingetroffen. Karl schaute auf die Uhr und stellte fest, dass es inzwischen 14.00 Uhr durch war und sie noch einen guten Teil des Tages vor sich hatten. Seine Familie wähnte er noch im Strandbad und freute sich für sie. Die Kriminaltechniker aus Friedrichshafen waren überraschend schnell eingetroffen und kamen zuerst, entgegen dem Auftrag von Karl, auf die Dienststelle. Karl wartete noch einen kurzen Moment bis alle da waren und verlegte das erste Meeting in den im Mittelrisalit befindlichen Besprechungsraum der Kriminalpolizei im ersten Stock. „Ich begrüße Sie alle recht herzlich, auch die Kollegen von der Kriminalinspektion 8 aus Friedrichshafen und entschuldige mich schon jetzt dafür, dass ich Sie alle aus der Freizeit holen musste. Wenn Sie erlauben, gebe ich Ihnen einen kurzen Überblick über alles, was bisher in diesem Fall passiert ist, und dann verteilen wir die Aufgaben. Einverstanden?“ Alle hatten Karl aufmerksam zugehört und nickten ihm zustimmend zu. Als er mit seinen Ausführungen starten wollte, fuhr der Seehas, ein Nahverkehrszug, auf den unmittelbar hinter dem Gebäude befindlichen Gleisen vorbei, so dass er kurz warten musste. „Laut dem Einsatz-Protokoll meldete um 10.37 Uhr das Lagezentrum Göppingen an das Lagezentrum in Konstanz, dass die Konstanzer Wasserstreife in der Nähe von Wallhausen ein verdächtiges Boot entdeckt habe und darauf wohl zwei Leichen zu sehen wären. Das Lagezentrum des Präsidiums Einsatz bat um Übernahme durch Konstanz und sicherte für die weitere Abwicklung des Falles die notwendige Unterstützung durch die Wasserschutzpolizei zu. Die Kolleginnen und Kollegen der Wapo hatten dann das Boot näher in Augenschein genommen und meldeten, dass sich auf dem Boot eine tote Frau und ein totes Baby befinden sollen. Nachdem der PvD den Kripochef Bär unterrichtet hatte, wurde ich gebeten zu übernehmen. Ich war bereits vor Ort und habe mir das Ganze angesehen. Ich fasse für Sie das, was mir wichtig erscheint, kurz zusammen. Das Boot oder wie man hier sagt „die Badegondel“ ist mit einem Seil am Seezeichen 22, das auf dem Teufelstisch steht, angebunden. Auf dem Boot liegt eine tote Frau, ich schätze so zwischen 20 und 25 Jahre alt. Daneben liegt ein totes Baby oder Kind mit einem Seil um den Hals und Strangulations- oder Tragespuren am Hals. Neben der Frau liegt eine Spritze, könnte also eine Rauschgiftkonsumentin sein. Allerdings habe ich an den Armen der Frau auf die Schnelle keine Einstichstellen entdeckt. Das Kind wirkt auf mich, bitte sehen Sie es mir nach, wenn das jetzt auch etwas unglaublich klingt, als wenn es verhungert wäre und es sieht einerseits wie ein Neugeborenes aus, hat aber schon Gesichtszüge, als wäre es älter. Alles in allem sehr mysteriös.“ Karl zeigte den Kolleginnen und Kollegen noch die Aufnahmen, die er mit seinem Handy gemacht hatte und schaute nun selbst erwartungsvoll in die Runde. Die Kollegin und der Kollege aus Friedrichshafen ergriffen als Erste das Wort: „Wenn Sie einverstanden sind, Herr Grimm, dann fahren wir zum Boot und sehen uns das Ganze in Ruhe an. Wir übernehmen die Spurenarbeit und gegebenenfalls dann auch die Begleitung zur gerichtsmedizinischen Untersuchung nach Freiburg. Hier müssten Sie aber mit der Staatsanwaltschaft Kontakt aufnehmen und um die Anordnung der Obduktion bitten." Karl nickte und gab den Kollegen aus Friedrichshafen zu verstehen, dass er einverstanden war. „Geben Sie uns bitte baldmöglichst Bescheid, ob es aus der Spurenlage vor Ort irgendetwas gibt, was uns im Fall weiterbringt und wie Sie die Lage einschätzen", gab Karl Grimm den Kriminaltechnikern noch mit auf den Weg.

Nachdem die Techniker den Besprechungsraum verlassen hatten, brachte sich Arno Angele ein: „Ich schlage vor, dass wir als Erstes versuchen etwas zur Identität der beiden Leichen herauszubekommen. Einen Ausweis werden die Techniker wahrscheinlich im Boot nicht finden, aber der Bootseigner müsste ja rasch ermittelt sein." Karl nickte zustimmend. „Weißt du zufällig, ob das Boot, auf dem die Leichen sind, eine Bootsnummer hat?", wollte Arno von seinem Chef nun wissen. „Ganz ehrlich, Arno. Darauf habe ich nicht geachtet. Aber kannst du das übernehmen?", fragte Karl nach. „Mach ich. Ich würde die Kerstin und den Hans zu mir nehmen und Sie entsprechend beauftragen. Einverstanden?", wollte Arno noch wissen. „Gut, einverstanden. Ich denke, es ist vernünftig, wenn du die Ermittlungsaufträge übernimmst und auch die Kollegen Huser und Paschke entsprechend einbindest. Ich schlage vor, dass die beiden sich um die Vermisstenanzeigen der letzten Tage kümmern und vielleicht auch prüfen, ob unsere ehemaligen Rauschgiftermittler irgendetwas über diese Frau wissen." „Das machen wir so Chef. Und vielleicht wissen wir heute Abend mehr“, bemerkte Arno abschließend. Arno Angele und die beiden Ermittlungsteams verblieben im Besprechungsraum. Karl zog sich in sein Büro zurück.

„Die Ausgangslage ist dünn. Also müssen wir jetzt erst einmal Grund machen“, startete Arno seine Ausführungen. „Ich schlage vor, dass Kerstin und Hans sich als Erstes um das Boot und die nähere Umgebung kümmern. Beim Boot wäre interessant zu wissen, ob es beim Schifffahrtsamt registriert ist oder ob irgendwo ein Boot am See fehlt und vielleicht deshalb sogar Anzeige erstattet worden war. Dann schaut euch ruhig auch mal die Umgebung beim Teufelstisch an. Ihr beiden, Rainer und Rudi, ihr kümmert euch um Informationen über Vermisste und zur Rauschgiftszene in Konstanz. Vielleicht bekommen wir darüber einen Ermittlungsansatz. Wir sollten als Erstes die Identitäten der beiden Opfer klären und ich befürchte, die Papiere finden wir nicht im Boot.“

Ermittlungstrupp
Kerstin Elser und Hans Widenhold

Kerstin und Hans hatten sich bei der Kriminalpolizei-Außenstelle in Singen zu einem eingeschweißten Team entwickelt. Beide waren mit der Polizeireform nach Konstanz versetzt worden und Hans war deshalb etwas unterkühlt. Er hatte seine ganze berufliche Karriere dahingehend ausgerichtet, in Singen Dienst zu machen und dann so etwas. Plötzlich kam die Politik auf die Idee, dass es in Singen keine Verbrechen mehr gab und es deshalb dort keine Kriminalpolizei mehr brauchte. Für Hans einfach nur Schwachsinn, der fast täglich darin gipfelte, dass er mit seiner Kollegenfahrgemeinschaft aus Singen eine Stunde nach Konstanz fuhr, um dann da wieder einen Dienstwagen zu schnappen und nach Singen zu fahren, um die dort anfallende Arbeit zu erledigen. Kerstin ging es nicht viel besser. Sie hatte sich wegen ihrem Lebensgefährten für Singen entschieden und musste nun auch jeden Tag 80 Kilometer mehr fahren und viel

Zeit auf der Strecke lassen. „Jetzt müssen wir auch noch für die Konstanzer die Fälle lösen. Und das am Sonntag“, ließ Hans seinem Groll freien Lauf. „Du hast Recht, Hans. Aber es hilft nichts. Wir müssen mit der neuen Situation zurechtkommen und das Beste daraus machen. Weißt du genau, wo wir hinmüssen?“, fragte Kerstin bei ihrem Kollegen nach. Hans, der Singen wie seine Westentasche kannte, gab zu, dass er eine Ahnung hatte, aber so ganz genau wisse er es auch nicht. „Gut, ich frage mal über Funk beim Lagezentrum nach. Die können uns doch bestimmt einweisen.“ Die Kriminalkommissarin funkte das Lagezentrum an und die Wegbeschreibung war schnell erledigt. Eigentlich immer am See entlang, Richtung Mainau, und dann über Litzelstetten, Dingelsdorf nach Wallhausen. Die schnellere Alternative war zwar über Dettingen. Das fand Kerstin aber nicht so spannend und deshalb fuhren die beiden am See entlang. Kerstin genoss die Fahrt. Die Straße gab immer wieder den Blick auf den See frei und das war einfach nur schön. Kerstin konnte einen Blick auf die immer gut besuchte Blumeninsel Mainau erhaschen, hinüber auf die andere Seeseite zum Barockjuwel Kloster Birnau, bis hin zu der alten Reichsstadt Überlingen. „Wenn wir heute keinen Dienst hätten, wäre das ein schöner Ausflug, was Kerstin?“, scherzte Hans, dem nicht entgangen war, dass Kerstin das Seepanorama genoss. „Ja, ich bin gespannt was uns in Wallhausen erwartet und was es mit diesem Teufelstisch so auf sich hat“, bemerkte Kerstin und konzentrierte sich wieder auf den Fall. „Kennst du den Teufelstisch, Hans, oder weißt du, was uns da genau erwartet?“, wollte Kerstin von ihrem Partner wissen. „Na, als waschechter Singener weiß ich natürlich auch etwas über den Teufelstisch. Aber meine Kenntnisse darüber sind mager. Ich glaube, dass der Tisch so heißt, weil er schon viele Menschen und vor allem Taucher geholt hat, also Menschen umgekommen sind. Der Tisch ist nicht weit weg vom Ufer und das Spektakuläre ist, dass es vom Tisch direkt senkrecht in die Tiefe geht, und zwar ziemlich tief. Aus meiner kurzen Streifendienstzeit in Konstanz weiß ich noch, dass es dort öfter Rettungseinsätze gab, weil Taucher nicht mehr nach oben kamen und vermisst wurden. Und soweit ich weiß, ist das Tauchen seit einiger Zeit dort nicht mehr erlaubt oder nur noch mit Sondergenehmigung möglich, weil es so viel tödliche Unfälle gab." „Das hört sich ja schauderhaft an", entgegnete Kerstin ihrem Kollegen. „Ja und so manche Leiche liegt noch unten auf dem Seegrund, weil sie nicht mehr gefunden worden waren und das Wasser am Grund kalt genug ist, dass keine Verwesung einsetzt", ergänzte Hans noch seine Ausführungen zu diesem besonderen Ort. „Meinst du, dass dieser spezielle Ort bewusst als Hintergrund gewählt worden war? Dann wird das hier ja mal richtig spannend", führte die Kriminalkommissarin weiter aus. „Das kann schon sein. Aber dafür ist es jetzt noch zu früh. Wir schauen uns das erst einmal in Ruhe an und dann sehen wir weiter. Aber dass ein Boot mit zwei Toten am Seezeichen, das auf dem Teufelstisch steht, angebunden wurde, ist schon sehr eigenartig", antwortete Hans seiner Kollegin. „Aber du weißt auch, dass Wallhausen ein Stadtteil von Stuttgart ist, allerdings ohne S-Bahnanschluss?", scherzte Hans mit seiner Kollegin. „Da bin ich aber jetzt gespannt", antwortete Kerstin und zuckte mit den Schultern. „Na, weil hier fast alles Stuttgartern gehört, die am Wochenende oder in den Ferien kurz „einfliegen" und ihre Ferienwohnungen genießen", erwiderte Hans und lachte verschmitzt. Die beiden Ermittler waren inzwischen in Wallhausen angekommen und fuhren vom Hafen die Uferstraße entlang in Richtung Teufelstisch. „Meinst du, wir kommen bis auf die Höhe vom Teufelstisch oder wäre es nicht besser zu laufen?", wollte Kerstin wissen. Am letzten Haus angekommen, musste Hans scharf bremsen. Hier war mit dem Auto Schluss. Der Weg endete abrupt. Über eine kleine Treppe ging es zu Fuß immer weiter am See entlang. „Jetzt kann ich dir deine Frage beantworten, Kerstin. Wir müssen tatsächlich laufen. Ich weiß gar nicht, ob es überhaupt einen befahrbaren Weg zum Teufelstisch gibt. Aber wenn, dann muss der irgendwo zwischen Dettingen und

Langenrain auf dem Bodanrück in Richtung See abgehen. Aber du hast Recht. Es ist eh besser zu gehen. Vielleicht entdecken wir auf dem Weg etwas, was für die Ermittlungen relevant sein könnte." Kerstin nickte Hans zu. Hans fuhr ein kurzes Stück zurück und parkte den Dienstwagen am Straßenrand. Beide machten sich auf den Weg. Die Fortsetzung der Uferstraße befand sich in unmittelbarer Nähe zum See. Den konnte man aber nur ab und zu sehen, weil der befestigte Weg durch einen Wald führte. Aber wenn der Wald die Sicht auf den See freigab, war es einfach nur fantastisch. Kerstin genoss diese Momente trotz der unangenehmen Umstände und trotz des Dienstes am Sonntag. Der Wald und der See hatten eine angenehm anziehende Wirkung. „Wenn man hier einmal angekommen ist, dann geht man so einfach nicht mehr weg", dachte Kerstin bei sich. Beide konnten auf dem Fußmarsch bis auf die Höhe vom Teufelstisch nichts Besonderes entdecken. Allerdings gestaltete sich das Marschieren als fast alpinistische Herausforderung, weil immer wieder Hangabgänge und entwurzelte Bäume den Weg schwer passierbar machten. Als Kerstin und Hans nach etwa einem Kilometer in die Nähe kamen, waren der Teufelstisch, das Boot und die Wasserschutzpolizei gleich ausgemacht. Die Kriminaltechniker waren im Beiboot zugange und hatten offensichtlich das am Seezeichen festgemachte Boot aufgedeckt. Das Boot, soweit man das ausmachen konnte, hatte eine Bodenseeregistrierung am Rumpf und einen kleinen Motor am Heck. Damit müsste der Eigner leicht zu ermitteln sein. Kerstin und Hans schauten zunächst einen Moment aufs Wasser und betrachteten interessiert die Szenerie, die sich Ihnen bot.

Ermittlungstrupp
Rainer Huser und Rudi Paschke

Die beiden Kriminalkommissare hatten sich zunächst in ihr gemeinsames Büro zurückgezogen und führten gemäß dem Auftrag von Arno Angele als erstes ein paar Schreibtischermittlungen durch. Die offenen Vermisstenfälle der letzten Tage waren rasch gesichtet und auch die neu im System angelegten Diebstähle brachten die beiden nicht weiter. Es war in und um Konstanz in den letzten Tagen keine Frau im Alter von 20–40 Jahren als vermisst gemeldet worden und auch keine Frau mit Kind oder Säugling galt als vermisst. Diebstähle von Booten waren ebenfalls keine aufgenommen worden. Rudi setzte sich trotzdem mit der Dienstgruppe des Polizeireviers Konstanz in Verbindung und rief beim Dienstgruppenführer an. „Hey, hier ist der Rudi Paschke von der Kripo. Wir ermitteln wegen der Badegondel mit den zwei Leichen am Teufelstisch. Im System finde ich keinen Bootsdiebstahl. Ich frage bei euch aber trotzdem vorsichtshalber nach, ob ihr vielleicht irgendetwas gehört oder mitbekommen habt, dass bei uns im Bereich irgendwo ein Boot vermisst wird?" „Salü Rudi. Hat's dir heute den Sonntag verhagelt? Wir haben den Fall heute bei der Besprechung mit der Dienstgruppe erörtert. Eine Kollegin erzählte, dass sie gestern in der Freizeit in der Hafenstraße und im Stadtgarten unterwegs war und mitbekommen hat, dass im Gondele-Hafen ein Boot fehlen soll. Aber wie und was kann ich dir nicht genau sagen. Das müsstet ihr die Kollegin selbst fragen. Die hat sich aber nach der Besprechung abgemeldet und ist in den Urlaub gefahren. Sie kommt erst wieder in einer Woche zum Dienst", fasste der Dienstgruppenführer seine Erkenntnisse zusammen. „Danke, das hört sich ja gut an. Weißt du, ob die Kollegin erreichbar ist? Hast du vielleicht eine Handynummer?", wollte Paschke noch wissen. „Ich muss mich schlau machen. Aber wenn ich eine Nummer ausfindig machen kann, schreibe ich der Kollegin, dass sie dich anrufen soll. Ok?" „Ja, das können wir gerne so machen. Kannst du mir noch den Namen der Kollegin sagen?" Paschke notierte sich den Namen und was der Dienstgruppenführer ihm sonst alles erzählt hatte auf seinem Notizblock. Rainer Huser hatte sich die im Kommissariat abgelegten Rauschgiftakten vorgenommen. Kam dabei aber auch nicht so richtig weiter. „Salü, hier ist der Rainer Hauser und bitte entschuldige die Störung am Sonntag. Aber wir sind wegen einem beziehungsweise zwei möglichen Tötungsdelikten heute im Dienst. In einer Badegondel wurden die Leichen von einer 25–30 Jahre alten Frau und einem Baby entdeckt. Neben der Frau wurde wohl auch eine Spritze gefunden. Sagt dir das was?“, wollte Rainer von dem Kripokollegen wissen, der im Kommissariat für die Rauschgiftfälle zuständig war. „Hallo Rainer, kein Problem, du darfst gerne stören. Auf die Schnelle sagt mir das nichts. Aber frag mal den Chef, ob ich kommen soll. Dann schaue ich mir das in Ruhe an. Vielleicht gibt es einen Bezug zur Schweiz oder zu Singen. Unsere Rauschgiftszene hier in Konstanz ist nicht mehr so groß und vieles spielt sich auch im Rotlichtmilieu ab. Aber dazu müsste ich Grund machen und auch den einen oder anderen Kollegen mit an Bord nehmen“, gab der Kollege zu verstehen. „Du, ich trage es dem Chef vor, aber wahrscheinlich reicht es auch morgen. Da sind ja dann alle im Dienst und das Arbeiten dürfte dadurch etwas unkomplizierter sein“, antwortete der Kriminalkommissar seinem Kollegen. „Nichts für ungut, dass ich dich am Sonntag gestört habe und Danke“, ergänzte Huser seine Ausführungen noch. „Dafür nicht. Aber kein Problem. Wir arbeiten schließlich bei der Polizei.“

Der Erste Kriminalhauptkommissar und sein Chef

Arno Angele hatte sich in sein Büro zurückgezogen und die Informationen, die er in der ersten Lagebesprechung bekommen hatte, so gut es ging analysiert. Aber kaum war er richtig im Büro angekommen, ging er wieder auf seinen Chef zu. „Du Karl, ich fahre mal raus zu den Kollegen Elser und Widenhold. Ich will mir selbst einen Eindruck verschaffen und mir das Gelände um den Teufelstisch anschauen. Was machst du solange? Bleibst du hier?“, wollte Arno von Karl wissen. „Nein, Arno. Das ist eine gute Idee. Ich begleite dich.

Ich habe das Ganze zwar schon vom See aus gesehen, aber so ganz gut kenne ich mich hier auch noch nicht aus und ein Blick ins Gelände schadet sicher nicht. Außerdem findest du, lieber Kollege aus Singen, doch dort nicht hin", scherzte Karl mit seinem Kollegen. „Da könntest du Recht haben. Aber das wird wahrscheinlich nicht so schwierig sein. Wir müssen einfach nur Richtung Nordwest am See entlangfahren. Dann kommen wir dort schon an", konterte Arno Angele. Er und sein Chef hatten im letzten Jahr in der Sonderkommission Hegau gut zusammengefunden. Auch die Mannschaft war mit ihren Chefs zufrieden. Allerdings endete die Zufriedenheit auf dieser Führungsebene. Alles, was darüber war, war den Kolleginnen und Kollegen suspekt.

Teufelstisch, nahe Wallhausen

„Sag mal, Otto, hast du so etwas in deiner Laufbahn schon einmal gesehen? Das Baby oder das Kind sieht so verhärmt aus. Hätte es nicht das Seil um den Hals, dann würde ich sagen, es ist verhungert." Nein, Andreas, ich habe als Kriminaltechniker und früher als Ermittler in so manchen Abgrund geschaut, aber an ein Kind, das so ausgesehen hat, erinnere ich mich nicht. Doch du hast Recht, das Kind sieht aus, als wenn es nichts zu essen bekommen hätte und stark vernachlässigt worden wäre. Aber die Obduktion wird uns bei der Ermittlung der Todesursache sicher weiterhelfen. Wie würdest du das bei der weiblichen Leiche einschätzen? Könnte die Mutter sein und vielleicht war sie ein Junkie. Hast du schon irgendwelche Einstichstellen entdeckt?", hakte der Kriminalhauptkommissar Andreas Riexinger bei seinem Kollegen Otto Nahles nach. „Nein. Vorne jedenfalls nicht. Und um die Frau hinten zu überprüfen, müssten wir die Leiche drehen, aber ich schlage vor, dass wir das Suchen nach Einstichstellen besser dem Gerichtsmediziner überlassen. Ich denke wir beide sind bei der Obduktion morgen dabei. Wir fotografieren jetzt alles, schauen noch, ob wir irgendwelche weiteren Spuren am oder im Boot finden und dann soll der Bestatter die Leichen nach Freiburg in die Gerichtsmedizin bringen." „Hast du schon unter die Leichen geschaut?", wollte Riexinger noch von seinem Kollegen wissen. Das habe ich oberflächlich getan und es scheint unter der Frau noch etwas zu liegen. Aber das will ich mir in Ruhe anschauen, wenn die Leichenbestatter die beiden übernommen haben. Wir müssen auch noch die Stange vom Seezeichen genauer unter die Lupe nehmen. Irgendwer hat ja das Boot dort angebunden und wir sollten noch klären, wo wir das Boot hinbringen können, damit so wenig wie möglich an potenziellen Spuren verloren geht", fasste Kriminalhauptkommissar Otto Nahles die noch abzuarbeitenden Aufträge zusammen.

Ufer beim Teufelstisch

Arno Angele und Karl Grimm waren wie ihre Kollegen zuvor auch in Wallhausen angekommen und stellten am Ende des Ortes ebenfalls fest, dass es mit dem Auto nicht mehr weiterging. Karl, der gefahren war, hatte den Dienstwagen hinter dem der Kollegen geparkt und beide gingen zügig die knapp 1000 Meter bis auf Höhe des Teufelstisches. „Hallo ihr zwei. Habt ihr schon irgendetwas Brauchbares gefunden?", wollte Karl von der Kollegin Elser und dem Kollegen Widenhold wissen. „Nein, Herr Grimm. Aber von hier wirkt das Ganze etwas makaber auf mich", antwortete Kerstin ihrem Chef. „Wie kommt jemand dazu, an einer solchen Stelle im See einen Mord zu begehen und zwei Leichen hier zu deponieren. Das war doch klar, dass die Polizei die Leichen sofort findet." „Ob es ein Mord war, wissen wir ja noch nicht sicher. Und ob hier der Tatort ist, wissen wir auch noch nicht. Aber vielleicht wollte der oder die Täter uns damit etwas sagen oder uns ein Rätsel aufgeben", resümierte Arno Angele seine Gedanken zum Fall. „Wir sollten auf jeden Fall morgen die Bereitschaftspolizei mit einem Zug oder einer Hundertschaft anfordern. Ich denke, es schadet nicht, wenn wir von Wallhausen in Richtung Marienschlucht den Wald durchsuchen. Vielleicht finden wir etwas, was der oder die Täter weggeworfen haben", ergänzte Arno Angele seine Überlegungen. Karl nickte und meinte: „Da hast du natürlich recht und es ist auch eine Standardmaßnahme." Karl hatte sich ganz in die Nähe des Ufers begeben und schaute den Aktivitäten der Kollegen von der Kriminaltechnik zu. „Habt ihr schon etwas Brauchbares?", rief Karl den Kollegen zu. „Nein. Sie können veranlassen, dass die Leichen abgeholt und zur Gerichtsmedizin gebracht werden. Wir schauen uns danach das Boot noch genauer an. Vielleicht aber auch erst morgen. Gibt es noch eine Abschlussbesprechung?", wollte einer der Techniker von Karl wissen. „Ja. Sobald ihr fertig seid, treffen wir uns auf dem Kommissariat. Also bis nachher", antwortete Karl und signalisierte seinem Kollegen Arno Angele, dass er wieder gehen wollte. „Geh ruhig, Karl. Ich fahre mit Kerstin und Hans zurück. Ich schaue mich im Wald noch ein wenig um", antwortete Arno.

Abschluss Besprechung,
Besprechungsraum Kripo Konstanz – erster Tag

In Konstanz war es zwischenzeitlich 20.00 Uhr durch. Kerstin Elser und die am Fall beteiligten Kollegen hatten sich alle nach und nach im Besprechungsraum eingefunden. Darin hingen zwei Flipchartbögen. Karl Grimm hatte nach seiner Rückkehr von Wallhausen zusammen mit Rainer Hauser und Rudi Paschke die wichtigsten Erkenntnisse und den bisherigen Ablauf aufgezeichnet und an der Wand fixiert. Was aber noch fehlte und das war mit das Wichtigste: Wer waren die Frau und das Kind? „Also fassen wir alle nochmal zusammen, was wir bisher herausgefunden haben, und dann schlage ich vor, treffen wir uns morgen früh wieder hier. Alte Stelle, alte Welle. Einverstanden!", stieg Karl Grimm in die Abschlussbesprechung ein. Die Besprechung war rasch beendet, denn die beiden Ermittlerteams konnten nur wenig Fruchtbares vortragen. Die Kriminaltechniker hofften mehr nach der Obduktion sagen zu können. Was schon am ersten Tag klar war: Das Kind wurde vernachlässigt und misshandelt. Die Spuren am Körper waren laut den Technikern eindeutig. Und das Kind muss bis vor kurzem so etwas wie ein Hundehalsband getragen haben. Am Hals waren entsprechende Merkmale vorhanden. Die Frau wies Würgemale auf und es sprach einiges dafür, dass es sich nicht um einen erweiterten Suizid handelte, sondern die Frau auch getötet worden war. Rudi Paschke hatte die Kollegin, die angeblich etwas von einem fehlenden Boot aufgeschnappt hatte, noch nicht erreicht und so gingen Kerstin Elser und ihre Kollegen in eine unruhige Nacht.

Videoschaltkonferenz
Kriminalkommissariat Konstanz – Montagmorgen

Karl hatte die Nacht schlecht geschlafen und war recht früh beim Kommissariat eingetroffen. Er wollte sich zum einen auf die Videoschaltkonferenz um 08.00 Uhr mit Friedrichshafen und den anderen Kommissariatsleitern vorbereiten und auch noch einmal für sich in aller Ruhe den gestern angelaufenen Fall anschauen. Wer konnte so etwas tun? Diese Frage hatte Karl, seit er gestern zum ersten Mal die zwei Leichen gesehen hatte, ständig mit sich herumgetragen und lies ihn auch am Montagmorgen im Dienst angekommen nicht los. „Guten Morgen, die Herren Kommissariatsleiter. Ich hoffe, Sie hatten ein angenehmes Wochenende und so schauen wir miteinander gestärkt in die neue Woche“, startete der Leitende Kriminaldirektor Bär die Videoschalte. In Friedrichshafen hatten sich im Besprechungsraum die Inspektionsleiter um ihren Chef versammelt. Die Kommissariate Konstanz, Ravensburg und Sigmaringen waren zugeschaltet. Bär berichtete über die Fälle, die beim Kriminaldauerdienst am Wochenende angefallen waren und verteilte die weitere Bearbeitung auf die Kommissariate und die Fachinspektionen. Dann berichtete er noch kurz über die Kripochefbesprechung im Ministerium in Stuttgart und gab danach das Wort an Karl Grimm. Karl berichtete über die Ermittlungen und Erkenntnisse vom Sonntag und hoffte auf eine Fallübernahme durch die fachlich zuständige Kriminalinspektion 1. „Also wir haben bislang noch keinen Hinweis auf den Modus Operandi. Wir müssen das Ergebnis der Obduktion abwarten. Aber ich gehe von einem Tötungsdelikt aus und würde den Fall gerne an die Inspektion 1 abgeben“, beendete Karl seinen Lagevortrag. Der Inspektionsleiter 1 reagierte als Erster auf Karls Ausführungen. „Werter Kollege Grimm, da wir zum jetzigen Zeitpunkt noch gar nicht wissen, ob die zwei Leichen tatsächlich umgebracht wurden oder vielleicht ein erweiterter Suizid vorliegt, möchte ich den Fall nicht so gern an mich ziehen. Außerdem sind wir personell am Anschlag. Die Krankheits- und auch die Urlaubsrate sind gerade recht hoch. Wir können mit Rat und einzelnen Ermittlungsaktivitäten gerne zu Seite stehen, aber übernehmen? Nein!“ Karl hatte ruhig zugehört und ging davon aus, dass der Kripochef jetzt entscheiden würde. Bär schaute still in die Kamera und äußerte sich nicht. Nach einer Schweigephase hakte Karl nach: „Also wir könnten den Fall fachlich schon übernehmen. Ausreichend qualifizierte Kolleginnen und Kollegen sind auf dem Kommissariat noch vorhanden. Von einem erweiterten Suizid gehen wir nicht mehr aus. Um das abschließend zu beurteilen, müssen wir natürlich noch das Ergebnis der Obduktion abwarten. Aber wir sind nach dem neuen Geschäftsverteilungsplan nicht mehr zuständig und zu wenig Leute, um so aufwendige Ermittlungen durchzuführen.“ Bär schwieg immer noch. „Ich meine auch, dass man mindestens eine Ermittlungsgruppe einsetzen muss, um den Fall koordiniert und ordentlich abzuarbeiten und das zusammen mit dem Tagesgeschäft. Ich weiß nicht, wie das gehen soll“, ergänzte Karl seinen Vortrag zur Fallübernahme durch Friedrichshafen. „Ich denke, mein Inspektionsleiter 1 hat recht. Erstens ist noch gar nicht klar, ob wir hier intensiv ermitteln müssen und zweitens sehe ich den Fall eher beim Kommissariat. Ich meine, Sie ,Herr Grimm, sind doch ein erfahrener Kriminalist und haben auch noch einen Teil des Personals aus Singen unter Ihren Fittichen. Also Geschäftsverteilungsplan hin oder her, ich denke, das schaffen Sie mit Ihren Leuten schon. Wenn Sie eine Ermittlungsgruppe einsetzen wollen, dann gern. Aber legen Sie mir den Entwurf für die Errichtungsanordnung vor. Wer soll denn die EG leiten?", fragte Bär nach. Karl war nicht überrascht, tat aber so. Er hatte bereits damit gerechnet, dass Friedrichshafen sich wegducken würde und hatte auch schon überlegt, wem er die Ermittlungsgruppe anvertrauen wollte. „Ich schlage vor, dass wir jetzt erst einmal das Obduktionsergebnis abwarten und wenn es so ist, wie ich es befürchte und die Inspektion 1 nicht übernimmt, schlage ich den Ersten Kriminalhauptkommissar Arno Angele als EG-Leiter vor. Ich wäre natürlich in meiner Rolle als Kommissariatsleiter mit an Bord, würde mich aber mehr ums Tagesgeschäft kümmern", antwortete Karl seinem neuen Chef. „Das hört sich doch recht gut an. Dann machen wir es so", entschied der Leitende Kriminaldirektor und wollte die Videoschalte beenden. „Wenn Sie noch erlauben, Herr Bär. Wenn wir den Fall übernehmen, hätte ich gerne, dass wir ihn dann auch zu Ende ermitteln dürfen und nicht im Laufe des Verfahrens abgeben müssen. Außerdem wäre es mir recht, wenn die zwei Kriminaltechniker der Kriminalinspektion 8 nach Konstanz abgeordnet werden würden und wenigstens ein Kollege oder eine Kollegin von der Inspektion 1 auch in der Ermittlungsgruppe mitarbeiten könnte. Sollte es erforderlich werden, würde ich im Laufe der Ermittlungen wegen Personal nochmal vorstellig werden." Bär schaute seinen Inspektionsleiter 1 an, der mit dem Kopf schüttelte. „Gut, Sie steigen jetzt erst einmal mit Ihrem Personal ein und die Kriminaltechnik können Sie nach Rücksprache mit mir oder meiner Führungsgruppe anfordern. Einen Techniker überlassen wir Ihnen für die Ermittlungsgruppe, aber ansonsten müssen Sie selbst klarkommen, einverstanden?“, entschied Bär. Karl überlegte, ob er dem Leitenden Kriminaldirektor jetzt noch erklären sollte, wie Ermittlungen professionell und fachlich fundiert laufen sollten und dass er natürlich nicht einverstanden war. Er ließ es aber, weil er wusste, dass er so oder so auf Granit beißen würde. So war sie die Neue Welt. Alles hatte sich auf dem Papier und der Hochglanzbroschüre vom Innenministerium sehr gut angehört. Insbesondere der Minister war voll des Lobes über seine neue Polizei. Aber die Realität war anders. Karl wusste, wenn er jetzt gleich in seine eigene Frühbesprechung ging, dass die Kolleginnen und Kollegen sich in ihrem Frust bestätigt sahen und die neue Polizei am liebsten zum Teufel jagen würden. Hochmotiviertes Personal, das war einmal.

EG Teufelstisch

Karl brachte die Frühbesprechung so schnell wie möglich hinter sich. Er ließ vor allem Arno und die zwei Ermittlungsteams über den gestrigen Tag vortragen und legte dann fest, dass die Abarbeitung des Falls in einer Ermittlungsgruppe erfolgen sollte. „Arno Angele wird die Ermittlungsgruppe leiten. Wenn es keine Urlaubs- oder andere Hinderungsgründe gibt, würde ich als Ermittlungsteams die Kollegin Kerstin Elser, Hans Widenhold, Rainer Hauser und Rudi Paschke vorschlagen. Als Führungsassistenz und für die Schreibtischermittlungen schlage ich Lena Mayer vor und als zusätzlichen Kriminaltechniker bitte ich den Kollegen Reiner Sterk mitzumachen. Sollten es die weiteren Ermittlungen erforderlich machen, rüsten wir auf und natürlich helfen temporär alle mit. Und das, was sonst noch reinkommt, muss natürlich auch noch jemand bearbeiten“, endete Karl Grimm mit seinen Vorstellungen, wie er das Ganze angehen wollte. Arno Angele, der bislang geschwiegen hatte, brachte sich ein: „Ich mach das! Ganz klar. Aber Karl, ich bräuchte noch den Alex Preuß im Team. Erstens ist er nach wie vor in Sachen EDV der Erste auf dem Platz und zweitens kümmert er sich seit der Polizeireform auch ums Rauschgift und ich fürchte, dass Rauschgift in unserem Verfahren eine Rolle spielt." „Einverstanden, Arno", antwortete Karl und beendete die Frühbesprechung.

Erste Besprechung im EG-Format

Arno Angele hatte sich mit seinen Kolleginnen und Kollegen im Besprechungsraum des Kriminalkommissariats eingerichtet. Der Besprechungsraum lag zentral und für anfallende Schreibtischermittlungen und -arbeit konnte sich jede und jeder in sein eigenes Büro zurückziehen. Arno hatte sich bei Karl noch schlau gemacht, warum der Fall vom Kommissariat und nicht von der Fachinspektion zu bearbeiten war und natürlich, ob der Fall, wenn Fleisch am Knochen war, dann doch noch nach Friedrichshafen abwandern könnte. Das hatte Karl geklärt, räumte aber ein, dass er sich natürlich nicht sicher war, ob das immer verbindlich war, was mit Friedrichshafen vereinbart wurde. Arno Angele hatte alle um sich versammelt und legte los: „Also Leute, wir haben zwei Leichen und es sieht meiner Einschätzung nach so aus, als wären sie getötet worden. Der Fundort wirkt makaber und kann natürlich vieles bedeuten. Es kann aber auch Zufall sein. Ich habe Alex Preuß gebeten mal die Daten und Fakten zusammenzustellen und schlage vor, dass wir uns jetzt erst einmal klar machen, wo wir mit unseren Ermittlungen hinwollen. Ich hoffe, dass uns die Obduktion ein Stück weiterbringt. Gibt es denn schon eine Information aus Freiburg?", wollte Arno Angele wissen und stellte die Frage in die Runde. „Also die Obduktion läuft und beide Kriminaltechniker, die auch am Wochenende im Einsatz waren, sind dabei. Was mir die Kriminaltechniker gestern noch überlassen haben, sind erste Erkenntnisse zu den Spuren am Fundort. Auf dem Boot gab es wohl wenig Habhaftes, aber an der Eisenstange, an dem das Seezeichen 22 angebracht ist und an dem das Boot festgebunden war, konnten die Kollegen eine Blutspur sichern. Minimal, aber vielleicht reicht es zum Anzüchten von DNA und womöglich kommen wir damit ein Stück weiter. Die Blutspur könnte mit dem Boot zusammengebracht werden und vom Täter stammen. Aber sicher ist das natürlich nicht. Dann haben die Kollegen, nachdem die beiden Leichen von den Bestattern übernommen worden waren, unter dem Leichnam der Frau noch eine Wolldecke gefunden. Die muss natürlich noch auf Spuren untersucht werden. Weitere Informationen dazu habe ich aber noch nicht", endete der Kriminaltechniker Reiner Sterk seine ersten Ausführungen. „Was ist mit dem Boot passiert und wissen wir etwas mehr darüber?", hakte Arno nach. „Also das Boot haben die Kollegen von der Wapo in die alte Bootshalle gebracht", antwortete Reiner. „Das ist im Übrigen unsere eigene Halle. Sie ist am Konstanzer Hafen und das Boot ist dort grundsätzlich gut gesichert." „Gut und was ist mit dem Boot? Wissen wir inzwischen, ob irgendwo ein Boot fehlt?", wollte Arno von seiner Runde wissen. Rudi Paschke hatte am gestrigen Tag einen Hinweis aus der Dienstgruppe des Polizeireviers Konstanz aufgenommen, hatte aber die Kollegin, die etwas aufgeschnappt haben sollte, noch nicht erreicht. Die Bootszulassung war einem Bootsverleiher am Gondele-Hafen zuzuordnen. Er war also der Eigner des aufgefundenen Bootes. Und Paschke hatte heute Morgen schon mit ihm telefoniert. „Also ich habe den Bootsverleiher vom Gondele-Hafen erreicht und siehe da, es fehlt seit drei Tagen ein Boot. Warum keine Anzeige erstattet worden ist, müssen wir noch klären und auch ob es definitiv das vermisste Boot ist, dazu lege ich dem Pächter ein Bild vor. Aber da das Boot auf seinen Verleihbetrieb zugelassen ist, gehe ich davon aus, dass wir beim Richtigen sind. Wenn du damit einverstanden bist, würde ich das nachher mit Rainer in Angriff nehmen und auf den Pächter zugehen. Ab circa 10.00 Uhr ist er am Platz." Arno nickte zustimmend. „Und was haben wir noch?", wollte Arno Angele noch nachfassen, wurde aber durch das Klingeln von Reiner Sterks Handy unterbrochen. „Sterk hier, was gibt's?" Am anderen Ende der Leitung waren die Kriminaltechniker, die bei der Obduktion in der Gerichtsmedizin Freiburg mit anwesend gewesen waren, und informierten Sterk, der das Handy auf Laut geschaltet hatte, über die neuesten Ergebnisse: „Also die Obduktion ist so weit beendet. Das erste Opfer, die Frau, stand kurz vor ihrem Tod unter Rauschgifteinfluss. Zumindest waren in der Spritze noch Reste von Heroin und in ihrem Blut auch. Gestorben ist sie daran aber nicht, sondern sie wurde erwürgt. Ob sie ein Junkie war, ist schwer zu sagen. Allerdings dem Zustand ihres Körpers nach zu urteilen eher nicht. Einstichstellen wurden nämlich nur eine im Kniekehlenbereich gefunden. Beim Jungen fand man Wasser in den Lungen. Daran ist er auch gestorben. Sehr auffällig ist, dass er Striemen an seinem Hals aufweist. Und zwar frische Striemen, aber auch schon ältere. Also wurde das Kind wohl über einen längeren Zeitraum misshandelt. Dafür spricht auch, dass er mehrere Hämatome am Körper aufweist. Getötet wurde er aber eindeutig durch Ertränken. Die Spuren lassen den Schluss zu, dass er möglicherweise hinter dem Boot hergezogen worden war und so zu Tode kam. Das Besondere ist das wahrscheinliche Alter des Jungen. Auf uns hat er ja letztendlich wie ein Baby gewirkt. Der Junge ist aber laut Gerichtsmediziner mindestens zwei Jahre alt, hatte ein Gewicht von unter 5 Kilo und wäre in nächster Zeit, wenn er nicht ertränkt worden wäre, verhungert. Die Frau ist seine Mutter. Sie weist ebenfalls Spuren von Gewalt am Körper auf. Zwei Knochenbrüche, die verheilt sind, aber dennoch hätten behandelt werden müssen. Keine frischen Verletzungen in ihrer Vagina, die mit der Tötung in Zusammenhang stehen würden. Aber Spermien wurden gefunden. Wie alt sie sind, wird noch so gut wie möglich bestimmt. Ein Abstrich wurde gemacht, ist aber noch nicht ausgewertet. Sie dürfte etwas über 20 Jahre alt sein und könnte aus dem Osten stammen, genauer konnte sich der Gerichtsmediziner hier aber nicht festlegen. Und sie weist ebenso Würgemale am Hals auf, die letztendlich zum Ersticken führten. Reicht das erstmal für

Konstanz?", fragte der Kriminaltechniker nach. Im Besprechungsraum herrschte eine gedrückte Stimmung. Alle hatten die Bilder der beiden Opfer vor Augen und hatten dem Kriminaltechniker aufmerksam zugehört. Es waren schreckliche Bilder, die bei jeder und jedem unterschiedlich aufblitzten. „Nein Kollege, das hätten wir in Konstanz erst gar nicht gebraucht. Aber danke für deine Informationen. Wir sehen uns spätestens heute Abend zur Besprechung", antwortete Arno Angele. „Beide?", wollte der Techniker noch wissen. „Ja, beide", gab ihm Arno Angele zu verstehen. Arno wusste, dass sie noch wenig hatten, verteilte aber dennoch die Spuren. Rainer Huser und Rudi Paschke sollten das mit dem Ruderboot übernehmen, die Kollegin Lena Mayer sollte mit Alex Preuß, Kerstin Elser und Hans Widenhold die Rauschgiftszene und das Konstanzer Rotlichtmilieu angehen. „Irgendwo muss die Frau mit ihrem Kind doch untergekommen sein und irgendwer muss dieses besondere Pärchen gekannt haben", bilanzierte Arno Angele und zog sich in sein Büro zurück. Sein Dienstapparat klingelte. „Guten Morgen, Herr Angele, hier ist die Pressestelle. Bei mir hat der Südkurier angefragt, ob es ein Tötungsdelikt gäbe. Man hätte so etwas gehört. Der Journalist erzählte dann noch etwas von verspäteter Information. Gibt es bei euch schon etwas, was ich aufbereiten und weitergeben kann?", fragte der Kollege der Pressestelle des Polizeipräsidiums. „Bisher sind wir noch nicht dazu gekommen. Wir geben euch demnächst ein paar Informationen hoch, aber ich hatte noch keinen Kontakt mit dem Staatsanwalt und weiß auch noch gar nicht so recht, was wir rausgeben sollen", antwortete Angele seinem Kollegen. „So wie sich das angehört hat, war der schon ganz gut informiert. Also zumindest wusste er von zwei Leichen in einem Boot am Teufelstisch und er wusste, dass das Kommissariat in Konstanz den Fall übernommen hat", antwortete der Kollege. „Ja, und der Leitende Kriminaldirektor aus Friedrichshafen hat auch schon angerufen und nach der Pressemitteilung gefragt. Bei ihm sei der Südkurier vorstellig geworden und wollte von ihm wohl einen O-Ton." Arno Angele schluckte trocken. „Was soll denn der für einen O-Ton abgeben? Der ist doch vom Fall viel zu weit weg", ärgerte sich Angele. „Seien Sie froh, Herr Angele, wenn er Sie nicht anruft und damit beauftragt ihm dafür einen Sprechzettel zu schreiben. Es ist noch nicht so lange her, da hat er mich in einem anderen Fall dazu angewiesen", gab ihm der Kollege aus der Presseabteilung zu verstehen. „Aber der Südkurier bringt morgen was, egal ob wir liefern oder nicht. Also schicken Sie mir bitte ein paar Fakten hoch, damit ich eine Pressemitteilung basteln und diese dann noch mit der Staatsanwaltschaft und dem Leitenden Kriminaldirektor abstimmen kann. Danke!" Arno beendete das Gespräch und legte so gut er konnte seinen Frust und den Ärger beiseite. Er wollte sich auf seine Ermittlungen konzentrieren. Dass die Polizei nicht mehr dieselbe war, damit konnte er umgehen. Aber der neue Chef in Friedrichshafen und dessen wichtigtuerisches Verhalten ging ihm mächtig auf den Zeiger. Doch er musste liefern und ging damit auf seine Kollegin Lena Mayer zu. „Du, Lena, sei so gut und stell für die Pressestelle ein paar Daten und Fakten zusammen, vielleicht auch ein Bild des Bootes, und lass es mich vor Abgang kurz sehen. Danke dir!"

Ermittlerteam Rainer Huser und Rudi Paschke

Rainer und Rudi hatten sich einen Dienstwagen geschnappt und waren unterwegs zur Hafenstraße. Sie fuhren über die Rheinbrücke, die Konzilstraße in Richtung des an der Schweizer Grenze liegenden Einkaufszentrums Lago, über die Bahngleise am Grenzübergang Klein Venedig vorbei in Richtung Hafenstraße und weiter zur Bootshalle der Wasserschutzpolizei, wo das am Teufelstisch gefundene Boot hingebracht worden war. Der zwischenzeitlich geschlossene Grenzübergang Klein Venedig war am 10. Februar 1998 Kulisse eines grausamen Mordes an einem Schweizer und einem deutschen Zollbeamten gewesen.

Diese hatten in der Nacht einen spielsüchtigen Waffennarren kontrolliert, der Waffen über die Grenze schmuggeln wollte und sich durch die Morde der Kontrolle entzog. Die beiden Kriminalkommissare wurden von den Kollegen der Wasserschutzpolizei schon erwartet und brachten Sie in das Innere der Bootshalle. Das kleine Boot sah in dieser großen Halle recht mickrig aus, aber das Foto war schnell gemacht. „Gibt es noch etwas, was ihr uns sagen könnt und wo wir euch helfen können?“, fragte eine junge Kollegin der Wapo nach. „Wenn dann melden wir uns“, entgegnete Rudi Paschke. „Aber wieso habt ihr eigentlich hier ein großes Bootshaus und kein Boot darin?“, war Paschke nun doch neugierig geworden. „Naja, das neue schwere Polizeiboot würde hier sowieso nicht reinpassen. Zudem hat man die Wasserschutzpolizeistation inzwischen an den Seerhein verlegt“, antwortete die Kollegin. „Aber warum genau, das kann ich dir auch nicht sagen.“ Huser und Paschke verabschiedeten sich und fuhren mit dem Dienstwagen am Konstanzer Hafen entlang zum Gondele-Hafen, der unterhalb vom Konzil lag. Als die beiden dort eingetroffen waren, trafen sie bei den Booten auf einen älteren Herrn, der vermutlich der Chef war. „Guten Morgen, sind Sie hier für den Bootsverleih zuständig?“, fragte Huser den älteren Herrn. Der nickte und bemerkte: „Sie sind sicher von der Kripo.“ „Ja, das stimmt. Ich würde gerne Ihre Personalien notieren Dann zeigen wir Ihnen das Bild von dem Boot und sind dann auch schon wieder weg“, antwortete Rainer Huser. Die Personalien und der Sachverhalt waren schnell aufgenommen: Vor drei Tagen hatte eine junge Dame, so um die 20 Jahre, ein Boot gemietet und war damit weggefahren. Auf die Frage, ob sie das Boot für ein paar Tage ausleihen konnte, hätte er den Wunsch hierzu zunächst verneint. Die Frau hatte dann das Boot für eine Stunde gemietet, war damit hinausgefahren und kam nach einer Stunde in den Gondele-Hafen zurück. „Das war's?“, hakte Rainer Huser erstaunt nach. „Nein, natürlich nicht. Als ich am nächsten Morgen wieder hierherkam, war das Boot weg. Wer es geklaut hat, das kann ich nur vermuten. Aber sicher wissen kann ich es natürlich nicht", antwortete der Bootsverleiher. „Das hört sich seltsam an. Ganz ehrlich und warum haben Sie die Polizei nicht informiert und Anzeige erstattet?", hakte Huser nach. „Das hätte ich schon noch gemacht. Aber ich wollte einfach noch ein oder zwei Tage warten. So wie die Frau aussah und wie sie auf mich wirkte, wollte ich ihr nicht noch mehr Schwierigkeiten bereiten. Vielleicht wollte der vermeintliche Dieb das Boot auch zurückbringen." „Und Sie glauben, dass das Boot von der Frau entwendet wurde?", wollte Rainer Huser wissen. „Na, eine gewisse Logik hätte das ja. Die Frau wollte das Boot für mehrere Tage und bekam es von mir nicht. Dann könnte es ja sein, dass sie es gestohlen hat, um es noch länger nutzen zu können", antwortete der Verleiher den Polizisten. „Und wie hat die Frau auf Sie gewirkt?" hakte Paschke nach. „Das kann ich Ihnen nicht so recht sagen. Sie wirkte halt irgendwie hilfsbedürftig und ich hatte das Gefühl, dass sie unter Druck stand." Die beiden Kommissare ließen das erst einmal so stehen. „Gut, dann zum Bild. Ist das Ihr Boot, das wir hier auf dem Bild haben?", fragte Huser und zeigte dem Verleiher das Foto. „Ja klar, das ist mein Boot. Sehen Sie, es hat denselben Anstrich und Farbkombinationen wie die anderen Boote hier und das Kennzeichen stimmt auch. Das ist mein Boot." Rainer Huser und Rudi Paschke schauten sich an. „Könnten Sie uns auf die Wache begleiten? Wir hätten da noch ein paar Fragen an Sie." Der Bootsverleiher schaute die beiden Kommissare erstaunt an. „Na, fragen Sie mich doch! Was soll ich Ihnen auf dem Kommissariat anderes erzählen als hier? So ohne weiteres kann ich hier nicht weg. Ich führe ja schließlich ein Geschäft", antwortete der Bootsverleiher selbstbewusst. Rainer Huser und Rudi Paschke tauschten ratlose Blicke aus. Einen Grund den Mann festzuhalten oder festzunehmen hatten sie nicht. Also blieb ihnen nichts anderes übrig, als den Mann im Hafen zu befragen. Allerdings waren die Informationen recht dürftig: Einen Ausweis hatte er sich nicht zeigen lassen. Für die Stunde hatte die Frau bezahlt. Die Personenbeschreibung traf in etwa auf das weibliche Opfer zu. Sie sprach Deutsch. Man hörte aber, dass sie Ausländerin war. Vielleicht rumänisch, russisch oder serbisch. Auf jeden Fall slawisch. In Begleitung war die Dame nicht und schon einmal gesehen hatte der Bootsverleiher sie auch nicht. Und auf die Frage, ob sie in Begleitung eines Babys war, überlegte der Bootsverleiher. „Das kann ich Ihnen gar nicht so genau sagen. Als sie mit mir verhandelt hat, war sie allein, aber ich glaube, etwas weiter weg, da stand ein Mann mit einem Baby im Arm, wenn Sie mich das jetzt so fragen. Ich hatte aber nicht den Eindruck, als wenn sie zusammen gehört hätten, wenn Sie wissen, was ich meine." Huser und Paschke nickten. Als die beiden gehen wollten, stellte der Verleiher noch eine Frage: „Wo haben Sie denn das Boot gefunden?" Paschke und Huser wussten natürlich noch nicht, was ihr Chef alles nach Außen geben wollte und Täterwissen wollten die beiden ohne Not auch nicht preisgeben. „Wir haben das Boot bei Wallhausen gefunden", antwortete Huser schnell. „Bei Wallhausen? Sie wissen, wie weit das weg ist. Also mit dem kleinen Motor brauchen Sie dorthin schon eineinhalb bis zwei Stunden", bemerkte der Bootsverleiher verwundert.

Schreibtischermittlungen

Alex Preuß und Lena Mayer hatten sich bei der Sonderkommission Hegau als gutes Team für den Innendienst gezeigt und wurden daher von Arno Angele wieder für die Schreibtischermittlungen eingesetzt. Lena hatte schon recht früh am Morgen die Daten und Fakten für das Boot zusammengestellt. Die Auskünfte bekam sie bequem vom Wasserschifffahrtsamt. Alex hatte sich mit den Rauschgiftfahndern zusammengesetzt. Vielleicht konnte man auf diesem Weg die Frau identifizieren. „Sagt mal, Kollegen, das müsste doch mit dem Teufel zugehen, wenn dieses Duo, die Frau mit ihrem Baby oder Kleinkind, niemand kennt", stellte Alex in den Raum. Die Rauschgiftermittler schauten sich an und einer von ihnen meinte: „Also auf die Schnelle können wir zu diesem besonderen Pärchen nichts sagen. Doch wir machen einen Stubendurchgang in den einschlägigen Bereichen und geben euch sofort Bescheid, wenn wir etwas haben. Aber wissen wir denn genau, dass das Pärchen aus Konstanz kommt? Es könnte ja auch sein, dass die Opfer gar nicht von hier sind und auch, dass der Fundort mit dem Tatort überhaupt nichts zu tun hat", bemerkte einer der Rauschgiftermittler. „Das stimmt natürlich, aber es spricht einiges dafür, dass zumindest der Bodensee der Tatort sein dürfte. Eines der Opfer, nämlich das Kind, hatte Wasser in den Lungen. Das Kind ist also ertränkt worden", ergänzte Alex den Informationsstand der Kollegen. „Gut, Alex, wir ziehen dann mal los und fangen mit der Gegend um den Bismarckturm an. Bis heute Abend wissen wir vielleicht etwas mehr", antwortete der Kollege. „Was wir aber nicht aus den Augen verlieren sollten, ist die Frage, ob vielleicht die Frau und das Kind doch von woanders stammen. Sie könnten auch aus der Schweiz eingereist sein oder aus Österreich oder Lichtenstein stammen." „Da hast du Recht. Ich gebe in jedem Fall den Kollegen in Frauenfeld Bescheid und ich glaube, man sollte noch an Schaffhausen und Zürich denken", antwortete Alex Preuß seinem Kollegen. „Österreich und Lichtenstein, würde ich jetzt erst einmal vernachlässigen. Also, bis später."

Brainstorming

Arno Angele und Karl Grimm hatten sich in Karls Büro zusammengesetzt und sprachen die bisherige Faktenlage durch. „Was meinst du, Karl, haben wir es hier mit einem Ritualmord zu tun oder sehe ich da wegen dem Teufelstisch Gespenster?" Karl zögerte kurz, bevor er antwortete: „Das kann schon sein. Aber vielleicht sind die Todesumstände profaner, als wir es derzeit vermuten. Wir müssen als erstes die Identität der Frau herausfinden und dann können wir nur hoffen, dass wir den oder die Täter im weiteren Kontext ermitteln können.“ Beide waren noch nicht sehr zuversichtlich. Natürlich standen sie am Anfang der Ermittlungen, aber es fühlte sich alles in allem nicht einfach an. Und die beiden verfügten nicht über die „Manpower“, die man für die professionelle Bearbeitung eines solchen Falles benötigte. „Hattest du schon Kontakt mit den Schweizer Kantonen Thurgau, Schaffhausen und Zürich?“, wollte Karl von Arno wissen. „Nein, aber es wäre nicht schlecht, wenn du das übernehmen könntest. Zumindest mal auf deiner Ebene den Kripochefs ankündigen, dass wir mit ein paar Anfragen auf sie zukommen würden“, wies Arno seinen Chef an. „Das mache ich gern. Ich fange gleich mit meinem Pendant in Frauenfeld, Marcel Schellinger, an und ihr könnt dann, wenn ihr so weit seid, mit euren Ermittlungen in der Schweiz loslegen.“ Karl hob den Telefonhörer ab und wählte nacheinander die Kripochefs an. Die Information war rasch übermittelt. Danach ging Karl zu seiner Kollegin Lena Mayer und beauftragte sie die wesentlichen Daten und Fakten auf einem Sheet zusammenzustellen und es den Schweizer Kripochefs zukommen zu lassen.

Irgendwo im Rotlichtmilieu – etwa vier Wochen zuvor

„Musstest du die Schlampe mit ihrem Balg auch derart vermöbeln? So schlecht lief es doch in letzter Zeit nicht. Die hat doch ordentlich was reingebracht und außerdem wollte ich sie jetzt weiterverkaufen! Die Freier standen auf sie und ihre großen Titten. Und gib's zu, du hast dich auch öfters bei ihr bedient.“ „Ja, aber sie ist mir auf den Wecker gegangen mit ihrem Balg. Immer und überall hat sie das Kind mitgeschleppt, bis ich es schließlich an einen Heizkörper angebunden habe. Und es gab immer Ärger mit und wegen dem Kind. Wenn Sie mit einem Freier auf dem Zimmer war, konnte es passieren, dass das Balg anfing zu schreien. Einmal hat sie deswegen sogar die Arbeit unterbrochen und nach dem Kind gesehen.

Wenn sie zu einem Kunden musste, hat sich irgendjemand um das Kind kümmern müssen, vor allem, weil es immer wieder angefangen hat zu schreien. Ich habe der blöden Kuh gesagt, dass sie weiter anzuschaffen hat und es mir völlig egal ist, was mit ihrem Balg passiert, wenn sie Kundschaft hat. Es hatte ja mit dem Hundehalsband ganz gut geklappt, aber irgendwie hat mich die Schlampe beschissen und Geld für das Kind abgezweigt. Sie meinte, dass das Kind mehr zum Essen bräuchte. Das konnte ich doch nicht durchgehen lassen – oder?“ „Nun es ist, wie es ist. Die Nutte ist nicht mehr da und heute Abend kommen unsere Geschäftspartner. Also können wir nur drei Nutten auf die Reise schicken. Du sorgst mir dafür, dass die Kleine bald wieder zurück ist und Geld bringt. Sie geht dann mit der nächsten Charge raus. Und sorge dafür, dass sie sauber bleibt. Also keine Polizei! Die würde uns gerade noch fehlen.“

Stubendurchgang

Kerstin Elser und Hans Widenhold hatten sich den Kolleginnen und Kollegen der Rauschgiftermittlungsgruppe angeschlossen und waren bei dem anschließenden Stubendurchgang mit dabei. Am Bismarckturm trafen die Ermittler auf die übliche Jugendgang, die sie mit ihren Fragen abblitzen ließen und an den anderen Ecken in Konstanz, wo Stoff gedealt wurde kannte keiner eine Frau mit der den Ermittlern bekannten Personenbeschreibung und einem Kind im Schlepptau. „Das ist zäh, Hans“, bemerkte Kerstin, während die beiden die Marktstätte am Kaiserbrunnen vorbei in Richtung See marschierten. Hans wollte Kerstin noch den Gondele-Hafen zeigen, damit sie sich hierzu auch ein Bild machen konnte. Als sie nach dem Sparkassengebäude durch die Unterführung gingen, hielt Hans Kerstin am linken Handgelenk fest. „Ich glaube, die Frau war nicht heroinsüchtig. Bei der Obduktion wurde das ja auch so festgestellt. Sie hatte keine Einstichstellen und ihr Körper wirkte auch nicht so, wie nach einem langen Missbrauch. Das hier müssen wir zwar abarbeiten, aber ich stelle einfach mal die These auf, dass die Frau eventuell eine Prostituierte und das Kind ein Unfall war. Dafür würde die Kleidung der Frau und der Zustand des Kindes sprechen. Ich denke, wenn wir mit dem Rauschgift durch sind, gehen wir mal auf die einschlägigen Bordelle hier in Konstanz zu. Vielleicht können wir dort etwas in Erfahrung bringen." „Sollen wir dazu nicht die Kolleginnen und Kollegen von der Sitte mit einbeziehen?", fragte Kerstin. „Das können wir gerne nach Rücksprache mit dem Chef tun. Aber du hast ja gehört, dass die in Friedrichshafen von dem Fall überhaupt nichts wissen wollen und ich habe den Chef so verstanden, dass wir das jetzt erst einmal selbst erledigen. Aber unser Kollege Hans Bild hatte sich vor der Reform um die Rotlichtszene in Konstanz gekümmert und ich glaube den können wir problemlos mit einbauen", antwortete Widenhold seiner Kollegin.

Konstanzer Rotlichtmilieu

Kerstin und Hans waren am frühen Nachmittag auf die Dienststelle zurückgekehrt und hatten wenig Habhaftes mit nach Hause gebracht. Die Rauschgiftszene gab für den Fall kein Brot und die beiden Ermittler wollten wegen ihrer Idee, den Fall auf das Rotlichtmilieu auszudehnen, mit ihrem Ermittlungsgruppenleiter Arno Angele sprechen. „Wie gut kennt ihr die Szene hier und wie wollt ihr die Ermittlungen führen?", fragte er die beiden, die bei ihm im Büro saßen, interessiert. Hans erinnerte sich an seine Streifendienstzeit Ende der 90er-Jahre und fasste sein Know-how zusammen: „Also früher gab es hier eine lebhafte Szene und mehrere Bordelle." Hans berichtete, dass er sich noch an das Arabella-Haus beim Bahnhof erinnerte, das allerdings schon vor langer Zeit geschlossen worden war, und an Straßenstriche in der Laube, die auch nicht mehr da waren. Es gab in der Reichenauer Straße das Klein Paris, das auch vor ein paar Jahren dicht gemacht hatte, und ‚neben noch aktuellen Angeboten in der Byk-Gulden-Straße, ein kleineres

Etablissement in der Fürstenbergstraße. Aber seit die Schweizer Kundschaft aufgrund der Liberalisierung des Sexgeschäftes in der Schweiz nach und nach ausgeblieben war, hatte sich die Szene mehr und mehr in Terminwohnungen verlagert. „Vielleicht sollten wir die noch bestehenden Häuser und dann auch die uns bekannten Terminwohnungen angehen, um herauszufinden, ob die Frau mit dem Kind vielleicht dort eingesetzt wurde." Arno hatte aufmerksam zugehört. „Gut, wir stellen für heute Abend einen Trupp zusammen mit Kripokollegen, die sich früher um die Prostitution in Konstanz gekümmert haben, dann versuchen wir unser Glück. Das ist eine gute Idee von euch beiden und Respekt Hans, du hast aus deiner Zeit in Konstanz doch noch einiges auf dem Kasten. Aber seid vorsichtig! Das Milieu ist nicht ganz ungefährlich. Es geht um Geld und ich erinnere mich noch an Zeiten, wo auch mehrere Schießereien in der Szene stattfanden." Kerstin und Hans nickten. „Wir haben im Kommissariat noch ein oder zwei Kollegen, die früher bei der Sitte gearbeitet haben, die binden wir in die Ermittlungen ein. Einverstanden?", ergänzte Arno seine Ausführungen. Kerstin und Hans nickten wieder zustimmend. Die beiden gönnten sich in der Polizeikantine im Haus noch ein verspätetes Mittagessen und machten sich an die Vorbereitungen. Unterstützt von Hans Bild machten sie sich an einen Plan. Den Anfang sollte ein Etablissement im Industriegebiet machen. Von dort wusste man, dass die Polizei zwar grundsätzlich nicht erwünscht war, man wusste vom Betreiber des Hauses aber auch, dass er für ein Gespräch zugänglich war. „Ein solches Paar ist mir bislang nicht untergekommen. Ihnen ist doch bewusst, dass meine Frauen hier freiwillig arbeiten und ich die Hygienestandards mehr als beachte. Meine Frauen müssen sich regelmäßig untersuchen lassen und mir ihre Befunde vorlegen, sonst dürfen sie bei mir nicht arbeiten", echauffierte sich der Chef des Hauses. „Wir sind nicht an den Abläufen oder Prostituierten in Ihrem Haus interessiert. Es gibt einen möglichen Mord aufzuklären, deshalb sind wir da. Können Sie uns zu den Opfern, der Mutter und dem Kind, etwas sagen oder haben Sie vielleicht in der Szene etwas gehört?", wollte Kerstin Elser wissen. „Wir vermuten, dass die Frau möglicherweise anschaffen ging und der Kleine dabei im Weg war und es vielleicht in diesem Kontext zu einem grausamen Verbrechen gekommen ist", ergänzte Hans die Ausführungen seiner Kollegin. „Wenn Sie ein Foto haben, dann kann ich das gerne mal auf den Weg bringen und nachhaken", antwortete der Betreiber. „Das haben wir nicht. Aber ich kann Ihnen ein Bild von vor der Obduktion der beiden Leichen zeigen. Vielleicht sagt Ihnen das etwas", gab Kerstin ihrem Gegenüber zu verstehen. Sie zückte ihr Smartphone und zeigte dem Gegenüber das Bild. „Das sagt mir nichts. Und Sie dürfen mir glauben, wüsste ich etwas, dann würde ich es Ihnen sagen. Das Geschäft läuft nicht mehr so wie früher. Es haben sich Banden aus Osteuropa bei uns eingenistet, die die Preise drücken, auf die Gesundheitsstandards pfeifen und bei denen die Mädchen mit Gewalt auf den Strich gezwungen werden. So wie ihr Opfer aussieht, könnte es sich um ein Mädchen aus Osteuropa handeln. Und das wissen Sie ja selbst, dort wird mit ganz anderen Mitteln gearbeitet. Die Mädchen werden mit den unterschiedlichsten Methoden von ihrem Zuhause weggelockt oder sogar von den eigenen Eltern verkauft. Meist wird den jungen und unerfahrenen Frauen eine Modelkarriere versprochen, irgendwo in den Metropolen von Europa, und sobald sie im Zugriff der Organisation sind, sind sie verloren. Dann werden sie gefügig gemacht. Alles, was ihnen persönlich gehört wird ihnen weggenommen und es wird ständig Druck ausgeübt. Für ihr Geschäft werden sie meist nur kurz für ein paar Wochen an einem Ort angeboten und dann von einem Bordell ins nächste weitergereicht. Die Mädchen werden gehalten wie Tiere. Wie bereits gesagt, da brauche ich Ihnen ja nichts zu erklären. Aber die Frau und das Kind kenne ich nicht und mir ist auch nicht bekannt, dass in Konstanz eine solches Paar am Start war", beendete der Betreiber des Bordells seine

Ausführungen. „Und jetzt darf ich Sie freundlich bitten. Wenn mir etwas zu Ohren kommt, dann melde ich mich. Sie brauchen mir auch keine Karte dazulassen. Ich kenne die örtliche Polizei." Kerstin und Hans schauten sich an und verabschiedeten sich. „Glaubst du ihm?", wollte Kerstin wissen. „Also ich glaube ihm, dass er nichts weiß. Ich denke auch, dass wir vielleicht eher eine Chance in den Terminwohnungen haben. Aber auch dort werden wir sicher nicht mit offenen Armen empfangen", antwortete Hans seiner Kollegin. Kerstin und Hans suchten an dem Abend noch zwei, drei Wohnungen im Industriegebiet von Konstanz auf, in der Hussenstraße und der Max-Stromeyer-Straße. Aber außer mehr oder weniger wüsten Beschimpfungen kamen sie an dem Abend nicht weiter.

Irgendwo im Rotlichtmilieu – etwa drei Wochen zuvor

„Sag mir, wo die Schlampe hin ist oder es geht dir wie ihr! Hast du mich verstanden?" Elena hockte auf ihrem Bett, das sie mit mehreren Mädchen teilte und hatte die Arme zum Schutz vor ihrem Gesicht verschränkt. Ihrem Peiniger war das aber egal. Er holte aus und schlug ihr mit der Faust in den Magen, so dass Elena nach vorne absackte. „Sag mir jetzt, wo ich die Kuh und ihr Balg finde, sonst schlage ich euch alle tot!", redete sich ihr Peiniger in Rage. „Ich weiß nicht, wo Lacrima mit ihrem Kind hin ist! Sie hat mit mir so gut wie nie gesprochen. Wir kommen auch nicht aus dem gleichen Dorf. Ich habe mit Lacrima nichts zu tun!" „Ich glaube dir nicht! Du weißt etwas und das will ich jetzt hören, sonst schicke ich dich in den schlimmsten Puff, den ich kenne! Und dort wirst du nicht nur die netten Herren bedienen und mit ihnen ficken, sondern auch die brutalen, die dich schlagen und foltern. Hast du mich verstanden?" Ihr Peiniger holte zum nächsten Schlag aus. Aber Elena reagierte schnell genug. „Sie hat mir nur gesagt, dass sie fliehen will. Sie hat wohl einen Mann kennengelernt, der sie mitnehmen wollte. Nur das Kind war irgendein Problem. Aber mehr weiß ich nicht! Bitte!" „Warum hast du das nicht gleich gesagt? Und wie hieß der Freund und wie sah er aus?", bohrte Elenas Peiniger nach. „Er war mit ihr öfters auf dem Zimmer. Ich habe ihn nicht gesehen und sie hat mir den Namen auch nicht genannt. Sie sagte lediglich, er sei ein guter Mensch und wolle sie retten. Einen Namen kann ich dir aber wirklich nicht sagen!" Der Peiniger drehte sich auf dem Absatz um. „Gut, ich prüfe das und wenn du mich angelogen hast, dann weißt du ja was passiert. Und jetzt mach dich fertig fürs Geschäft! Jusuf bringt dich. Für heute Abend packst du deine Sachen. Es geht für dich in die nächste Stadt."

Litzelstetten

Karl Grimm hatte sich am Montagnachmittag von Arno Angele noch auf den neuesten Stand der Ermittlungen bringen lassen. Arno hatte ihm berichtet, dass sie die Ermittlungen nun auch auf das Rotlichtmilieu ausdehnen und heute Abend mit einem kleinen Trupp in verschiedenen Etablissements in Konstanz aufschlagen wollten. Karl war natürlich damit einverstanden. Auch er hatte sich nach dem Obduktionsergebnis Gedanken gemacht. Das Opfer hatte nur eine Einstichstelle und die auch noch an einem ungewöhnlichen Platz. Es sprach vieles dafür, dass ihr die Spritze verabreicht worden und sie zumindest nicht heroinsüchtig gewesen war. Was war ihr Geheimnis? Karl grübelte über den Fall, während er schon am Spätnachmittag auf dem Weg nach Hause war. Maria und er hatten Karten für eine Premiere im Stadttheater. Und das wollte er heute natürlich nicht verpassen. Außerdem hatte er die Leitung der Ermittlungsgruppe Arno übertragen und das ging ihm nun wie auch noch so manches anderes durch den Kopf. Ein schlechtes Gewissen hatte er dennoch, aber er verdrängte es so gut er konnte. Es war ein schöner Sommertag und Karl hatte es sich zur Gewohnheit gemacht, wenn es das Wetter zuließ, mit dem Fahrrad von und zum Dienst zu fahren. Vom Präsidium aus gab es mehrere schöne Radwege nach Litzelstetten und wenn Karl auch mal tagsüber etwas zu erledigen hatte, war das Fahrrad in Konstanz ideal. Über die Fahrradbrücke war man in wenigen Minuten in der Niederburg, dem ältesten Stadtteil von Konstanz und konnte dort auch mal in der Mittagspause das vielfältige Konstanzer Angebot nutzen. Heute nach Dienstschluss wollte Karl am See entlangfahren und startete am Präsidium in Richtung Seestraße. Diesmal genoss er die kurze Fahrradtour nach Hause. Von der Seestraße mit ihren repräsentativen Jugendstilvillen konnte man über die Konstanzer Bucht hinüber zum Schweizer Ufer blicken. Im Blickfang die stolze hochaufragende Imperia, an der Hafenmole, dahinter die Alpen mit dem dominanten Säntis, fast immer präsent vor der wunderschönen Wasserkulisse. Ein Stück weiter passierte Karl das Konstanzer Casino, das Konstanzer Strandbad Hörnle, das alte Wasserwerk, den Fährhafen, die Mainau mit dem schönen Schloss und dann ging es ein wenig anstrengender hinauf nach Litzelstetten. Maria und Karl waren sich sehr bewusst, dass es ein Privileg war hier leben und arbeiten zu dürfen. Karl ging wie immer während der kurzen Fahrradfahrt vieles durch den Kopf. Aber eben auch das tat ihm gut und wenn er zuhause das Fahrrad abstellte, war es in seinem Kopf aufgeräumt. Maria erwartete ihn schon zuhause und beide freuten sich auf den gemeinsamen Abend. „Was wird denn überhaupt gespielt?“, frotzelte Karl mit Maria, die für die Abendgarderobe ein langes schwarzes Kleid gewählt hatte. Maria lachte ihren Karl an und er spürte in diesem Moment einmal mehr, wie sehr er sie liebte und wie schön es war mit dieser Frau drei Kinder zu haben und das Leben zu teilen. „Für dich gibt es heute Maria im Abendkleid und ich schaue mir von Jean Paul Sartre ‚Das Spiel ist aus‘ an. Ich denke das Stück hat alles, was uns anspricht. Es geht um Liebe, es gibt einen Polizeispitzel, es ist Geschichte. Ich bin mir sicher es wird uns gefallen", fasste Maria das populäre Werk Sartres zusammen. „Da bin ich aber mal gespannt", meinte Karl, „aber ich glaube mir gefällt Maria im Abendkleid am besten. Was soll ich den anziehen, wenn du eine so traumhafte Garderobe trägst?" „Liegt alles schon auf dem Bett, mein Schatz", gab ihm Maria zur Antwort und entschwand in den unteren Bereich ihres Hauses.

Kriminalkommissariat Konstanz – am Dienstagmorgen

Karl Grimm hatte den Abend mit seiner Frau im Stadttheater Konstanz genossen und war wie üblich wieder früh auf den Beinen. Gegen 07.00 Uhr saß er bereits in seinem Büro im Kommissariat, sichtete die Tagespost, bewertete und verteilte die eingegangenen Fälle. Danach wollte er sich bei Arno Angele erkundigen, ob die Ermittlungsgruppe schon weitergekommen war. „Mysteriöser Fund am Teufelstisch" war die Headline der heutigen Südkurierausgabe mit einem Bild vom Teufelstisch, den weiß bekleideten Kollegen der Kriminaltechnik und dem schweren Polizeiboot im Hintergrund. Ein Reporter hatte offensichtlich bereits vorgestern ein Bild von der Szenerie gemacht. Der Artikel war gut aufgemacht und füllte fast eine ganze Seite im Konstanzer Teil der Zeitung. Karl bewertete das Geschriebene als für die Ermittlungen unschädlich. Bemerkenswert war ein völlig inhaltsarmer O-Ton des Kripochefs aus Friedrichshafen. „Was weiß denn der überhaupt über den Fall", dachte Karl bei sich und legte es aber dann schnell wieder ad acta. „Guten Morgen, Arno. Habt ihr gestern etwas erreicht?" „Guten Morgen, Karl, wir haben in 10 Minuten Besprechung. Komm doch dazu, dann bist du aktuell informiert", antwortete Arno. Im Besprechungsraum warteten schon die Kollegin Elser und die Kollegen der Ermittlungsgruppe. Arno hatte aber auch den Rest der Mannschaft eingeladen, damit alle auf Ballhöhe waren und gegebenenfalls auch mitarbeiten konnten. Die Ermittlungsgruppenmitglieder kamen alle zu Wort. Es wurden der bisherige Stand der Ermittlungen dargestellt, das Obduktionsergebnis der beiden Opfer und natürlich auch der Sachstand mit dem Boot. Was aber immer noch fehlte war die Identität der beiden. Was auch nach wie vor nicht klar war: Wieso fuhr der Dieb oder die Diebin mit dem Boot vom Konstanzer Gondele-Hafen nach Wallhausen bis hin zum Teufelstisch und was hatte der Teufelstisch für das Verfahren für eine Bedeutung? „Wie heißt denn eigentlich die Ermittlungsgruppe und ist die Errichtungsanordnung schon nach Friedrichshafen gegangen?", hakte Karl vorsichtshalber nach. „Also ich würde die Ermittlungsgruppe Teufelstisch taufen und die Errichtungsanordnung geht dir heute Morgen noch zu. Das habe ich zugegebenermaßen glatt vergessen. Und ich weiß, der neue große Chef, der Herr Leitender Kriminaldirektor, ist da sehr pingelig", brachte sich Arno ein, dem es nicht schwer viel bei jeder sich bietenden Gelegenheit seine Emotionen bezüglich der Neuorganisation der Polizei zu transportieren. Im Besprechungsraum waren jetzt nur noch die Mitglieder der Ermittlungsgruppe anwesend und diskutierten über die weitere Vorgehensweise. „Also wir wissen, dass das Boot mit einem kleinen Motor ausgestattet war und nicht schnell fuhr. Der Eigner des Boots, also der Bootsverleiher am Gondele-Hafen, hatte gegenüber Rudi Paschke zum Ausdruck gebracht, dass man mit dem Motor schon eineinhalb bis zwei Stunden vom Gondele-Hafen bis nach Wallhausen an Zeit veranschlagen müsse. Also könnte es sein, dass der Bootsdieb nicht zufällig Wallhausen ansteuerte und die Tat vielleicht geplant war. Gab es denn einen Benzinkanister oder andere Gegenstände, die auf eine geplante Vorgehensweise schließen lassen? Hat die KT dazu am oder im Boot etwas entdeckt?", brachte sich Kerstin Elser in die Runde ein. „Das Boot wurde gründlich untersucht.

Aber aufgefallen ist der KT in dieser Richtung nichts und wäre da etwas, dann hätte die Technik das auch gefunden“, bemerkte Reiner Sterk, der die KT in der Runde vertrat. „Aber wir gehen sicherheitshalber zur Bootshalle und schauen uns das Boot unter diesen Aspekten nochmal an“, ergänzte er. „Gut, was haben wir noch?“, wollte Arno von seinem Team wissen. Ohne Antworten auf seine Frage abzuwarten, verteilte er die Aufträge. „Also, ich schlage vor, dass wir uns heute mal Wallhausen vornehmen und an der Uferpromenade entlang die Bewohnerinnen und Bewohner befragen, ob sie ein Boot mit Frau und Kind oder noch weiteren Personen wahrgenommen haben. Oder ob den Leuten Samstagnacht oder am Sonntagmorgen etwas Besonderes aufgefallen ist. Wobei die Kolleginnen und Kollegen die Chancen hierfür eher gering einschätzten. Trotzdem muss die Arbeit getan werden. Kerstin und du, Hans, ihr verfolgt weiter den Ansatz im Rotlichtmilieu. Wenn es sich bei unserem Opfer um eine Prostituierte handelte und sie möglicherweise aus dem Osten stammte, dann war sie mit ihrem Kind vor ein paar Tagen vielleicht noch wo ganz anders“, bemerkte Arno Angele. „So in etwa hat sich der Bordellbetreiber gestern Abend auch geäußert“, ergänzte Kerstin hierzu. „Bindet auf jeden Fall die Kriminalinspektion 2 aus Friedrichshafen mit ein. Vielleicht haben wir es hier auch mit der rumänischen Mafia und Zwangsprostitution zu tun“, gab Arno den beiden Ermittlern Kerstin und Hans noch mit auf den Weg. „Und Alex, was machst du heute Morgen?“, hakte Angele bei seinem EDV-Experten und Analysespezialisten nach. „So viel Habhaftes haben wir noch nicht, über was ich mir Gedanken machen könnte. Warum?“, wollte dieser wissen. „Dann übernimmst du die Bereitschaftspolizei. Die kommen heute im Verlauf des Vormittags und stehen uns für die Durchsuchung des großen Waldstücks beim Teufelstisch zur Verfügung. Geht das? Ein Kollege vom Streifendienst unterstützt dich.“ „Geht in Ordnung“, antwortete Alex Preuß.

Dobrudscha, Rumänien – vor etwa zwei Jahren

„Du weißt, dass ich dich liebe und du weißt, dass ich nur das Beste für dich will.“ Florin hatte mal wieder einen guten Job gemacht. Er arbeitete nun schon seit zwei Jahren in diesem Geschäft und es ging ihm seither richtig gut. Florin konnte sich einen schwarzen Jeep leisten und das war für sein Alter und in Rumänien schon gar nicht so schlecht. Lacrima hatte er in einem Dorf unweit von Tolcea gefunden. Ein Ort, in dem es mehr Eselskarren als Autos gibt. Und er musste sich nicht wirklich anstrengen, damit sie ihm in den Jeep folgte und mit ihren 18 Jahren ihre Eltern, Haus und Hof verließ, um mit ihm auszugehen. Florin hatte Lacrima in einen Nachtclub nach Tolcea eingeladen und wartete auf den Fahrer. „Weißt du, mein schönes Mädchen, ein Onkel von mir lebt in Prag und kann dir sofort eine gute Stelle in einem Restaurant verschaffen. Ich komme in einer Woche nach und dann fahren wir gleich weiter nach Deutschland oder bleiben noch eine Weile. Du wirst sehen, das wird ein tolles Leben, meine schöne Lacrima. Du hast alles, was ein erfolgreiches Model braucht: Du siehst gut aus, du hast eine gute Figur und damit wirst du sehr viel Geld verdienen.“ Florin war gut in seinem Job als Loverboy. Er war ein hübscher Kerl und wusste, dass er mit seinem drahtigen, durchtrainierten Körper auf die Frauen Eindruck machte. Lacrima nickte und schaute mit ihren 18 Jahren Florin verliebt in die Augen. „Ich bin so froh, dass ich dich kennengelernt habe und endlich hier rauskomme. In unserem Dorf stirbst du nicht am Alter, sondern an Langeweile“, meinte Lacrima und nahm einen kleinen Schluck Mojito aus ihrem Glas. Florin bot ihr eine Zigarette an. Lacrima winkte ab und meinte: „Nicht alles auf einmal. Der Mojito reicht mir erst einmal.“ Florin lachte und gab dem Mädchen einen Kuss. „Gib mir doch bitte noch deinen Ausweis. Ich will deine Daten meinem Onkel noch mitteilen, damit er dich problemlos vermitteln kann.“ Lacrima fühlte sich mit Florin schon so vertraut, dass sie keinerlei Bedenken hatte, kramte in ihrer Handtasche und übergab ihm ihren Pass. „Warte einen Moment. Ich bin gleich wieder da“, meinte Florin und lächelte sie an. Er verließ den Club und schaute nach dem Fahrer. Der übliche Lada Niva stand schon am Straßenrand und wartete auf seine Ware. Im Fond saßen zwei weitere Mädchen fertig für die Reise. Florin holte Lacrima und übergab sie dem Fahrer. Sie protestierte nicht. Schließlich hatte Florin ihr klar gemacht, dass es ein Glück sei, dass sein Cousin gerade nach Prag fahren wolle. Dann müsste Lacrima nicht mit dem Zug fahren. Dass sie jedoch nicht zum Onkel nach Prag, sondern erst zu einem rumänischen Zuhälter gebracht werden sollte, wusste sie zu dem Zeitpunkt natürlich noch nicht. Und ihr künftiges Einsatzgebiet kannten weder sie noch Florin. Und ihm war das auch egal. Hauptsache er bekam sein Geld. Er hatte sich kurz verabschiedet, dem Fahrer ein Zeichen gegeben und war zurück in den Nachtclub gegangen. „Wo ist das hübsche Mädchen, das gerade noch bei dir war?“ Florin lächelte dem Fragenden entgegen und meinte: „Was für ein Mädchen? Hast du irgendein Mädchen gesehen?“

Ermittlerteam Rainer Huser und Rudi Paschke

Die beiden Kriminalkommissare hatten sich auf den Weg gemacht und waren über Dettingen auf dem schnelleren Weg nach Wallhausen gefahren. Der Weg führte die beiden direkt zum Yachtclub Wallhausen, wo sie den Dienstwagen parkten und dann rechts und links des Yachtclubs die Häuser abklapperten und die Bewohner, die angetroffen wurden, nach Besonderheiten, Bootsmotorenlärm oder einem kleinen Boot befragten. Wie erwartet, war den Menschen in Wallhausen nichts Nennenswertes aufgefallen. Es war natürlich auch schwierig. Selbst wenn am Abend oder in der Nacht auf dem See Bewegung herrschte oder ein Boot mit Motor fuhr, war das in Wallhausen etwas völlig Normales und für die Bewohner selbstverständlich. In Wallhausen lagen viele

Boote am See, vor allem von Stuttgarter Eignern, die hier Ferienwohnungen besaßen. Während der Saison fuhren die Bootsbesitzer auch gerne hinüber nach Überlingen, um die dortige Uferpromenade und ein schönes Essen zu genießen. Also war es fast zu erwarten, dass selbst wenn diese kleine Badegondel unterwegs gewesen war, es eben nicht unbedingt auffiel. Doch die beiden fleißigen und gründlichen Ermittler hatten Glück. Bis zum Nachmittag hatten sich Huser und Paschke in der Uferstraße durch fast alle Häuser durchgefragt und bei den letzten Häusern stießen die beiden auf eine ältere Dame, die sich an etwas zu erinnern schien: „Eigentlich wollte ich am Abend früh ins Bett. Aber ich konnte nicht einschlafen und dann habe ich mich noch auf meine Terrasse gesetzt und einfach meinen Blick über das Wasser schweifen lassen. Das mache ich gerne, wenn ich hier bin. Dafür habe ich mir vor vielen Jahren diese Wohnung mit meinem Mann, der leider verstorben ist, ja auch gekauft. Es war ein angenehmer, milder Abend und ein laues Lüftchen sorgte für angenehme Abkühlung. Es fuhren mehrere Boote am Abend auf dem See. Ein paar kamen von Überlingen zurück und andere fuhren weg in Richtung Dingelsdorf und der Insel Mainau. Aber ein kleines Boot, so eines wie Sie es beschreiben, ist mir an dem Abend doch aufgefallen“, beendete die ältere Dame ihre ersten Ausführungen. Rudi Paschke und Rainer Huser waren gespannt und Paschke hakte nach: „Nun, was ist Ihnen denn da Besonderes aufgefallen an dem kleinen Boot?“ „Ja, es kam aus Richtung Dingelsdorf und fuhr nah am Ufer den Überlinger See hinauf in Richtung der Marienschlucht. Was an dem Boot komisch war, das sage ich Ihnen gleich. Man hätte meinen können, dass da etwas hinterher gezogen wurde und das hat etwas sonderbar auf mich gewirkt“, antwortete die ältere Dame den beiden Kollegen. „Konnten Sie das, was da hinterhergezogen wurde, irgendwie zuordnen? War dieser Gegenstand ein Stück Holz oder Plastik oder Ähnliches?“, fragte Rainer Huser weiter. „Ja, so wie ich das wahrgenommen habe, bewegte sich das, was hinter dem Boot hergezogen wurde – oder man könnte sogar sagen, dass es strampelte – und das Boot fuhr langsam weiter den See hinauf", antwortete die Dame weiter. „Könnte das auch ein Mensch gewesen sein?", wollte Huser noch wissen. „Also, wenn dann eher etwas Kleineres, so wie ein Hund. Ein Mensch eher nicht. Und wissen Sie, so ganz genau habe ich es dann eben doch nicht gesehen. Es war ja schon dunkel", bemerkte die ältere Dame. „Ja, könnte es vielleicht ein Kind gewesen sein?", führte Rainer Huser die Frau zu seinem Thema. „Das kann ich mir nun wirklich nicht vorstellen. Wieso sollte man denn ein kleines Kind hinter einem Boot herziehen? Das wäre doch absurd!", erwiderte die Zeugin entrüstet. „Sie sagten, das kleine Boot fuhr. Hatte es denn einen Motor und wissen Sie auch noch, wann das in etwa war? Und waren auf dem kleinen Boot mehrere Personen oder nur eine?", wollte Rainer Huser noch in Erfahrung bringen. „Ja, wenn ich mich recht erinnere, müsste das in jedem Fall nach 22.00 Uhr gewesen sein. Ich habe danach noch die Tagesthemen im Fernsehen angeschaut und bin dann zu Bett gegangen. Personen habe ich auf dem Boot gar nicht so recht wahrgenommen, weil das strampelnde „Etwas" meine Aufmerksamkeit in Anspruch genommen hatte. Aber ohne jede Garantie würde ich sagen eher eine Person. Und ja, soweit ich mich erinnere, wurde das Boot nicht gerudert, sondern hatte einen Motor. Aber bitte entschuldigen Sie, alle Details sind jetzt ein wenig viel für mich. Ich möchte Ihnen da nichts Falsches sagen. Aber ja, das Boot müsste einen Motor gehabt haben", antwortete die Dame nun doch ein wenig verunsichert. „Und haben Sie nicht daran gedacht die Polizei anzurufen?" „Warum die Polizei?" „Na, wegen dem, was hinter dem Boot hergezogen worden war", meinte Rainer Huser. „Das hätte ich tun können, aber es war schon recht dunkel und ich habe dann einfach gedacht, dass da schon alles in Ordnung sein würde. Und wissen Sie, wenn ich die Polizei anrufe, dann will ich nicht, dass die umsonst irgendwo hinfahren muss. Schließlich haben Sie ja auch immer genug zu tun, nicht wahr? Und was hätte ich denn beim Telefonat gesagt? Ich beobachte ein kleines Boot, das gerade den Überlinger See in Richtung Marienschlucht hochfährt und da könnte ein Hund im Wasser sein?", antwortete die nun wieder etwas resoluter auftretende Dame. „Ja, vielleicht so in etwa", antwortete Hauser und war sich bewusst, dass er das wahrscheinlich auch nicht getan hätte. Rainer Huser und Rudi Paschke hatten so weit alles, was sie brauchten. Es war ja letztendlich auch egal, dass die Frau die Polizei nicht verständigt hatte. Aber nach Meinung der beiden Kriminalkommissare sprach einiges dafür, dass es sich hier um das Boot handelte, das sie am Teufelstisch mit den zwei Leichen darin gefunden hatten. Und es sprach auch einiges dafür, dass das Kind hinter dem Boot hergezogen worden war. Von der Obduktion wussten die beiden Ermittler, dass das Kind auf diese Art und Weise ums Leben gekommen war. Was den beiden jetzt durch den Kopf ging, war die Vermutung, dass das Kind bei der Vorbeifahrt in Wallhausen in Richtung des Teufelstisches wohl noch gelebt hatte. Spekulativ waren Überlegungen, ob die Frau zu dem Zeitpunkt noch am Leben war. Ein erweiterter Suizid lag nicht vor. Das Obduktionsergebnis besagte ja, dass die Frau erwürgt worden war. Aber das konnte sowohl vor als auch nach dem Tod des Kindes passiert sein. „Sollen wir uns noch den Teufelstisch anschauen oder hast du für heute genug?", fragte Rainer seinen Kollegen Rudi. Paschke schaute auf die Uhr und meinte: „Du, es ist schon 15.00 Uhr durch. Ich hatte noch nichts zum Essen. Was hältst du davon, wenn wir noch einen kurzen Abstecher zum Burghof machen? Wenn wir viel Glück haben, ist der Pächter da. Ich kenne den. Da bekommen wir bestimmt noch einen kleinen Imbiss." Rainer nickte, lenkte den Dienstwagen auf die Hauptstraße in Richtung Dettingen und bog nach kurzer Fahrt am Burghofweg nach rechts ab. „Und zum Teufelstisch können wir dann auch danach."

Ermittlerteam
Kerstin Elser und Hans Widenhold

Kerstin Elser und Hans Widenhold hatten sich zusammen mit ihrem Kollegen Hans Bild nach der morgendlichen Besprechung auf den Weg gemacht und suchten die der Polizei bekannten Terminwohnungen auf. Für Kerstin war das Ganze ziemliches Neuland. Sie hatte zwar im Umlauf für den gehobenen Dienst, damals bei der Polizeidirektion Villingen-Schwenningen beim Dezernat 5, mal reingeschnuppert, aber um richtige Erfahrungen zu sammeln, musste man den Job schon etwas länger machen. Hans Bild schien sich recht gut auszukennen und Hans Widenhold ließ ihm, wenn ihnen bei den einschlägigen Wohnungen geöffnet wurde, gerne den Vortritt. Es stellte sich auch im Laufe der Ermittlungen heraus, dass Hans Bild seine Kundschaft tatsächlich noch gut kannte und was noch besser war, seine Kundschaft ihn auch. Das machte die Ermittlungen etwas leichter. Für die Befragung hatte das Trio zwei Konterfeis von den Opfern mit dabei und einen abgestimmten Fragenkatalog: Kennen Sie diese beiden Personen? Haben Sie die Frau und das Kind schon einmal gesehen? Ist Ihnen aufgefallen, dass eine Frau mit ihrem Kind auf den Strich ging? Wo waren Sie Samstagnacht? Hatten Sie Kundschaft und wissen Sie noch mit wem Sie auf dem Zimmer waren? Nachdem die drei Ermittler nach fast sechs Stunden Türklinkenputzen zumindest alle Hans Bild noch bekannten Anlaufstellen hinter sich hatten, waren sie noch im Bereich der Max-Stromeyer-Straße und Byk-Gulden-Straße unterwegs. In der Nähe vom Südkurier Medienhaus wartete eine weitere Terminwohnung auf die drei. „Guten Tag, ich hoffe, wir können kurz stören oder haben Sie Besuch?", war so in etwa der von Hans Bild genutzte rhetorische Türöffner, um mit einer Prostituierten ins Gespräch und nach Möglichkeit auch in die zu überprüfende Wohnung hineinzukommen. Eine große, schwarze, nicht unattraktive Frau hatte die Tür zur Terminwohnung geöffnet und schaute Hans Bild an. „Warum? Sucht ihr drei Hübschen nach ein wenig Abwechslung oder was führt euch zu Madeleine?" Hans Bild lachte und fragte erst einmal, ob die drei hineinkommen dürften. Madeleine stellte sich neben die Tür, so dass die Ermittler bequem passieren konnten. „Wir sind von der Kriminalpolizei und suchen nach Anhaltspunkten zu zwei Personen, die möglicherweise ermordet wurden", übernahm nun Kerstin das Gespräch und zeigte der Prostituierten die mitgebrachten Bilder der beiden Opfer. „Und da kommen Sie zu mir?", fragte Madeleine nach, ohne entrüstet oder emotional aufgebracht zu sein. „Ja, da kommen wir auch zu Ihnen. Aber wir waren heute schon bei vielen Ihrer Kolleginnen und das heißt, es gibt nun keinen Grund speziell bei Ihnen nachzufragen. Wir haben nur die Vermutung, dass die tote Frau möglicherweise auch eine Kollegin von Ihnen war und das Kind mit im Schlepptau hatte. Das wäre Ihnen ja möglicherweise aufgefallen", antwortete Kerstin routiniert und rechnete mit der üblichen Antwort. „Also, ich finde, Sie behandeln mich sehr respektvoll", äußerte sich Madeleine recht unerwartet in Richtung von Kerstin Elser, „und wenn ich Ihnen irgendwie helfen kann, dann tue ich das auch. Wo haben Sie denn die beiden Leichen entdeckt?", Gegenfragen empfand Kerstin immer etwas schwierig. Aber sie wollte ja einen Schritt weiterkommen und ging kurz in sich, schaute ihren Kollegen Hans Widenhold an, der ihr sachte zunickte und fuhr fort: „Wir haben die zwei Opfer in der Nähe von Wallhausen in einem Boot gefunden. Viel mehr darf ich Ihnen nicht sagen. Sonst würde ich Täterwissen preisgeben und das wäre unprofessionell", antwortete die Kollegin Elser zaghaft. Überraschend einfühlend reagierte die Prostituierte und meinte: „Das verstehe ich. Ich war mal ein paar Monate mit einem Ihrer Kollegen zusammen und da habe ich einiges von eurer Arbeit kennengelernt." Kerstin zuckte und schaute etwas hilfesuchend zu ihrem Kollegen Hans Bild. „Kennen wir den Kollegen?", fasste Bild neugierig nach. „Das würdet ihr gern wissen und der

Kollege hätte danach keine ruhige Minute mehr. Das ist doch klar", erwiderte Madeleine und lachte dabei Hans Bild an. „Aber keine Sorge. Das mit dem Kollegen ist schon eine ganze Zeit her. Da ging ich auch noch nicht auf den Strich und es war auch nicht in Konstanz. Ich bin schon ein wenig herumgekommen", antwortete Madeleine und amüsierte sich über die erstaunten Polizisten. „Ja, ich hatte auch mal ein fast konventionelles Leben. Aber wie das Leben halt so spielt, bin ich irgendwann an die falschen Leute geraten und jetzt bin ich hier." Kerstin war platt. Es fühlte sich nicht so an, als würde die Prostituierte ihnen etwas vorlügen und Madeleine war auf ihre Art und Weise so normal. „Sollen wir Ihnen helfen? Wollen Sie hier aussteigen? Setzt sie jemand unter Druck?", erkundigte sich Kerstin Elser besorgt. „Keine Sorge, verehrte Kommissarin, nein, das brauchen Sie nicht. Ich bin unfreiwillig, freiwillig hier. Ich habe Schulden und diese Arbeit hilft mir dabei, die schnell wieder loszuwerden. Schnell verdientes Geld, nicht immer ganz ungefährlich, aber ich kann auf mich aufpassen. Machen Sie sich da keine Sorgen. Aber nun zu Ihrem Fall. Ich bin erst seit ein paar Tagen hier und hatte vorher in Zürich mein Glück versucht. Das lief dort nicht schlecht, aber dann rückte mir immer wieder ein rumänischer Zuhälter auf die Pelle und setzte mir zu. Ich habe zwar schon einige Erfahrungen und so schnell bekomme ich auch keine Angst. Aber der Typ war äußerst lästig und ließ mich nicht mehr in Ruhe. Ich arbeite seit ich auf den Strich gehe auf eigene Rechnung und habe nie für jemanden angeschafft. Das hätte ich auch für den Rumänen nicht getan, aber es war mir in meiner Haut einfach nicht mehr wohl. Er kam anfangs als Kunde und bezahlte einmal auch. Dann wurde er aber immer massiver und kam vorbei, ohne zu bezahlen, erklärte mir, was Frauen wie mir so alles passieren könne und dass er der Schutz sei, den ich bräuchte. Er zeigte mir eine Pistole und sein Messer, die er immer bei sich trug, um seine Frauen zu verteidigen. Also, wie gesagt, mir war es nicht mehr ganz wohl in meiner Haut und dann habe ich

Zürich den Rücken gekehrt und bin hierher nach Konstanz gegangen. Die Wohnung hier vermittelte mir eine Kollegin, die ich schon lange kenne und das war's." „Gut, das ist eine interessante Geschichte, aber was hat das nun mit unseren Ermittlungen zu tun?", wollte Kerstin Elser, nun ebenfalls neugierig geworden, von Madeleine wissen. „Ach so, entschuldigen Sie bitte, das habe ich jetzt ganz vergessen. Bin wohl in der letzten Zeit etwas egozentrisch geworden. Klar, Sie wollen natürlich die Verbindung zu Ihrem Fall hören. Also da bin ich mir nicht ganz sicher, ob das Ihnen hilft. Aber von dem rumänischen Zuhälter habe ich mitbekommen, dass es wohl Ärger gegeben hatte bei einem Bekannten von ihm mit einer Prostituierten und einem Baby und dass man sich um die Sache kümmern musste." „Und das war's?", hakte Kerstin Elser zum zweiten Mal nach. „Ja, das war's. Vielmehr kann ich Ihnen nicht sagen, weil danach bin ich nach Konstanz umgezogen. Ich kann Ihnen nur sagen, dass sich das mit der Prostituierten und dem Baby echt angehört hat", endete die nun etwas enttäuscht klingende Madeleine. Schließlich hatte sie entgegen der üblichen Verfahrensweise in ihrem Gewerbe mit der Polizei kooperiert und den Beamten einiges erzählt und zum anderen befand sie die Information auch nicht als ganz irrelevant. „Aber ist das nicht häufig so, dass Prostituierte auch Babys bekommen und das dann irgendwie geregelt wird?", erwiderte Kerstin etwas unsicher, weshalb sie die Frage auch etwas allgemein hielt. „Na ja, so oft passiert das glaube ich nicht und wenn, dann sind die Kinder rasch weg oder werden vor der Geburt abgetrieben. Aber ob das für Sie in irgendeiner Form von Relevanz ist, dürfen Sie selbst entscheiden. Für mich hat sich das so angehört, als wenn die Prostituierte und ihr Baby beseitigt werden sollte und das machte mir noch mehr Angst vor dem Typen. Aber vielleicht habe ich das auch falsch verstanden", resümierte Madeleine ihre bisherige Aussage. „Wo finden wir denn den rumänischen Zuhälter und wo vielleicht die Frau und das Baby?", fragte Kerstin Elser jetzt etwas naiv nach. „Also, ich kann Ihnen natürlich nicht ihre ganze Arbeit abnehmen und wo der Rumäne sich genau aufhält, weiß ich auch nicht. Die Szene in Zürich spielt sich um die Langstraße ab und zum ersten Mal getroffen habe ich ihn in der Lago-Bar. Aber ganz ehrlich, mehr kann ich nicht verraten. Denn Sie helfen mir nicht und schützen können Sie mich auch nicht. Das, was ich Ihnen gesagt habe, war schon zu viel. Ich möchte gerne noch eine Weile leben, meine Schulden loswerden und dann wieder ein normales Leben führen. Mit der rumänischen Mafia ist nämlich nicht zu spaßen. Und ich glaube, dass der Rumäne nicht auf eigene Rechnung in Zürich arbeitete." Kerstin nickte und meinte: „Keine Sorge. Wenn an Ihrer Aussage was dran ist und die Ermittlungen in diese Richtung weitergehen, dann regeln wir das mit dem Staatsanwalt und sichern Ihnen Vertraulichkeit zu." „Danke, darauf habe ich weiß Gott nun keinen Bock. Den Kollegen, von dem ich vorher gesprochen habe, habe ich im Zeugenschutzprogramm kennengelernt und ich weiß, was das für mich bedeutet. Mein künftiges Leben plane und lebe ich lieber selbstbestimmt, wenn Sie wissen, was ich meine." Kerstin Elser nickte und ließ das erst einmal so stehen. „Darf ich Sie noch fragen, woher Sie wussten, dass der Mann, der Ihnen so zusetzte, ein Rumäne war?" „Das ist ganz einfach. Ich verstehe ein paar Brocken rumänisch und immer, wenn das Telefon klingelte oder er telefonierte, sprach er rumänisch. Ich habe nicht alles von dem verstanden, was gesprochen wurde. Aber es ging bei den Telefonaten immer um Sexgeschäfte und um Kunden, die auf die nächste Ware warteten. So viel habe ich mitbekommen. Das war's jetzt aber, liebe Polizei. Mehr sage ich nicht mehr", antwortete Madeleine und begleitete die drei Ermittler zur Tür. Kerstin Elser ging nachdenklich im Treppenhaus hinunter zum Ausgang, die beiden Kollegen folgten ihr dicht auf den Fersen. „Glaubt ihr, das bringt uns was? Zürich? Warum sollten eine Prosituierte und ihr Kind von Zürich gerade nach Konstanz verschleppt werden? Um die beiden hier zu töten? Und dann auf diese Art und Weise?", bilanzierte die Kommissarin ihren Einsatz und den Besuch bei Madeleine. Die beiden Kollegen schauten sich an. Hans Widenhold äußerte sich als Erstes. „Du weißt das ja selbst. Auf dieser Welt gibt es nichts, was es nicht gibt, und wir sollten das heute Abend bei der Besprechung in jedem Fall mal vortragen. Mal sehen, was unsere beiden Chefs dazu meinen." „Das ist eine gute Idee!", meinte Hans Bild. „Aber wenn wir in Zürich anfangen müssen zu ermitteln, dann spielen wir in einer anderen Liga und ohne die Schweizer Kolleginnen und Kollegen geht dort gar nichts, das sage ich euch!"

Der Kriminaltechniker

Kriminalhauptkommissar Sterk machte sich allein auf den Weg in die Bootshalle, um das sichergestellte Boot nochmals auf Spuren zu untersuchen und vor allem danach zu schauen, ob sich im Boot noch ein Reservekanister befand und ob vielleicht irgendetwas im Boot übersehen worden war. Sterk fuhr am Präsidium los Richtung Niederburg über die meist international beflaggte Rheinbrücke Nummer 1, die den Stadtteil Petershausen mit der Konstanzer Altstadt verband. Er genoss den schönen Sommermorgen und war in solchen Momenten doch ein wenig versöhnt mit der Neustrukturierung der Polizei, die auch ihn von seinem geliebten Singen nach Konstanz zwangsversetzt hatte. Aber die Stadt Konstanz und der Konstanzer Flair hatten auch schon etwas zu bieten und während des Konzil-Jubiläums schienen sich die Konstanzer noch mehr anzustrengen. Schließlich hatte das Konstanzer Konzil, das von 1514–1518 gedauert hatte, die mittelalterliche Stadt in den Fokus der damals bekannten Welt gerückt. Sterk fuhr auf der Konzilstraße in Richtung des alten Kaufhauses, passierte das Inselhotel und bog auf Höhe des Fischmarktes links in Richtung Konzil ab. Sterk hatte sich vom Revier einen Sender besorgt, mit dem er die Poller, die den Fußgängerbereich um das Konzil, Stadtgarten und Hafen absperrten, herunterlassen konnte. Damit konnte er sich den langen Weg über das Kaufhaus Lago und Klein Venedig sparen. Die Hafenstraße war um diese Zeit schon recht belebt. Viele Touristen hatten zu dieser Jahreszeit Konstanz heimgesucht und genossen das Ambiente. Sie waren hier mit der Familie auf den Spuren des Konstanzer Konzils oder genossen einfach nur die Atmosphäre am Wasser und das abwechslungsreiche kulinarische Angebot entlang der Hafenstraße. Reiner Sterk zog mit seiner Fahrt im Fußgängerbereich etwas Aufmerksamkeit auf sich und auf Höhe der historischen Hafenuhr in der Nähe des Bahnhofs hielt ihn ein aufgeregter Fußgänger an, indem er sich vor den Dienstwagen stellte. „Können Sie mir mal sagen, warum Sie hier mit Ihrem Auto spazieren fahren? Haben Sie nicht gesehen, dass das eine Fußgängerzone ist?“, echauffierte sich der Passant. Sterk hatte den Wagen abgebremst und ließ die Scheibe herunter. „Sind Sie denn vom Ordnungsamt oder der Polizei oder wie kommen Sie dazu mich anzuhalten?“, fragte Sterk in freundlichem Ton nach. „Jetzt werden Sie mal nicht frech. Natürlich bin ich nicht von der Polizei. Aber solche Typen wie Sie stinken mir. Andere müssen laufen und das können Sie doch auch“, gab ihm der Passant weniger freundlich zu verstehen. „Klar, das kann ich auch. Aber im Gegensatz zu Ihnen bin ich von der Polizei und arbeite. Ich habe einen Mord zu untersuchen und jetzt lassen Sie mich gefälligst vorbei“, antwortete Sterk jetzt auch etwas ungehaltener. Der Passant winkte ab und gab Sterk den Weg frei. Der Kommissar fuhr weiter entlang der Hafenstraße und parkte den Dienstwagen in der Nähe der Spiegelhalle, einem weiteren Veranstaltungsort des Konstanzer Theaterangebots. Als Sterk die Tür zur Bootshalle öffnete und auf das Wasser schaute, dort wo er selbst das Boot vor zwei Tagen festgemacht hatte, glaubte er seinen Augen nicht zu trauen. Er schloss seine Augen vorsichtshalber noch einmal und nachdem er sie wieder geöffnet hatte, war die Badegondel immer noch weg. Irgendetwas musste passiert sein. Reiner Sterk wurde flau im Magen. Er griff zu seinem Smartphone: „Hier ist der Reiner. Du, ich bin jetzt gerade in der Bootshalle der Wasserschutzpolizei und die Badegondel ist nicht mehr da. Weißt du, was da passiert ist?" Arno Angele war gleichermaßen etwas irritiert. „Du Reiner, nein, ich weiß nichts. Ich bin davon ausgegangen, dass das Boot so lange dort liegen bleibt, bis wir es freigeben. Aber ich frage mal nach und gebe dir wieder Bescheid." Arno hatte eine Vermutung und rief den für das Verfahren zuständigen Staatsanwalt an. „Guten Morgen, hier ist Arno Angele. Können Sie mir bitte sagen, was mit der Badegondel passiert ist, in der wir die Leichen gefunden haben?" „Die habe ich freigegeben. Da hat heute Morgen der Bootsverleiher angerufen und nachgefragt, ob er sein Boot wiederhaben könne. Und da ich ihren ersten Bericht schon gelesen habe und die Kriminaltechniker ihre Arbeit auf dem Boot erledigt hatten, sah ich keinen Grund, das Boot zurückzuhalten. Oder gab es da noch was?", fragte der leitende Staatsanwalt verwundert. „Ja, wir wollten auf dem Boot nochmal nachschauen, ob wir vielleicht etwas übersehen haben und welche Ausrüstung auf dem Boot war", antwortete Angele leicht verärgert. „Ach so. Ja, das kriegen Sie doch auch sicher so noch hin. Aber Sie wissen doch, Eigentum ist Eigentum und wenn wir es zu Beweiszwecken nicht mehr benötigen, dann muss ich die Beschlagnahme wieder aufheben", antwortete der Staatsanwalt dem Polizisten. „Ja, lieber Herr Staatsanwalt. Aber erlauben Sie mir die Bemerkung: Bisher war die Zusammenarbeit mit der Staatsanwaltschaft davon geprägt, dass Sie sich mit uns abgestimmt haben, bevor Sie Beweismittel oder potenzielle Spurenträger freigeben, und dann funktioniert das ja auch", ärgerte sich Arno weiter. „Ich erlaube Ihnen die Bemerkung. Aber als ich in einem anderen Fall mit Ihrer vorgesetzten Dienststelle Kontakt hatte, habe ich Nebenbei auch erwähnt, dass ich das Boot freigeben würde und von dort wurde nicht widersprochen", antwortete der leitende Staatsanwalt etwas hochnäsig. „Mit wem hatten Sie denn da telefoniert? Friedrichshafen führt nicht die Ermittlungen, sondern wir hier in Konstanz!", gab Arno nun deutlich verstimmt zurück. „Wollen Sie mich jetzt etwa verhören oder meine Aussage in Frage stellen?“, antwortete der Staatsanwalt. Arno riss sich zusammen, um jetzt nicht die Fasson zu verlieren. „Ich habe verstanden. Es wäre mir sehr recht, wenn wir in Zukunft in Ihre Entscheidungen eingebunden werden und Sie uns anrufen“, beendete Angele das Telefonat legte auf und rief Sterk zurück. „Hallo Reiner, hier ist Arno. Ich habe von der Staatsanwaltschaft erfahren, dass das Boot freigegeben wurde und wohl wieder beim Bootsverleiher ist. Geh doch dort mal vorbei und check das.“ „Mach ich und wenn das Boot da ist, ist ja grundsätzlich nichts verrutscht. Danke!“, antwortete Reiner Sterk erleichtert. Er hatte sich schon gesorgt, dass er einen Fehler gemacht hatte und die Wasserschutzpolizei oder die KT-Kollegen aus Friedrichshafen ihn falsch verstanden hatten. Sterk ging rasch zu seinem Dienstwagen zurück und fuhr zum Konzil. Der Gondele-Hafen war von dort ein paar Fußschritte entfernt. „Wir haben gehört, dass Sie das Boot zurückbekommen haben“, stieg Sterk in das Gespräch mit dem Bootsverleiher ein. „Ja, da haben Sie richtig gehört. Ich hab’ das heute Morgen schon recht früh aus der Bootshalle geholt, sauber gemacht und jetzt ist es schon wieder draußen im Einsatz. War ja nichts Besonderes. Also kein Blut oder so, zumindest nicht sichtbar.“ „Und wer ist mit dem Boot unterwegs?“ „Ich glaube ein Mann. Aber wieso spielt das für Sie eine Rolle?“, erkundigte sich der Bootsverleiher stutzig. „Spielt keine Rolle. Aber bitte informieren Sie mich doch, wenn das Boot wieder da ist, und leihen Sie es bitte kurzfristig dann nicht mehr aus, bis ich einen Blick darauf geworfen habe“, gab ihm Sterk zu verstehen. „Mach ich. Aber bitte entschuldigen Sie, ich führe hier ein Geschäft und ich bin mir keiner Schuld bewusst.“ „Alles Gut. Vielen Dank für Ihre Unterstützung“, beendete Reiner Sterk die Unterhaltung und wollte jetzt erst einmal zum Präsidium zurück. „Das war vielleicht peinlich“, dachte Sterk bei sich und steuerte den Dienstwagen zurück über die Konzilstraße und die Rheinbrücke zum Benediktiner Platz.

Irgendein Bauernhof südlich von Bukarest – vor etwa zwei Jahren

Lacrima war glücklich. Auf der Fahrt nach Prag, träumte sie von ihrem Florin und einem besseren Leben als das, das sie bisher kannte. Florin sah wirklich gut aus und er passte auch zu ihr. Zumindest dachte das Lacrima. Er hatte auch einmal mit ihr geschlafen und das war schön. Er war zumindest nicht so grob und stank nicht so, wie die Kerle, die ansonsten versucht hatten, sich an sie heranzumachen. Mit den anderen Mädchen hatte sie bisher nicht groß gesprochen, aber komisch war das schon, dass noch andere Mädchen mit nach Prag fahren sollten. „Fahrt ihr auch nach Prag oder warum seid ihr hier im Auto?", fragte die nun doch durch ihre eigenen Gedanken neugierig gewordene Lacrima nach. „Du hältst die Klappe, verstehst du?! Sonst bekommst du gleich ein paar aufs Maul!", antwortete der im Vergleich zu Florin ungepflegt wirkende und nach Schweiß riechende Cousin recht unwirsch. Lacrima war mit ihren 18 Jahren noch nicht sehr schlagfertig und zuckte erst einmal zusammen. „Aber warum darf ich denn nicht fragen, wo die Mädchen hinwollen? Du bist doch der Cousin von Florin. Warum bist du denn so unfreundlich?", antwortete Lacrima verunsichert. Der Fahrer grinste und antwortete: „Ja, ich bin der Cousin von Florin und auch der Weihnachtsmann. Und da, wo ich mit dir hinfahre, gibt's dann erst einmal eine schöne Bescherung. Du wirst überrascht sein. Und jetzt sei wieder ruhig! Ich muss mich auf den Weg konzentrieren", beendete der Fahrer das kurze Gespräch. Die beiden Mädchen, zu denen sich Lacrima kurz umgedreht hatte, wirkten eingeschüchtert und sagten nichts. So langsam dämmerte es Lacrima, dass hier irgendetwas nicht stimmte. „Fahren wir denn nicht nach Prag?", fragte Lacrima noch einmal vorsichtig nach. „Ich habe gesagt, du hältst die Klappe! Du kommst nach Prag, Aber nicht heute Nacht. Wir übernachten in der Nähe von Bukarest und dann wirst du schon sehen, wie es weitergeht." Der Fahrer grinste Lacrima dreckig ins Gesicht und ihr wurde langsam klar, dass sie einen großen Fehler gemacht hatte. „Fahr rechts ran und lass mich sofort hier raus!“ Lacrima hatte ihren ganzen Mut zusammengefasst und recht energisch gesprochen. Kaum hatte sie ihren Satz beendet schlug der Fahrer zweimal zu. Lacrima lief das Blut aus der Nase. Sie schwieg. Kurz vor Bukarest ging der Fahrer von der Autobahn A1 ab und gefühlt fuhren sie mit dem alten Lada noch eine gute halbe Stunde über Land. Irgendwo da draußen erreichten sie einen alten, abgelegenen Bauernhof. Lacrima, die kurz eingeschlafen war, wurde unfreundlich aus dem Schlaf und dem Auto gerissen und fand sich in den Armen eines fremden, großen und grobschlächtigen Mannes wieder. Der stank wie die Männer, die sie aus ihrem Dorf kannte. „Hast du der einen ins Gesicht geschlagen? Du Idiot! Du weißt doch, dass du der Ware nicht ins Gesicht schlagen sollst, sonst muss ich sie hierbehalten, bis die Schwellungen weg sind. Du kannst doch den Bauch nehmen! Warum vergisst du das denn immer wieder?“ „Tut mir leid, aber mach das mal beim Fahren“, antwortete der Fahrer. „Du kannst wieder abhauen. Grüße Florin von mir und sag ihm, ich brauche in nächster Zeit mehr Blonde, gut ausgestattet. Er weiß dann schon, was ich meine.“ Der Grobschlächtige grinste den Fahrer an und warf ihm ein Bündel Geld zu. „Hier ist dein Geld. Und jetzt fahr! Und wenn du dich nächstes Mal nicht an die Spielregeln hältst, ziehe ich dir was ab!“ Lacrima sank in sich zusammen und fand sich kurze Zeit später in einem Stall wieder. Auf dem Boden lagen Stroh und ein paar Decken. Die anderen Mädchen aus dem Auto waren auch da und weinten.

Kriminalkommissariat Konstanz – am Dienstagabend

Die Ermittlungsteams, der Kriminaltechniker und auch die Chefs waren nach einem langen Tag im Besprechungsraum im Kommissariat zusammengekommen. Arno Angele und Karl Grimm waren gespannt, was die Teams im Laufe des Tages ausgegraben hatten und hörten aufmerksam zu. Zuerst berichteten Kerstin Elser und Hans Widenhold vom Stubendurchgang im Konstanzer Rotlichtmilieu und den interessanten Hinweisen einer Madeleine, die aus Zürich hierher umgezogen war und ihre Geschäfte nach Konstanz verlegt hatte. Dann folgten Rainer Huser und Rudi Paschke, die über ihren Türklinkenputztag in Wallhausen berichteten und dem interessanten Hinweis der älteren Dame, die angab, dass Sie die kleine Badegondel wohl am Samstagabend, so gegen 22.00 Uhr gesehen haben wollte. Dabei hoben sie besonders die Information hervor, dass laut der Dame hinter der Gondel möglicherweise etwas Lebendiges hinterhergezogen worden war. Der Kriminaltechniker Reiner Sterk war dagegen etwas wortkarg und verwies darauf, dass er die Umstände des Verschwindens der Badegondel Arno Angele schon dargelegt hatte und dass auch am Abend die wieder verliehene Badegondel nicht mehr zurückgebracht worden war, sondern dass die Wasserschutzpolizei das kleine Boot festgemacht am Steg beim Thermalbad gefunden hätte. „Was ist denn das für ein Mist? Dass eine Badegondel für eine Stunde geliehen wird und nicht mehr zurückgebracht wird, kommt doch mal alle Schaltjahre vor. Oder täusche ich mich da?“, brachte sich Karl Grimm in die Runde ein. „Da hast du recht, Chef. Aber ich würde mutmaßen, da gibt es einen Zusammenhang zu unserem Fall“, antwortete Angele. „Haben wir denn einen Hinweis, wer das Boot heute ausgeliehen hat?“, wollte Grimm ergänzend wissen. „Ja, aber wir wissen ehrlich gesagt nicht sehr viel. Der Bootsverleiher hatte sich ein Dokument für die Aufnahme der Personalien zeigen lassen. Aber den Namen und die Adresse habe ich schon überprüft. Die gibt es nicht. Vielleicht hatte sich der Bootsverleiher auch getäuscht. Und von der Personenbeschreibung her können wir die Angaben auch vergessen. Mann, ca. 180 cm groß, zwischen 30 und 40 Jahre alt, dunkel gekleidet und das war’s. Das trifft ja auf fast jeden zu. Und auf die Frage, ob der Verleiher den Mann identifizieren könnte, meinte er, eher nicht. Er habe so viel Kundschaft. Da merke er sich nicht jedes

Gesicht. Und außerdem war das laut Aussagen des Verleihers eher ein Allerweltstyp", brachte sich Reiner Sterk ein, der mit dieser Spur beauftragt worden war. „Das gefällt mir nicht", meinte Arno und ergänzte: „Ich hatte deswegen ein nettes Gespräch mit unserem für den Fall zuständigen Staatsanwalt. Das war nicht sonderlich freundlich." „Und warum hat er denn um alles in der Welt das Boot freigegeben?", wollte Karl Grimm von Arno wissen. „Der Bootsverleiher hat wohl nachgefragt. Und der Staatsanwalt meinte noch, er hätte das mit Friedrichshafen besprochen und von dort kein Veto gehört." Arno schaute Karl an und wartete seine Reaktion. „Du hast Recht, Arno. Aber wir lassen uns nicht darauf ein. Wir machen unsere Ermittlungen so professionell wie wir es können und mit Friedrichshafen gehen wir in Klausur, wenn der Fall abgeschlossen ist. Jetzt bräuchten wir mehr Leute und Unterstützung für den Fall und möglichst kein Störfeuer", beendete Grimm seine Ausführungen. „Also, wie gehen wir weiter vor?", fragte Arno in die Runde hinein, um gleich weiterzusprechen: „Ich schlage vor, dass die beiden Ermittlungsteams den Stubendurchgang im Rotlichtmilieu fortsetzen, um die Spur einfach rund zu machen. Guckt, dass ihr so viel wie möglich von den Prostituierten antrefft und kurz zu unseren beiden Opfern befragt. Vielleicht haben wir Glück und es gibt einen weiteren Hinweis, der die Zürcher Spur bestätigt oder auch nicht. Und, Reiner, habt ihr schon irgendwas wegen der Decke im Boot? Irgendein Hinweis, woher sie stammen könnte oder eine Blut- oder DNA-Spur?" „Du, da muss ich mich erst einmal schlau machen und die Kollegen von der Kriminalinspektion 8 in Friedrichshafen anrufen. Vielleicht haben die schon was. Ansonsten habe ich mich heute mehr um das Boot gekümmert, was leider ja nicht so erfolgreich verlief", antwortete Sterk etwas zerknirscht. „Gut, dann brauchen wir noch den Chef, der den Kontakt zu der Kripo in Zürich herstellt. Wir schauen uns das auf jeden Fall mal an. Aber einfach dort einmarschieren können wir nicht, sonst sind die Zürcher Kollegen zu Recht verärgert. Die Schweizer haben es nicht so gern, wenn wir in ihrem Hoheitsgebiet wildern. Und außerdem kennen die sich bei ihnen zuhause auch besser aus", bilanzierte Arno Angele die Erkenntnisse aus dem Lagevortrag von dem Team Elser und Widenhold. „Ich rufe den Kripochef der Zürcher Stadtpolizei an und bitte ihn um Unterstützung. Das dürfte kein Problem sein. Ich habe ihn schon ein paar Mal bei unserem grenzüberschreitenden Zusammentreffen der Kripochefs getroffen. Aber das macht ja künftig Friedrichshafen!", fiel es Karl Grimm wie Schuppen von den Augen und er überlegte kurz, ob er da überhaupt noch selbstständig agieren durfte. „Na ja, aber wegen dem wirst du jetzt nicht in Friedrichshafen um Erlaubnis bitten", hakte Arno nach, als wenn er die Gedanken von seinem Chef gelesen hätte. „Natürlich nicht, aber künftig geht uns der direkte Draht verloren, denn wir sitzen selbst nicht mehr in den grenzüberschreitenden Gremien und kennen dann auch Niemanden mehr", antwortete Karl seinem Stellvertreter. „Toll. Wir werden immer besser", meinte dazu Arno Angele abschließend mit leichtem Zynismus und hob die Besprechung auf.

Litzelstetten

Karl war nach der Besprechung mit dem Fahrrad wieder nach Hause geradelt. Er genoss den See und die Landschaft immer noch jeden Tag und hatte für sich erkannt, dass die halbe Stunde, die er gemütlich nach Litzelstetten radelte, ihm viel von seinem Druck aus dem Tagesprogramm abnahm und er meist recht entspannt zuhause eintraf. Heute war es ein wenig schwieriger. Die Ermittlungen in dem Fall von der Frau und ihrem Kind weiteten sich deutlich aus und überstiegen bei Weitem den Auftrag und die Kompetenzen von seinem Kommissariat. Also sollte er sich noch einmal mit Friedrichshafen ins Benehmen setzen und darum bitten, dass von dort der Fall übernommen wurde? Das verwarf Karl Grimm schnell wieder. Der Chef in Friedrichshafen hatte ihn verärgert und das nicht zum ersten Mal. Aber durften persönliche Gefühle bei so etwas eine Rolle spielen? „Natürlich nicht!“, dachte Karl. Und so ging es in Karls Kopf hin und her, während die Seelandschaft, die Blumeninsel Mainau und der immer wieder schöne Blick auf den Bodensee heute ein wenig an ihm vorbei ging. Es war so ein bisschen als würden Ying und Yang in seinem Kopf Pingpong spielen. „Guten Abend, Maria. Hattest du einen guten Tag?“, begrüßte Karl seine Frau im Reihenhaus angekommen. „Ja, das hatte ich und du hattest den nicht. Das sehe ich dir an. Willst du mir darüber etwas erzählen?“, fragte Maria und schaute ihn erwartungsvoll an. „Wo sind denn die Kinder?“, wechselte Karl das Thema. „Du, die Jungs sind mit den Rädern unterwegs und wollten zu ihren Kumpels nach Dingelsdorf. Ich habe aber eine Telefonnummer. Und Anna lernt mit einem Schüler aus ihrer Klasse und ist oben in ihrem Zimmer. Ich hab' aber den Jungs aufgetragen, dass sie spätestens um sieben zum Abendbrot wieder da sein sollen.“ „Aha, Anna lernt mit einem Klassenkameraden. Ist das nicht zu früh und Anna noch zu jung für so etwas?“, kam gleich der Polizist bei Karl wieder zum Vorschein. „Ich weiß, Karl, du traust niemandem. Aber das müssen wir. Wir haben gute Kinder und du kannst dich auf sie verlassen“, meinte Maria und griff nach Karls Hand. „Komm lass uns auf die Terrasse gehen und dann erzählst du mir was heute los war. Willst du noch einen Kaffee?“, fragte Maria. „Gern ein alkoholfreies Weizen. Kaffee hatte ich heute schon genug.“ Maria und Karl setzten sich auf ihre Terrasse, von der man schön auf eine Wiese mit Apfelbäumen sehen konnte. „Der Fall vom Sonntag nimmt ganz schöne Dimensionen an und wir wissen noch immer nicht, wie unsere Opfer heißen. Und eigentlich gehört der Fall nach Friedrichshafen. Wir haben Bezug zur Organisierten Kriminalität, möglicherweise sogar zur rumänischen Mafia und dafür habe ich nicht mehr die Leute, um das vernünftig abzuarbeiten“, bilanzierte Karl deprimiert sein Tagewerk. Es macht einfach gerade keinen Spaß mehr. Du weißt, wie gerne ich Polizist bin, aber es war wirklich schon schöner und ich frage mich oft, ob es das wert war von Stuttgart nach Konstanz umzuziehen. Ich leite heute ein Kommissariat. Da war ich in Stuttgart schon weiter.“ Maria schaute ihren Mann ernst an. Sie wusste, dass sie ihm mit der Entscheidung nach der Polizeireform in Konstanz zu bleiben viel abverlangt hatte und sie wusste auch, dass das nicht ewig zu halten war. Dafür war ihr Karl zu ehrgeizig und auch zu gut in seinem Job. Auf Dauer wollte sie ihn auch gar nicht zurückhalten. Aber jetzt gerade war es gut, wie es war. „Karl, als wir mit Sack und Pack von Stuttgart nach Konstanz gegangen sind, wussten wir beide nicht, was auf uns zukommt. Du wolltest Chef einer stolzen und großen Kriminalpolizei werden. Und das warst du. Und dann sind wir mit unseren drei Kindern hierhergezogen. Es war für uns beide nicht immer einfach und wir hatten auch ein paar Krisen zu überwinden. Aber wir haben das geschafft und wir schaffen das wieder. Dass politische Weichenstellungen deine berufliche Welt auf den Kopf stellen, konnten wir und konntest vor allem du nicht wissen. Aber jetzt bleiben wir noch eine Weile und du wirst sicher noch eine Zeit in deinem Beruf leiden. Aber deine Zeit kommt wieder. Deine Familie, ich, wir sind da und du wirst noch Karriere machen. Das verspreche ich dir. Die Kinder sind gerade sehr glücklich und sie brauchen dich noch sehr. Und ich auch. Aber in zwei, drei Jahren sind die Kinder froh, wenn wir sie mehr aus dem Nest lassen, und dann kannst du wieder loslegen. Ich liebe dich und bin dir sehr dankbar, dass wir hier sind und du hoffentlich auch. Wir schaffen das!“ Maria hatte ihren kleinen rhetorischen Ausflug beendet und drückte Karls Hand. Er drückte zurück und es war für ihn so klar wie am ersten Tag, als er Maria gebeten hatte seine Frau zu werden, dass er keine bessere hätte erwischen können und er wusste auch, dass sie recht hatte. Karl hatte ja nach Konstanz gewollt und wegen seinem Karrierewunsch die Familie umgepflanzt. Jetzt sollten die Kinder hier Wurzeln schlagen. Das war für ihr späteres Leben wichtig. Und Karl war dankbar, dass seine Frau ihm das nicht jeden Tag unter die Nase rieb.

Arno Angele war heute einmal wieder mit dem „Singen Express“ nach Dienstschluss nach Hause gefahren. Auf der Fahrt hatten sich die Kolleginnen und Kollegen wie fast täglich über die neue Situation unterhalten und jede und jeder war zutiefst davon überzeugt, dass es kriminalpolitisch ein Fehler war die Kriminalpolizei in Singen dicht zu machen. Natürlich waren nicht alle Diskussionen bierernst, auch nicht mehr ganz objektiv oder rational mit vernünftigen Argumenten hinterlegt, aber der Frust saß tief in den Seelen der Kolleginnen und Kollegen des ehemaligen Standorts Singen und dafür, dachte Arno so bei sich, machten sie immer noch einen verdammt guten Job. „Ah, der Hontes ist in Sicht. Wir sind gleich zuhause“, meinte Arno und freute sich mit den anderen wieder im geliebten Singen zu sein. Der Hontes heißt eigentlich Hohentwiel und ist der Hausberg, der mächtig über der Stadt thront und der, bevor Napoleon die Festung auf dem Hohentwiel schleifen ließ, zu einer der wenigen uneinnehmbaren Festungen in Europa gezählt hatte. „Also, bis morgen. Abfahrt pünktlich um 06.00 Uhr. Je früher wir anfangen, desto früher können wir wieder nach Hause“, meinte der Fahrer der Fahrgemeinschaft und entließ seine Kolleginnen und Kollegen am Bahnhof gegenüber der alten Dienststelle. „Einen schönen Abend. Bis morgen!“, quittierte Arno den Hinweis und ging zu seinem Fahrrad, das er am Bahnhof deponiert hatte. „Singen mag vielleicht nicht so schön sein wie Konstanz, aber es hat Flair und es ist unser Zuhause“, sinnierte Arno bei seiner kurzen Fahrt auf der Rielasinger Straße in Richtung Rielasingen-Worblingen. „Hallo Arno, wie war dein Tag?“, begrüßte seine Frau ihn. „Wie immer, viel Arbeit und wenig Brot. Aber Spaß bei Seite. Wir haben einen schwierigen Fall und wir sind einfach zu wenig, um das vernünftig zu bearbeiten. Doch wir machen das Beste daraus und wie war es bei dir?“ Arno und seine Frau unterhielten sich noch eine Zeit, bis die schon fast erwachsenen Kinder zum Abendbrot erschienen. Danach konnte er noch ein wenig abschalten vor dem Fernseher. Am nächsten Tag ging es weiter und Arno wusste immer noch nicht, wer seine Opfer waren.

Kriminalkommissariat Konstanz – am Mittwochmorgen

Arno Angele hatte wie immer seine Ermittlungsgruppe am Morgen im Besprechungsraum versammelt. Mit Ausnahme von Kerstin Elser hatten alle eine dampfende Kaffeetasse vor sich stehen und warteten geduldig, bis Arno mit der Besprechung begann. Karl Grimm hatte sich dazugesellt und wollte von seinem Telefonat aus der Schweiz berichten. „Guten Morgen zusammen. Was machen wir heute als Erstes?“, fragte Arno in die Runde hinein, beantwortete die Frage jedoch direkt selbst und wand sich dabei Reiner Sterk zu: „Reiner, du kümmerst dich um die Spurenlage und klärst mit Friedrichshafen, wie weit die mit den kriminaltechnischen Untersuchungen sind und wie lange sie gegebenenfalls noch brauchen. Rainer Huser und Rudi, ihr beide kümmert euch um das verschwundene und wiedergefundene Boot und versucht Anhaltspunkte zu bekommen, wer das Boot gemietet hat. Und Kerstin und Hans, ihr könntet euch mal auf die Zürcher Szene vorbereiten, sofern der Chef die Tür nach Zürich öffnen konnte. Kollegin Mayer und Alex, gibt es von eurer Seite noch etwas Berichtenswertes?“, wollte Arno Angele noch von seinem IT-Spezialisten und der Schreibtischunterstützung wissen. „Wir haben noch zu wenig Daten und Fakten, um ein vernünftiges Fallprofil anzuliefern. Aber es zeichnet sich eher ein Szenario im Rotlichtmilieu ab als woanders. Ein Ritualmord, also ein Mord aufgrund eines religiösen Kults, kann nach wie vor nicht ausgeschlossen werden. Weshalb wurden die Leichen zum Beispiel gerade in einem Boot am Teufelstisch abgelegt? Letztendlich fehlen uns jedoch Daten, um besser arbeiten zu können“, brachte sich Alex Preuß ein. „Im Übrigen war die Durchsuchung des großen Waldstücks

mit der Bereitschaftspolizei ohne Befund. Wir haben, außer Müll im Wald, nichts gefunden und wir sind bis zur Marienschlucht gegangen", ergänzte Preuß noch. Schließlich hatte er den Auftrag den Einsatz der Bereitschaftspolizei zu koordinieren. „Soll ich sie nochmal anfordern?", fragte er zum Schluss. Arno Angele schüttelte den Kopf. Lena Mayer, die auch das neu aufgeschaltete Hinweistelefon bediente, konnte nur wenig beitragen. Anrufe waren zwar schon eingegangen. Die waren auch entsprechend in Spuren angelegt, aber nach der ersten Bewertung für den Fall nicht sonderlich relevant. „Ich hatte heute Morgen Kontakt mit den Tauchern von der Wasserschutzpolizei Konstanz und habe mich erkundigt, ob die in der Lage wären am Teufelstisch zu tauchen. Die Kollegen waren sehr freundlich und haben mir erklärt, dass sie problemlos an der Landseite des Tisches tauchen könnten. Dort befände sich in 30 Meter Tiefe ein Sattel, der das Festland mit dem Tisch verbindet. Bis dorthin ja, aber auf der Seeseite bis auf 90 Meter Tiefe ginge das nicht ohne Spezialausrüstung. Die Wasserschutzpolizei in Überlingen verfügt jedoch über einen Roboter, der so weit unten eingesetzt werden könnte. Ich meine, die Wahrscheinlichkeit, dass wir am vermeintlichen Tatort unter Wasser was finden, ist gering. Aber ich dachte mir heute Morgen, schaden wird es auch nicht. Kollegin Mayer, könnten Sie das übernehmen und die Anforderung an das Polizeipräsidium schreiben. Und mir wäre es recht, wenn Sie die Aktion zusammen mit Alex Preuß betreuen. Also Taucher und Roboter. Einverstanden?" „Gerne, Herr Angele. Wer kümmert sich in der Zeit, in der wir im Einsatz sind, um das Hinweistelefon?", erkundigte sich Lena Mayer. „Das regele ich", brachte sich Karl Grimm ein. „Ich habe mit dem Zürcher Kripochef telefoniert. Er ist natürlich damit einverstanden, dass wir in Zürich Ermittlungen durchführen. Aber so, wie ich es mir auch dachte, gibt er uns einen Kollegen mit an die Hand, einen Leutnant Urs Müller. Ich habe den Kontakt für euch."
„Vielen Dank, Chef", sagte Arno Karl Grimm zugewandt, „Gibt es aus eurer Sicht noch etwas, was ich vergessen habe

oder etwas, das euch noch wichtig erscheint?", fragte Arno zum Schluss in die kleine Runde hinein. Alle schüttelten den Kopf und waren in Gedanken schon bei ihren Aufträgen. Kerstin Elser fand den Auftrag spannend und freute sich schon jetzt auf die Arbeit in Zürich. Und Lena Mayer und Alex Preuß wussten zu dem Zeitpunkt noch nicht, dass sie an diesem Tag noch eine Überraschung erleben durften.

Der Taucheinsatz am Teufelstisch

Nach der Frühbesprechung setzte sich Lena Mayer sofort mit dem Präsidium Einsatz in Verbindung. Ein freundlicher Kollege vom dortigen Lagezentrum sagte ihr, dass die Kollegen von der Wapo Konstanz nur noch auf ihren Anruf warten würden. Auch der Roboter könnte noch heute eingesetzt werden. Arno Angele hatte natürlich schon gestern Abend telefonisch beim Präsidium angefragt und die Weichen für einen schnellen Einsatz gestellt. „Ich bräuchte dann nur noch für unseren Präsidenten die offizielle Anforderung. Könntest du mir das schnell zu kommen lassen?", hakte der Kollege nach. Lena Mayer bejahte die Frage und setzte sich gleich noch mit den Kollegen der Wasserschutzpolizei in Verbindung. Die Wasserschutzpolizei Überlingen konnte in weniger als einer Stunde da sein und die Taucher aus Konstanz sagten ebenfalls für den Vormittag zu. Lena ging zu Alex und beide machten sich fertig für ihren Außeneinsatz am Teufelstisch. „Ihr könnt mit uns mitfahren, wenn ihr wollt. Dann sind die Kommunikationswege auch kürzer", meinte der Kollege von der Wasserschutzpolizeiwache Konstanz. „Entweder kommt ihr zu uns in die Stromeyersdorfstraße oder wir können euch auch am Steg beim Constanzer Wirtshaus aufnehmen. Das ist für euch gleich um die Ecke", ergänzte der Kollege. Lena Mayer dachte kurz nach und fand die Idee einer Fahrt mit dem schweren Polizeiboot gar nicht so schlecht. So oft hatte sie nicht die Gelegenheit und das war schließlich ein dienstlicher Auftrag. „Gut! Wie finde ich den Steg beim Constanzer Wirtshaus?", fragte Lena. „Das ist ganz einfach. Ihr geht vom Präsidium Richtung Rheinbad, überquert die Spanierstraße und geht in Richtung des Wirtshauses. Kurz vor dem Gebäude geht ein Steg in den Seerhein. Dort nehmen wir euch auf. Wir haben auch einen Schlüssel. Also kein Problem, wenn der Zugang zum Steg verschlossen wäre", antwortete der Kollege. Eine halbe Stunde später waren Lena und Alex auf dem Polizeiboot im Konstanzer Trichter unterwegs zum Teufelstisch. Die Kollegen von der Wapo fuhren die Fahrrinne gemächlich entlang um das Konstanzer Horn, um dann etwas Gas zu geben. An Backbord erschien der Fährhafen Konstanz-Meersburg, den beide von Dienstfahrten auf die andere Seeseite schon gut kannten, vorbei an der Insel Mainau mit dem Barockschloss und dem Palmenhaus als Blickfang, vorbei an Litzelstetten, Dingelsdorf und Wallhausen bis kurz vor den Teufelstisch. Die Taucher hatten sich schon während der Fahrt auf ihren Tauchgang vorbereitet und waren rasch im Wasser. Das Polizeiboot von Überlingen traf kurze Zeit später ein, ließ den Tauchroboter zu Wasser und dirigierte diesen auf den Grund des Sees in 90 Meter Tiefe. Alex war auf das Überlinger Boot umgestiegen, um am Bildschirm den Tauchgang mitzuverfolgen. Lena blieb auf dem Konstanzer Schiff und genoss den Außeneinsatz in vollen Zügen. Der Tag hatte es gut mit ihnen gemeint. Das Wetter war fast perfekt. Die Sonne schien und es war trotzdem nicht zu heiß. Auf dem See ging eh immer eine leichte Brise und das empfand Lena als recht angenehm. Es war spannend das Ufer, die Gebäude, das ganze Drum und Dran wieder mal aus der Seeperspektive zu beobachten. Das war etwas völlig anderes. Lena betrachtete den Teufelstisch, auf dem das Seezeichen 22 stand, und stellte sich bildlich vor, wie die kleine Badegondel mit den beiden Leichen an diesem Seezeichen festgemacht war, als sie plötzlich wahrnahm, wie einer der Taucher auftauchte und Zeichen gab. Der Taucher wurde rasch an Bord gebracht. „Da unten im Sattel ist etwas eingeklemmt. Das muss dort untergegangen sein und so, wie ich es einschätze, ist es noch nicht lange dort unten", erläuterte der Taucher seinen Fund. „Konnten Sie denn sehen, was es war, was da unten eingeklemmt ist?“, wollte Lena wissen. „Also, wir sind Kollegen. Du darfst mich ruhig duzen. Im Bodensee sieht man beim Tauchen nicht so gut. Das Wasser ist in der Tiefe noch nicht sehr klar. Aber ja, ich habe etwas gesehen und es könnte ein kleiner Wagen oder so etwas sein. Ich probiere es noch einmal und versuche genauer herauszufinden, was da unten eingeklemmt ist. Mein Vorschlag wäre aber, es vorsichtig herauszuholen. An der Wasseroberfläche können wir besser arbeiten.“ Lena war baff und gab das gleich an ihren Kollegen Alex weiter. Der Robotereinsatz war noch im Gang. Aber auch hier wurde deutlich, dass der Grund nicht so ohne weiteres zugänglich war und der Bodensee seine Geheimnisse gerne für sich behielt. Man konnte zwar weiter unten besser sehen, weil das kalte Wasser klarer war, aber der Seegrund hatte eine dicke Schlamm- und Schlickschicht, in der sehr vieles ungesehen versank. Lena und Alex berichteten sofort Arno Angele von dem Fund am Teufelstisch. Er ordnete an, das Ding so schnell und so vorsichtig wie möglich zu heben. Hierfür erklärte die Wapo, dass sie das organisieren würden, entweder über die DLRG oder die Feuerwehrtaucher, die auch über Auftriebskissen verfügten. Nachdem der Robotereinsatz beendet war, fuhren die beiden wieder zurück zum Präsidium. Am See hatte sich schon eine gewisse Abendstimmung eingestellt. Lena meinte zu Alex: „So traurig das Ganze ja ist und so seltsam der ganze Fall sich darstellt, aber der Einsatz war phantastisch und die Stimmung auf dem See ist es nicht weniger.“

Besuch bei der Kriminaltechnik in Friedrichshafen

Kriminalhauptkommissar Reiner Sterk hatte mit seinen KT-Kollegen Andreas Riexinger und Otto Nahles in Friedrichshafen einen Termin am Morgen vereinbart und war schon mit dem Fährschiff Fontainebleau von Konstanz über den See nach

Meersburg unterwegs. Die Kollegen von der Kriminaltechnik hatten ihren Sitz in Friedrichshafen, in der Ehlersstraße, dem ehemaligen Dienstgebäude der Polizeidirektion. „Einen wunderschönen guten Morgen, lieber Reiner. Ich hoffe, du hast die Fahrt mit der Fähre genossen. Du hättest aber auch den Katamaran nehmen können. Dann hätten wir dich eben vom Hafen abgeholt“, begrüßte Andreas Riexinger den Kollegen aus Konstanz. „Gerne das nächste Mal. Ehrlich gesagt habe ich daran gar nicht gedacht und jetzt bin ich da. Die Fahrt war jetzt auch nicht so anstrengend“, antwortete Reiner Sterk seinen Kollegen. Die drei gingen ins Gebäude und in den Besprechungsraum der Kriminaltechnik, in dem auf sie eine Kanne Kaffee und drei Butterbrezeln warteten. „Also Reiner. Wir haben die Blutspur am Rohr vom Seezeichen 22 untersucht. Es ist Menschenblut und wir haben ausreichend, um einen DNA-Nachweis durchzuführen. Wir haben auch schon einen Datenabgleich in den polizeilichen Datenbanken durchgeführt, aber leider ohne Erfolg. Also die Person, die das Blut am Rohr hinterlassen hat, ist bei uns noch nicht erkennungsdienstlich behandelt worden. Die Decke, die wir unter der Frau gefunden haben, weist mehrere verschiedene Spuren auf. Zum einen haben wir Haare gefunden und das nicht nur von einer Person. Die meisten Spuren an der Decke können wir dem toten Kind zuordnen, aber es gibt auch Spuren der Frau. Und wir haben getrocknetes und etwas älteres Ejakulat gefunden.“ „Also hätte man dringend mal wieder waschen müssen“, scherzte Reiner. „Ja, da hast du sicher nicht unrecht. Wir gehen davon aus, dass die Decke häufig zum Einwickeln oder Zudecken des Kindes benutzt wurde. Im vorliegenden Fall könnte es aber sein, dass das Ejakulat dem männlichen Täter zuzuordnen ist. Wir haben die gleiche DNA-Struktur wie bei der Blutspur. Allerdings, wie bereits erwähnt, dazu keinen Täter bei uns einliegen“, fasste Andreas Riexinger die bisherigen Ergebnisse der kriminaltechnischen Untersuchung zusammen. „Dann wolltest du doch noch wissen, ob wir weitere Spuren im Boot gefunden haben. Das haben wir. Am Boden im Heckbereich des Bootes waren wenige, aber doch nachweisbare Benzinreste festzustellen. Also wurde der Motor mit ziemlicher Sicherheit nachgetankt. Und ob das der Eigner war oder der Dieb, das könnte man ja noch klären." „Mensch, das ist ja schon klasse. Bei der letzten Besprechung konnte ich die Frage nach den weiteren Untersuchungen nicht beantworten. Aber ihr hattet das Boot ja schon komplett untersucht. Prima! Schade, dass die Person in unseren Datenbanken nicht zu finden ist. Ich gebe das gerne so an den Leiter der EG, den Herrn Angele, weiter. Was ich euch aber unbedingt noch berichten möchte, ist, dass das von euch untersuchte Boot von der Staatsanwaltschaft freigegeben worden war und es gestern dann schon wieder nicht zurückgebracht worden ist. Die Wasserschutzpolizei hat es aber beim Thermalbad festgemacht am Steg wiedergefunden", erzählte mehr oder weniger beiläufig Reiner Sterk noch seinen Kollegen. „Was, das Boot war nicht mehr beschlagnahmt? Aber das ist doch in dem laufenden Verfahren möglicherweise noch ein Beweismittel. Was hat denn da den Staatsanwalt geritten?", fragte Andreas Riexinger irritiert nach. „Du, das weiß ich natürlich auch nicht. Unser Chef hat nur gemeint, der Staatsanwalt hätte behauptet, dass er mit Friedrichshafen Kontakt hatte", antwortete Reiner Sterk. „Also wir waren das nicht. Aber ist jetzt auch egal. Da forschen wir mal lieber nicht so tief nach. Wer weiß, was unser Leitender Kriminaldirektor wieder von sich gegeben hat", meinte der Kollege Riexinger und zuckte mit den Achseln. Das Smartphone von Reiner Sterk klingelte. „Du, hier ist die Lena. Wir sind mit der Wasserschutzpolizei am Teufelstisch zugange. Ein Taucher war gleich wieder oben und sagte uns, dass er da unten was gefunden hat. Es liegt wohl so in 25–30 Meter Tiefe. Das wollte ich dir nur gleich mitteilen, weil du doch bei den KT-Kollegen in Friedrichshafen bist." „Das ist ja ein Ding, Kollegen! Gerade teilt mir die Lena Mayer mit, dass am Teufelstisch was gefunden wurde. „Und wissen wir schon, was es ist?", hakte Otto Nahles, der zweite Kriminaltechniker, nach. Reiner Sterk schüttelte mit dem Kopf. „Ich glaube noch nicht." „Gut. Wir kümmern uns, sobald ihr uns den Auftrag erteilt", meinte Otto Nahles abschließend.

Erster Kontakt mit der Kriminalabteilung der Stadt Zürich

Kerstin Elser und Hans Widenhold hatten sich in ihr gemeinsames Büro im Kriminalkommissariat Konstanz zurückgezogen und gingen miteinander die bisherigen Erkenntnisse aus dem Rotlichtmilieu in Konstanz durch. Wesentlich war eigentlich nur die Aussage dieser Madeleine, die in Zürich sich sorgte unter die Räder eines rumänischen Zuhälters zu kommen. Kerstin las sich ihren Vermerk zu dem Besuch nochmal durch und meinte zu Hans: „Denkst du, wir sollten die Madeleine erst einmal richtig vernehmen, bevor wir auf den Kollegen in Zürich zugehen?" „Das würde ich jetzt noch nicht tun. Wenn du jetzt auf die Prostituierte zugehst, dann macht die zu und erzählt uns gar nichts mehr. Wenn wir aber tatsächlich in Zürich auf etwas stoßen sollten, was mit ihr oder unserem Fall oder beidem zu tun hat, dann redet die auch wieder", antwortete Hans seiner Kollegin. „Gut, dann rufe ich mal den Kollegen Urs Müller in Zürich an", meinte Kerstin und wählte. „Grüezi, hier ist die Kriminalabteilung Zürich, Fachgruppe Milieu und Sexualdelikte, Leutnant Müller", kam es vom anderen Ende der Leitung rüber. „Salü nach Zürich, hier ist das Kriminalkommissariat Konstanz, Kriminalkommissarin Kerstin Elser. Wir wollten Sie um Hilfe in einem aktuellen Fall bitten", startete die Kommissarin das Telefonat mit dem Schweizer Kollegen. „Ja, das freut mich aber, wenn ich der „Dütschen" Polizei helfen kann. Der Chef hat Sie schon angekündigt. Um was geht es in Ihrem Fall?" Kerstin fasste komprimiert die Erkenntnisse aus dem Stubendurchgang im Konstanzer Rotlichtmilieu zusammen und auch das, was die beiden Ermittler von einer gewissen Madeleine erfahren hatten. Leutnant Urs Müller hörte aufmerksam zu und erklärte dann, dass er für die deutschen Kollegen in einer Datenbank recherchieren könne, in der sie die bekannten Prostituierten erfassten, aber dass es wahrscheinlich besser wäre, wenn die „Dütscha“ Kollegen nach Zürich kommen würden, um sich von der Szene selbst ein Bild zu machen. Er bestätigte, dass es ebenso rumänische Prostituierte im Viertel um die Langstraße in Zürich gab und dass wohl auch die rumänische Mafia ihre Finger im Spiel hätte. Aber mit den wenigen Informationen würde es eher schwer werden. Kerstin Elser sagte dem Kollegen den Besuch zu und fragte gleich nach einem Termin. „Also wie wäre es morgen Nachmittag, vielleicht so gegen 16.00 Uhr? Dann können wir den Fall noch etwas genauer anschauen und uns vielleicht am Abend in die Langstraße begeben“, schlug Urs Müller seiner deutschen Kollegin vor. „Einverstanden. Dann bis morgen. Wir freuen uns!“, beendete Kerstin Elser das Telefonat. „Morgen Nachmittag wollte ich eigentlich früher nach Hause“, motzte Hans. „Meine Frau hat Geburtstag und es ist üblich und gewünscht, dass der gnädige Ehegatte zu ihrem Geburtstagskaffeeklatsch kommt.“ „Du, dann frage ich Arno, ob ich jemand anderen mitnehmen kann. Aber den Termin würde ich jetzt nur ungern ändern. Ich glaube, das würde bei den Schweizern keinen so guten Eindruck machen“, antwortete Kerstin. „Ja, das meine ich aber auch. Meinst du, ich lasse dich alleine nach Zürich fahren? Niemals! Und für das Fehlen beim Geburtstagsklatsch habe ich für meine Frau die beste Entschuldigung der Welt.“

Irgendein Bauernhof südlich von Bukarest – vor etwa zwei Jahren

Lacrima hatte sich notgedrungen zu den Mädchen gelegt, die mit ihr im Stall eingesperrt worden waren. Sie sahen nicht mehr so recht, wo sie genau gelandet waren. Aber es stank, wie in einem Ziegenstall und die Decken, die am Boden lagen, hatten auch schon viele Benutzer gesehen. Trotzdem schlief Lacrima rasch ein.

„Aufstehen, ihr faulen Weiber! Ihr seid nicht zum Ausruhen da! Kommt mit an den Brunnen, dort könnt ihr euch erst einmal sauber machen, bevor wir dann arbeiten gehen! Klar?“ Der große, grobschlächtige Kerl von gestern hatte den Stall aufgesperrt und sich vor den schlafenden Mädchen aufgebaut. Er trug eine halblange dunkle Hose und ein T-Shirt, das von den großen Muskelpaketen dominiert wurde und die Gesamterscheinung so erscheinen ließ, als würde er vor lauter Kraft sich gleich das Hemd zerreißen. Lacrima traute sich zunächst nicht hinzuschauen, tat es aber dann doch. Der Kerl war verdammt groß. Alles, was man von seiner Haut sah, war tätowiert. Er hatte einen kahlrasierten Schädel und der Hinterkopf war von einem Totenkopf bedeckt. Lacrima und die beiden anderen Mädchen waren eingeschüchtert, hatten Angst und wussten nicht, was ihnen hier geschah. Keine traute sich auch nur einen Mucks zu machen. „Und eines sage ich euch. Wenn eine von euch versucht zu fliehen oder sonst irgendetwas macht, was ich nicht ausdrücklich vorher genehmigt habe, dann spürt ihr meine Peitsche auf dem Rücken. Habt ihr das verstanden?“, gab der Grobschlächtige zu verstehen. Die Mädchen nickten. Lacrima fasste ihren ganzen Mut zusammen und fragte: „Was ist denn los? Florin sagte mir, dass ich nach Prag zu seinem Onkel gefahren werde und dort eine Anstellung bekomme. Ich wäre doch sonst gar nicht von zu Hause weggegangen. Und ich habe auch nichts getan. Warum werde ich dann hier gefangen gehalten?“ „Ja und jetzt bist du von zu Hause weggegangen, wie viele vor dir. Mal heißt er Florin, dann wieder Sascha, auch einen Andriy haben wir und sie haben alle einen Onkel in Prag, in Budapest oder in anderen schönen Städten. Aber jedes ihrer Mädchen kommt erst einmal zu mir. Und ich rate dir, entledige dich schnell deiner frechen Klappe und Ausdrücken wie ‚gefangen gehalten‘. Ich bringe euch jetzt bei, was ihr in Zukunft zu tun habt. Dann dürft ihr weiterreisen. Eure Pässe sind alle bei mir. Also nochmal: Baut keine Scheiße und jetzt ab zum Brunnen. Ihr stinkt wie ein ganzer Ziegenstall!“, antwortete der Glatzköpfige und lachte den Mädchen dreckig ins Gesicht. Die

Mädchen taten wie ihnen geheißen. Am Brunnen fanden sie ein Stück Seife, ein ziemlich schmieriges und verdrecktes Handtuch und eine Waschschüssel. „Auf jetzt, waschen und dann zu mir ins Haus!“, befehligte der Aufseher die verängstigten Mädchen. Lacrima hatte einen vorsichtigen Blick zum Haus und in die Umgebung geworfen. Sie sah weit und breit nichts als Felder und Wald. Das Grundstück schien eingezäunt zu sein und es liefen außer dem Grobschlächtigen auch noch andere Typen und Hunde herum. Lacrima hatte Angst und sie spürte, dass sie in einen Strudel von Traurigkeit gerissen wurde. Der Aufseher blieb hinter den Mädchen stehen und schaute ihnen zu, wie sie sich wuschen. Die Mädchen waren beschämt und wuschen sich das Gesicht, Arme und Beine. Ihre Kleider ließen sie an. „Jetzt mal nicht so schüchtern. Zieht euch aus und wascht euch ordentlich! Dann kann ich auch mal einen ersten Blick drauf werfen, ob ihr was taugt und euer Geld wert seid“, meckerte der Aufseher herum. Die Mädchen zogen sich nach und nach bis auf die Unterwäsche aus und hielten beschämt ihre Hände vor ihren Körper. „Das wird bald anders, das verspreche ich euch. So und jetzt du. Du kommst mit mir!“ Er zeigte mit dem Finger auf Lacrima. „Warum ich und was soll ich denn jetzt tun? Darf ich mich wenigstens wieder anziehen?“, fragte Lacrima voller Scham und Angst nach. „Von mir aus kannst du dich anziehen. Du kannst dich aber auch gleich ausgezogen lassen, weil ich dir jetzt zeige, wie du in Prag für den lieben Onkel Geld verdienen wirst. Also los jetzt! Ich hab' nicht den ganzen Tag Zeit und in den anderen Ställen warten auch noch ein paar Täubchen, denen ich heute noch das Fliegen beibringen werde.“ Lacrima fühlte sich so verraten und verletzt wie noch nie in ihrem Leben. Sie ahnte, was nun auf sie zukommen würde. Aber was sollte sie tun? Sich wehren? Sie hatte keine Chance. Der Kerl hatte eine Peitsche in der Hand und sah nicht so aus, als würde man mit ihm irgendwie verhandeln können. Also musste sie jetzt da durch. Sie nahm sich fest vor, ihre Würde nicht vollständig zu verlieren und das ganze wie eine Sache zu betrachten. Aber das war sehr schwer.

Als sie beim Haus angekommen waren, ging der Aufseher vor ihr hinein, in einen großen Raum, in dem Lacrima einen Tisch und einen Stuhl sah. An beiden Tischenden waren Eisenstangen in den Holzboden gerammt worden und daran hingen Seile. Lacrima bekam es noch mehr mit der Angst zu tun. Aber sie konnte ihrem Schicksal nicht entrinnen. „So Kleine, jetzt setzt du dich erst einmal auf den Stuhl, zeigst mir deine Titten und dann bläst du mir einen. Klar für dich?“ Lacrima weinte innerlich und ekelte sich vor diesem Schwein. Aber sie tat, wie ihr geheißen, weil sie wusste, sonst würde er sie mit der Peitsche bearbeiten. Und das könnte ihr Ende sein.

Ermittlerteam Rainer Huser und Rudi Paschke

Rainer Huser und Rudi Paschke waren unterwegs zum Bootsverleiher am Gondele Hafen und wollten nochmal nachhaken, ob dem Pächter nicht doch irgendetwas hängen geblieben war, was er dem Kollegen Sterk nicht gesagt hatte. Sie fuhren bis zum Fischmarkt, parkten auf einem der dortigen Behördenparkplätze und gingen über die Bahngleise am Konzil vorbei den Rest zu Fuß zum See hinab. Den Pächter konnten die beiden Ermittler nicht antreffen, aber seine weibliche Vertretung gab den beiden so gut sie es wusste Auskunft. Und man konnte sagen, es war schon fast ein Glück, dass der Pächter selbst nicht da war. Die beiden Kommissare erfuhren von der Frau mehr als sie zu hoffen gewagt hätten. „Aber klar erinnere ich mich an den Mann, der das Boot vorgestern ausgeliehen hat. Das war ein Typ, so um die 30 bis 40 Jahre, sehr altbacken angezogen und machte auf mich den Eindruck, als wenn er ein wenig neben der Kappe wäre, wenn Sie wissen, was ich meine“, fasste die freundliche Vertretung am Gondele-Hafen ihre Erkenntnisse zusammen. „Ich glaube schon, dass ich das verstehen kann“, erwiderte Paschke, „aber was meinen Sie mit altbackener Kleidung?“ „Na, so alte Sachen, die man heute eigentlich nicht mehr trägt und wenn ich mich recht erinnere, haben die Klamotten auch ein wenig nach Mottenkugeln gerochen", erklärte die Dame Paschke. Ja, und was hatte er denn an? Wissen Sie das noch?", hakte Rudi Paschke nach. „Eine schwarze Hose, ein weißes Hemd mit kurzen Ärmeln und die Jacke, die auch schwarz war, hatte er über den Arm gehängt", meinte die Dame. Paschke wollte noch einen Versuch machen. Da sich ihre jetzige Gesprächspartnerin ja an weitaus mehr erinnern konnte als der zuvor befragte Pächter, setzte er mit seiner Frage ein paar Tage zurück. „Und erinnern Sie sich auch noch an die Frau, die das Boot für mehrere Tage ausleihen wollte und das Boot dann später gestohlen hatte?" Jetzt war Paschke gespannt. „Leider nicht. Ich hab' zwar davon gehört und natürlich auch mitbekommen, dass das Boot mehrere Tage weg war, aber an dem Tag, an dem die Frau das Boot ausgeliehen hatte, war ich in Radolfzell im Seemaxx beim Einkaufen." Huser und Paschke bedankten sich und schlenderten vom Gondele-Hafen in Richtung der Marktstätte. Komm lass uns in der Marktstätte noch einen Kaffee trinken und dann machen wir weiter", schlug Rainer Huser dem Kollegen Paschke vor. Der nickte und die beiden schlenderten am Konzil vorbei unter der Unterführung durch und saßen kurze Zeit später in einem der Straßencafés auf der Marktstätte. Die Sonne schien, es war angenehm warm, Paschke hatte seine Ray Ban aufgesetzt, die Bedienung servierte zwei Latte Macchiato und die Marktstätte war mit den vielen Touristen und vor allem den Touristinnen ein angenehmer Ort für eine kleine Pause. „Was meinst du Rainer? Es gibt schlechtere Jobs als unseren, oder?" Rainer Huser lächelte und ließ das mal so stehen. Er kannte Paschke schon ein paar Jahre und wäre auch gerne so eine coole Socke, wie er. Aber das war er eben nicht.

Kriminalkommissariat – am Mittwochabend

Die Kolleginnen und Kollegen der Ermittlungsgruppe Teufelstisch waren wie jeden Abend im Besprechungsraum des Kriminalkommissariats versammelt und warteten auf ihren

Boss. Arno Angele hatte sich in anderer Sache mit seinem Chef Karl Grimm abgestimmt und die beiden betraten nun gemeinsam den Besprechungsraum und setzten sich auf ihre angestammten Plätze. „Heute war ein mächtig interessanter Tag und ich bin gespannt auf eure mündlichen Berichte, die ich ja teilweise schon gehört habe", eröffnete Arno Angele die Besprechung. Der Tag hatte natürlich schon einige Überraschungen gebracht. Die Kriminaltechnik hatte ausreichend DNA, um einen Tatverdächtigen zu identifizieren. Zur Spur fehlte die Person. Der Taucheinsatz hatte einen sehr überraschenden Fund zu Tage gefördert. Die DLRG und die Feuerwehr hatten auf etwa 30 Meter Tiefe einen Kinderwagen gefunden und nach oben gebracht. Elser und Widenhold berichteten von ihrem Kontakt mit der Züricher Sitte und kündigten die morgige Dienstfahrt nach Zürich an. Huser und Paschke berichteten von der Aussage der weiblichen Vertretung des Gondele-Verleihers und den Aussagen zu dem potenziellen Kunden, der das Boot ausgeliehen und nicht mehr zurückgebracht hatte. Karl Grimm runzelte die Stirn und meinte: „Das hört sich alles ein wenig unwahr an. Also sollte die Tat von einem Zuhälter begangen worden sein, passt der Kunde vom Gondele-Hafen nicht und der Teufelstisch und das ganze Brimborium passt dann auch nicht." „Das stimmt. Das ist alles sehr ungewöhnlich. Aber ist es das nicht immer, wenn wir in den Tiefen der menschlichen Abgründe ermitteln?", brachte sich Arno Angele ein. „Gut, der philosophische Part der heutigen Besprechung wäre vorbei. Was machen wir jetzt mit der Ausgangslage?", hakte Angele nach und blickte in die Runde. „Also, ich meine, dass wir der Spur, die von Madeleine ausgeht und uns den Hinweis auf eine Lago-Bar im Züricher Rotlichtmilieu gegeben hat, nachgehen müssen. Entweder ist was dran und wir finden eine Verbindung zu unseren Opfern und einer möglichen Prostituierten mit Kind in Zürich oder auch nicht. Aber wenn wir Glück haben, finden wir etwas. Mit dem Kollegen aus Zürich haben wir uns ja für morgen Nachmittag vereinbart.

Ich habe aber auch schon ein wenig im Internet recherchiert. Das horizontale Gewerbe in Zürich befindet sich demnach im Kreis 4 der Stadt und insbesondere die Langstraße und auch die Brauerstraße werden immer wieder genannt. Interessant fand ich auch, dass erst vor einem guten halben Jahr im November 2013 in einer Kontaktbar fünf Kollegen der Züricher Sitte in den Blick der Justiz geraten waren. In der Kontaktbar Chilli hatte die Kantonspolizei eine Razzia durchgeführt und am nächsten Tag Polizisten der Sitte festgenommen. Scheint ein heißes Pflaster zu sein dieses Zürich. Also ich freue mich auf die Ermittlungen und finde das ganz schön spannend!", beendete Kerstin Elser ihren Bericht. „Vielen Dank Kerstin. Ihr nehmt morgen auf jeden Fall den Hans Bild mit. Zürich ist sicher nicht der schlimmste Sündenpfuhl auf diesem Planeten. Aber ich will euren Einsatz auch nicht unterschätzen und mit dem Hans fährt in jedem Fall Erfahrung mit. Einverstanden?" Hans Bilds Begeisterung für den Zürich Einsatz hielt sich in Grenzen. Er äußerte sich zwar nicht, aber seine Mimik verriet es. „Geht das bei dir Hans?", fragte Arno, dem die Mimik nicht entgangen war. „Du bist der Boss und klar kann ich es einrichten", antwortete Hans Bild jetzt gefühlt wieder motivierter. „Dann kannst du in Singen mit deiner Frau Geburtstag feiern", sagte Angele zu Hans Widenhold. Der winkte aber ab: „Ich kann mitfahren. Das mit dem Geburtstag kriege ich schon hin." „Das könnt ihr entscheiden, wie ihr wollt. Wegen mir könnt ihr gerne zu zweit oder zu dritt hinfahren. Ich will nur, dass der Fachverstand mit dabei ist. Wer kümmert sich um den Kinderwagen? Der muss von der Kriminaltechnik noch auf Spuren untersucht werden. Auch wenn er im Wasser war und nicht damit zu rechnen ist, dass wir viel finden." Angele blickte fragend in die Runde. „Das mache ich und das ist ein Buggy, kein Kinderwagen", brachte sich Reiner Sterk ein. „Es wäre gut, wenn wir etwas finden, was mit unserem Fall zu tun hat. Es könnte ja sein, dass der Kinderwagen, oder Buggy, dem getöteten Kind zuzuordnen wäre. Checkt ihr das?", fragte Arno seine Kollegen. „Klar! Wir prüfen den Buggy auf alle möglichen Spuren. Aber wie du bereits gesagt hast. Er war halt im Wasser“, führte Reiner Sterk aus. Arno Angele bestätigte die Aussage von Reiner mit einem Kopfnicken, beendete das Meeting und verabschiedete die Kollegin und Kollegen in den Abend: „Dann einen schönen Abend und morgen früh Besprechung nur dann, wenn es etwas Neues gibt. Ansonsten weiß ja jeder, was er zu tun hat.“

Irgendwo im Rotlichtmilieu – etwa drei Wochen zuvor

„Sei froh, dass ich dich und dein Balg auf der Straße wiedergefunden habe. Der Boss ist mächtig sauer. Vor allem, weil er dich mit der letzten Fuhre nicht in den nächsten Puff verkaufen konnte. Er hatte endlich einen Abnehmer, der ausdrücklich auch mit der kleinen Blage einverstanden war. Wahrscheinlich ein pädophiles Schwein, der es auch mit deinem Jungen treiben würde. Aber mir ist es ganz recht, dass du wieder da bist. Für mich bist du die Hübscheste. Elena hat mir erzählt, dass du abgehauen bist, weil dich ein Freier retten wollte. Ist da was dran? Wer ist der Freier, der mit dir durchbrennen wollte und was ist damit?“, wollte Lacrimas Zuhälter wissen. Lacrima war mittlerweile schon eine Zeit im Geschäft. Das Kind, das ihr Florin oder der Grobschlächtige auf dem Bauernhof bei Bukarest gemacht hatte, half ihr nicht, dass sie sich nicht mehr prostituieren musste. Der „Onkel“ hatte sie weiter auf den Strich geschickt, praktisch bis die Wehen einsetzten. Es gab auch Kunden, die ausdrücklich nach schwangeren Frauen fragten. Den perversen Phantasien der Männer waren keine Grenzen gesetzt. Die Geburt war die Hölle. Sie musste Adrian ohne jede Hilfe auf die Welt bringen. Lediglich die Alte vom Boss half ihr mit der Nabelschnur und schickte, als das Kind geboren war, nach einer Krankenschwester, die für 1000 Kronen, den Mund hielt und die beiden notdürftig versorgte. Und wenn sie nicht höllisch aufgepasst hätte, hätte man ihr Adrian gleich nach der Geburt weggenommen, um ihn an zahlungskräftige Adoptiveltern zu verkaufen. Das war die Idee der Alten des Bosses. Aber dagegen hatte sie sich mit aller Kraft gewehrt und Adrian blieb zunächst bei ihr. Das ging alles einigermaßen gut, bis sie der Onkel an einen neuen Zuhälter verkaufte. Und jetzt stand die Frage, ob sie Adrian hergeben musste, wieder im Raum. Ihr neuer Zuhälter war ein Schwein. Er hatte einen besonderen Kicker auf Adrian und kettete das Kind immer, wenn Lacrima arbeiten musste, an den Heizkörper. Einmal, als sie gerade mit einem Kunden beschäftigt war, schrie Adrian vor lauter Schmerzen und ließ sich kaum mehr beruhigen, weil der Heizkörper aufgedreht war und Adrian sich daran verbrannt hatte. Seit Monaten bettelte sie um jeden Cent, damit sie für ihr Kind Babynahrung kaufen konnte. Adrian bekam einfach viel zu wenig zu essen. Aber ihr Zuhälter behielt alles Geld, das sie verdiente, ein. Dabei war er knallhart, nicht nur gegen Adrian, sondern auch gegen sie. Geld hatte Lacrima so gut wie keines und war immer davon abhängig, was sie an Naturalien bekam. Ab und zu gab es auch ein wenig Bares, damit sie sich die nötigsten Hygieneartikel kaufen konnte. Wenn sie sich beschwerte, dass sie hungrig sei, hörte sie von ihm den Kommentar Hunger wäre gut fürs Geschäft. Dann würde sie schon mal nicht zu fett werden. Für den Zuhälter sollte sie anschaffen, abliefern, anschaffen, abliefern. Zu was anderem brauchte er sie nicht. Außer wenn er selbst mal Lust hatte, dann bediente er sich großzügig bei ihr und faselte dann gerne etwas von geilem Sex, von toller Frau und alles das, was Lacrima von diesem Schwein nicht mehr hören konnte. Das waren dann die Momente, in denen er ihr „großzügig" ein paar Scheine übrig ließ. Und dieses Geld steckte sie sofort in Adrian. Lacrima war eine sehr folgsame und zuverlässige Prostituierte. Sie liebte ihr Kind und sie wollte ihr Kind behalten. Dafür musste sie alles opfern und mit sich machen lassen, was ihr Zuhälter verlangte. Sie hatte im Laufe der Zeit das Geschäftsmodell verstanden. Üblicherweise wurden die Frauen nach ein paar Wochen, manchmal sogar schon nach ein paar Tagen Aufenthalt in einer Stadt weiterverkauft. Das hatte den Vorteil, dass die Behörden und vor allem die Polizei den Frauen nicht zu nahekamen und natürlich ging es bei jedem Deal auch um Geld. Lacrima war mit ihrem Kind schwer vermittelbar und das ließ sie ihr launischer Zuhälter fast jeden Tag spüren. Wegen Adrian und der Angst um ihn war sie abgehauen und hatte gehofft, dass sie irgendwo untertauchen könnte. Aber was sollte sie tun? Sie hatte keine Papiere, den Pass hatte ihr Zuhälter und Adrian hatte nicht einmal eine Geburtsurkunde. Sollte Lacrima irgendwann in eine Polizeirazzia geraten, dann wäre das sicher ein Problem. Und wenn sie bei der Polizei Hilfe suchen würde, dann blühte ihr nichts anderes als die Abschiebung nach Rumänien. Und dort war sie vor der Organisation ganz bestimmt nicht sicher. Und wie sollte sie ihren Eltern erklären, dass sie mit einem Loverboy durchgebrannt war, von diesem geschwängert wurde, ein Kind hatte und auf den Strich ging? Sie hatte keine Chance. Der Zuhälter hatte Adrian wieder an den Heizkörper angekettet. „So mein Mädchen. Jetzt bist du mal ganz lieb zu mir und verwöhnst mich, so wie ich es gerne mag. Und danach gehst du wieder zur Arbeit. Du hast einen ganzen Tag aufzuarbeiten und die Kohle beizubringen, die du in der Zeit nicht verdient hast. Verstanden? Und wenn du mit deinem Balg noch einmal abhaust, dann schneide ich dir deine schönen Titten ab, lass mein Messer ein wenig in deinem Gesicht kreisen und wenn es mir gefällt, dann schmeiße ich dich einfach in den nächsten Fluss."

Erste Ermittlungen in Zürich

Das Trio hatte sich schon am späten Morgen gegen 11.00 Uhr nach Zürich aufgemacht, um sich vor dem Termin einen eigenen Eindruck von der Stadt und dem dortigen Rotlichtmilieu zu machen. Außerdem hatte Kerstin ihren zwei Männern mitgeteilt, dass sie überhaupt zum ersten Mal nach Zürich fuhr und auch ein wenig gespannt auf die Stadt sei. Hans Widenhold, der das Dienstfahrzeug lenkte, war über die neue Rheinbrücke in Richtung der A7 gefahren. Ihr Weg führte das Trio an Frauenfeld vorbei, in Winterthur auf die A1 und dann direkt in die Züricher City. Hans Bild hatte mit den Kollegen der Stadtpolizei noch am Vormittag telefonisch vereinbart, dass sie den Dienstwagen auf dem Parkplatz der Stadtpolizei parkieren durften. Das hatte auch den Vorteil, dass sie für das Meeting um 16.00 Uhr gleich am richtigen Platz waren. Und außerdem befand sich das Rotlichtmilieu rund um die Langstraße in Wurfweite zum Gebäude der Stadtpolizei. Hans Bild hatte den beiden den Eindruck vermittelt, als wenn er sich in Zürich auskennen würde, und so verließen sich die beiden gerne auf ihn. Er wählte den Weg über Schwamendingen am Irchelpark vorbei, um dann im wahrsten Sinne des Wortes in die Stadt hinunterzufahren. Kerstin genoss die ersten Eindrücke, die die Stadt Zürich auf sie machte. Klar, eine Stadt war eine Stadt, aber Kerstin freute sich trotzdem. Zürich wirkte sehr beschäftigt. Menschen waren unterwegs und überall wurde gebaut. Aufgerissene Straßen mit tiefen Gräben, Engstellen und Staus. Es war deutlich hektischer als in Konstanz. Als sie fast unten waren, konnte Kerstin zum ersten Mal einen Blick auf den Zürichsee werfen, an dessen Nordufer die drei mit ihrem Auto jetzt angekommen waren. Vor ihnen führte eine Brücke über die Limmat und auf der linken Seite hatte Kerstin einen riesigen Platz wahrgenommen, an dessen Ende ein großes, schönes Gebäude stand. „Weiß einer von euch, was das für ein Platz und was das für ein Bauwerk ist?", fragte Kerstin neugierig nach. „Was meinst du denn Kollegin?", wollte Hans Bild wissen und fuhr dann aber gleich fort: „Die Stadt ist doch ein einziges Gebäude und sehenswert ist sie allemal. Das, was du wahrscheinlich meinst, hier auf der rechten Seite, ist die Zürcher Oper und der Platz heißt, soweit ich das noch richtig weiß, der Sechseläuten Platz, aber bitte frag mich jetzt nicht warum. Wir fahren jetzt zur Stadtpolizei am Bahnhofsquai, stellen das Auto ab und marschieren von dort in Richtung der Langstraße. Wir kommen dann automatisch an der Bahnhofstraße vorbei. Die wolltest du doch bestimmt sehen, wenn es in unseren Ablauf reinpasst. Kerstin konnte damit nicht gleich etwas anfangen und erwiderte vorsichtig: „Wir sind doch dienstlich hier, also allzu viele Nebengleise würde ich nicht gern befahren." „Mach dir da mal keine Sorgen. Erstens haben wir bis 16.00 Uhr noch ein wenig Zeit und mit dem Auto in das Areal von der Langstraße zu fahren, das wird uns, um einen ersten Eindruck zu bekommen, nicht so viel bringen. Und in der Bahnhofstraße, die auf dem Weg liegt, kannst du einmal einen Blick in die Auslagen werfen. Edel, außergewöhnlich, schön und schön teuer. Die Bahnhofstraße dürfte eine der teuersten Straßen der Welt sein", beendete Hans Bild seine Ausführungen zur Stadt Zürich. „Ich bin beeindruckt, dass du dich hier so gut auskennst", bemerkte der Kollege mit gleichem Vornamen. „Warst du oft während deiner Zeit bei der Sitte hier in Zürich?" „Ich war schon ein paar Mal dienstlich hier. Aber nicht als ich bei der Sitte, sondern als ich beim Rauschgiftdezernat war. Zum einen war es früher so, dass Zürich Drehscheibe für den Stoff auch in Richtung Konstanz war und zum anderen suchten wir hier gelegentlich nach Ermittlungsansätzen und versuchten die Wege nachzuvollziehen, die zum Beispiel das Heroin ging. In der Zeit als ich noch beim Drogendezernat war, hatte Zürich noch mit einer offenen Drogenszene zu kämpfen. Du erinnerst dich vielleicht noch an die Berichte zum Platzspitz und die Verdrängung der offenen Drogenszene von dort in das umzäunte und von der Polizei abgesicherte Areal am Bahnhof Letten. Die verheerenden und unwürdigen Zustände dort mit Menschen und Kindern, die im wahrsten Sinne des Wortes im Dreck lagen und dort hausten, bedrücken mich noch heute. In dieser Phase war ich häufiger hier und das Elend konnte man greifen. Insofern waren es keine schönen Eindrücke aus dieser Zeit", schilderte Hans Bild seine Erfahrungen. „Von was redet ihr beiden da?", fragte Kerstin, die ein paar Sätze, aber nicht alles mitgehört hatte. „Das war weit, bevor du bei der Polizei angefangen hast, Kerstin. Wir sind da. Hier können wir parken und dann machen wir eine Aufklärungstour. Falls jemand von euch noch was essen will, ich kenne hier ein sehr gutes Lokal. Ich hoffe, ihr habt Schweizer Franken dabei. Aber eines solltet ihr wissen: Das Essen ist hier mindestens doppelt so teuer wie in Deutschland." Kerstin Elser und Hans Widenhold wurden nicht enttäuscht. Hans Bild kannte sich in Zürich perfekt aus. Zunächst machten sie einen Abstecher in die Bahnhofstraße, in der Kerstin so viele exklusive Einkaufsgeschäfte und Boutiquen von großen Modedesignern sah wie noch nie in ihrem Leben. Danach ging es zum Bahnhof, wo Hans ihnen mit einem verschmitzten Lachen im Gesicht das versprochene Restaurant zeigte: Ein Wurststand im Bahnhofsgebäude. Aber die Wurst schmeckte hervorragend und der Preis mit acht Schweizer Franken war nun auch nicht ohne. Dann bewegte sich der Trupp in Richtung Langstraße. Das Lago war schnell gefunden und die anderen Kontakt- und Szenenkneipen auch. Kerstin machte ein paar Bilder. Interessant war das Outfit des Chillis, in dem in Folge einer Razzia die Schweizer Kollegen verhaftet worden waren. Und irgendwie besonders war auch das Lugano, das, so hatte das Kerstin Elser recherchiert, einen besonderen Ruf hatte und immer mal wieder das Interesse eines investigativen Journalisten der Neuen Zürcher Zeitung weckte. Der Termin 16.00 Uhr stand an. Die drei beeilten sich in die Zeughausstraße zu kommen, wo sie von ihrem Schweizer Kollegen, Leutnant Urs Müller, erwartet wurden.

Das Ermittlerteam
Rainer Huser und Rudi Paschke

Huser und Paschke wollten sich noch einmal schlau machen, ob sie in Wallhausen nichts übersehen hatten und ob sie irgendwelche Ansätze finden konnten, die sie zu dem mysteriösen Herrn führte, der das Boot, nachdem es von der Staatsanwaltschaft dem Bootsverleiher zurückgegeben worden war, geliehen und dann nicht mehr zurückgebracht hatte. Obwohl sie am Bootsverleih des Gondele-Hafens nicht unbedingt erwarteten neue Ansätze zu finden, fuhren die beiden nochmal dorthin. Außerdem wollten sie dem Eigentümer auch mitteilen, dass die Wasserschutzpolizei sein Boot am Steg der Bodenseetherme gefunden hätte. Das Fahrzeug parkten sie wie gewohnt am Fischmarkt und marschierten über die Bahngleise, am Konzil vorbei, hinunter zum Gondele-Hafen. „Guten Morgen. Die beiden Herren Kommissare sind wieder da. Haben Sie Ihren Fall schon gelöst und wollen Sie eine Runde mit einem Boot fahren, um mal auf andere Gedanken zu kommen?“, begrüßte der Bootsverleiher, der heute wieder den Verleih führte, die beiden. „Schade“, dachte Paschke so bei sich, „Seine Vertretung war gesprächiger gewesen und hatte auch einen ganz guten Hinweis gegeben.“ „Nein, danke. Wir sind wie auch beim letzten Mal dienstlich hier und hätten noch ein paar Fragen an Ihre Kollegin gehabt. Wissen Sie, wo wir Sie erreichen können?“, stieg Rudi Paschke in das Gespräch ein. „Sie kommt morgen wieder. Da bin ich in Zürich bei meinem Bruder. Er führt dort ein kleines Hotel in der City“ äußerte sich der Bootsverleiher gegenüber den beiden Polizisten. „Aber mir ist noch was eingefallen, was ich das letzte Mal nicht erzählt habe. Weiß auch nicht mehr so recht warum. Aber ich glaube, ich habe einfach nicht daran gedacht. Also, ich habe Ihnen ja erzählt, dass das so ein „Allerweltstyp“ war, der das Boot beim letzten Mal ausgeliehen hat. Und meine Kollegin konnte Ihnen was zur Kleidung und so sagen. Sie hat nämlich gestern, nachdem Sie beide da waren, mit mir noch telefoniert und mich informiert. Also ich kann das nur bestätigen, was Ihnen die Elisabeth gesagt hat. Der Typ war „oldfashioned“ gekleidet und ich dachte auch, dass er vielleicht ein wenig bescheuert sei. Aber so richtig sagen kann ich das auch nicht. Einerseits wirkte er sehr seltsam, andererseits konnte er sich normal ausdrücken. Und dann hatte er so Tics.

Also, wenn Sie wissen, was ich meine", beendete der Gondele-Verleiher seine Ausführungen. „Was ist denn mit dem heute los?", dachte Paschke und hakte nach: „Ja, aber warum haben Sie ihm denn dann ein Boot gegeben, wenn Sie dachten, dass er neben der Spur war?" „Ja, genau, das habe ich ja gerade versucht Ihnen zu erklären. Einerseits dachte ich, irgendwie hat der einen Sprung in der Schüssel, aber seine Wortwahl war eher eloquent als neben der Spur und deshalb habe ich mir dabei einfach nicht so viel gedacht." Rainer Huser und Rudi Paschke kamen an der Stelle nicht mehr weiter und verabschiedeten sich. Sie wollten am nächsten Tag wiederkommen und „die Elisabeth" nochmal aufsuchen. Vielleicht war doch mehr hängen geblieben, als sie bisher gesagt hatte. Die beiden wollten den Vormittag auch nutzen, um die Zeugin in Wallhausen nochmals aufzusuchen. Womöglich war ihr noch etwas zu dem Boot eingefallen und vielleicht hatte in Wallhausen sonst noch jemand etwas gehört. Ihr Einsatz war aber ein „Metzgersgang". Die Befragungen in Wallhausen brachten die beiden nicht weiter und als sie versuchten die ältere Dame aufzusuchen und bei ihr klingelten, zeigte sich eine Nachbarin im Fenster und ließ die beiden Kommissare wissen, dass die Dame heute Morgen nach Stuttgart gefahren war. Wann sie wiederkommen würde, wusste die Nachbarin nicht. Meist sei sie nach einigen Tagen wieder da. Es konnten aber auch schon mehrere Wochen dazwischen liegen.

Irgendein Bauernhof südlich von Bukarest – vor etwa zwei Jahren

Lacrima hatte das erste Martyrium hinter sich. Der Grobschlächtige hatte sie zurück in den Stall gebracht und eines der Mädchen mitgenommen, die mit Lacrima angekommen waren. Als das Mädchen sich versuchte zu wehren, sah Lacrima, wie der Riese sie wie einen Hund im Genick packte, vom Boden hob und sie in der Luft zappeln ließ. „Du kommst jetzt mit und bist friedlich. Und wenn du so gut bist, wie die, die ich gerade hatte, dann wird das ein richtig angenehmer Morgen für mich". Er grinste dreckig und setzte das Mädchen auf den Boden zurück. „Aber eines sage ich dir. Du musst dich anstrengen. Die vor dir hat es mir schon richtig besorgt." „So ein Schwein!", dachte Lacrima, traute sich aber nicht irgendetwas zu sagen. Sie schämte sich. Auch wegen dem, was dieser Mistkerl mit ihr gemacht hatte. Aber was hätte sie denn tun sollen? Gegen diesen Fleischberg hatte sie nicht den Hauch einer Chance und er hatte bei allem, was er verlangte, erkennen lassen, dass er nicht auch nur ansatzweise irgendeinen Kompromiss machen würde. Aber sie schämte sich auch dafür, was sie ihren Eltern angetan hatte. Sie war auf Florin reingefallen. Das war Lacrima inzwischen klar. Er hatte sie einfach nur benutzt. Aber irgendwie war sie noch immer in den hübschen Kerl verliebt und sie wusste nicht wieso. Kurz blitzte so ein Gedanke auf, dass er auftauchen könnte und sich hier alles in Luft auflösen würde. Aber sie wusste auch, dass das nicht passieren würde. Sie konnte jetzt nur noch versuchen zu überleben und dem Fleischberg keinen Anlass zu geben, dass er sie wieder missbrauchte.

Kriminalabteilung Zürich, Milieu- und Sexualdelikte

„Grueziwohl, meine lieben Kollegen aus Dütschland. Freue mich sehr, dass Sie den Weg von Konstanz nach Zürich auf sich genommen haben. Bin auf ihren Fall gespannt und hoffe, dass ich Ihnen helfen kann. Könna mr Schwyzerdütsch redda?", begrüßte Urs Müller seine Kollegen freundlich. Der Leutnant hatte die deutschen Kollegen im Amt in der Zeughausstraße empfangen und zu einem kleinen Besprechungsraum geführt. „Darf ich Ihnen einen Kaffee, Cappuccino oder Espresso anbieten?", fragte Urs Müller höflich nach. „Vielen Dank für die freundliche Begrüßung und die Unterstützung bei unseren Ermittlungen", übernahm Hans Bild die Gesprächsführung für die deutschen Belange. „Also Kaffee wäre schön und ich verstehe Schwyzerdütsch. Ich weiß nur nicht, ob das für alle zutrifft." Kerstin schüttelte vorsichtig den Kopf. „Kein Problem, dann reden wir Schriftdeutsch und jetzt erzählen Sie mir mal, was Sie hierherführt und was Sie an Informationen schon haben", setzte Urs Müller die Konversation fort. Eine freundliche Dame hatte zwischenzeitlich drei Kaffee und Wasser serviert und typischerweise gab es dazu kleine Stücke Schweizer Schokolade. Kerstin übernahm und erläuterte dem Leutnant die Aussagen von Madeleine, die bis vor kurzem in Zürich gearbeitet haben sollte. Urs Müller hatte aufmerksam zugehört und hakte jetzt seinerseits nach. „Wissen Sie, wo die Madeleine gearbeitet hat oder ob sie sich hier in Zürich auch so genannt hat? Und konnte sie den rumänischen Zuhälter beschreiben, für den Madeleine arbeiten sollte? Vielleicht haben wir dann eine Chance ihn ausfindig zu machen. Eines kann ich schon sagen: Von einer Prostituierten mit einem Kind haben wir in unserer Abteilung nichts mitbekommen, aber von der rumänischen Mafia, die hier ihre Finger im Spiel hat und einen finanziell lukrativen Handel mit Prostituierten in Zürich betreibt schon." Kerstin notierte sich nebenbei aufmerksam, was der Schweizer Kollege von sich gab. Schließlich wollte sie nochmal auf Madeleine zugehen und die Aussage nachschärfen. „Madeleine sagte uns, dass sie den Rumänen im Lago in der Langstraße zum ersten Mal kennengelernt und er sie dann aber mehrfach in ihrer Terminwohnung aufgesucht hätte. So, wie Madeleine das dargestellt hat, wollte er, dass sie für ihn arbeitete und bot ihr dafür seinen Schutz an", führte Kerstin weiter aus. „Gut, und war die Terminwohnung auch im Lago oder wo empfing Madeleine ihre Freier?", wollte der Schweizer Kollege nun wissen. „Das haben wir vergessen zu fragen. Aber das kann ich nachholen", beichtete Kerstin. Das Lago hatte in den oberen Stockwerken Wohnungen und Zimmer, die von Prostituierten gemietet wurden. Urs Müller berichtete von schwierigen Verhältnissen. Die Zimmer in der Langstraße und auch im Lago wurden von den Eigentümern zu horrenden

Mietpreisen angeboten, so dass die Damen meist gezwungen waren, die Zimmer miteinander zu teilen und manch Prostituierte nicht einmal über ein eigenes Bett verfügte. Wenn ein Freier da war, mussten sich die Damen dann abwechseln. Eine ging zurück in die Bar oder verdrückte sich sonst irgendwo hin, während die andere ihren Freier versorgte. An eine eigene Intimsphäre oder nur so etwas ähnliches, daran war gar nicht zu denken. Kerstin schüttelte es bei dem, was der Schweizer Kollege erzählte, und sie stellte sich bildhaft vor, wie es den Mädchen in diesem Geschäft ergehen musste. Sie hatte gelegentlich die Politik hierzu auch verfolgt und es fiel ihr gerade jetzt wieder ein, dass es immer noch Verantwortungsträger gab, die davon ausgingen, dass es auch viele Frauen gäbe, die diesem Geschäft freiwillig nachgingen. „So ein Schwachsinn", ging es ihr durch den Kopf. Die Informationen um das Zürich Business waren deprimierend. „Gibt es eine Möglichkeit, dass wir vielleicht von einer der Prostituierten in der Langstraße erfahren könnten, ob jemand die Madeleine gekannt hat und ob sich vielleicht jemand an eine Prostituierte mit Kind erinnert?", brachte sich Hans Widenhold in das Gespräch mit ein. „Also, ich will Ihnen natürlich Ihre Ermittlungen nicht vorschreiben. Aber da müssten wir erst einmal wissen, ob ihre Madeleine in Konstanz auch eine Madeleine in Zürich war, und dann sollten wir auch genau wissen, wo ihre Wohnung oder ihr Zimmer sich in der Langstraße oder sonst irgendwo in Zürich befand. Wenn wir anfangen zu ermitteln und auf die Leute hier zugehen, sollten wir so viel wie möglich vorher abgeklärt haben, sonst nehmen die uns gleich nicht mehr ernst!", erklärte Leutnant Urs Müller seinen deutschen Kollegen. „Das macht Sinn", äußerte sich Hans Bild und ergänzte: „Sollen wir dann erst einmal zurück nach Hause fahren und wiederkommen, wenn wir mit Madeleine nochmal gesprochen haben?" Müller nickte. Kerstin Elser und ihre beiden Kollegen standen auf und verabschiedeten sich. „Ja, und geschickt wäre es, wenn wir miteinander auf Patrouille gehen. Wir machen das regelmäßig auch gerne am Wochenende, das sind sie in der Szene gewohnt. Da können wir am unauffälligsten Fragen stellen, die Kneipen und auch die Animationsbars durchstreifen, ohne dass wir auf Widerstand und zu viel Vorsicht stoßen. Donnerstag bis Samstag ist in der Langstraße am meisten los. Aber bitte seien Sie mir nicht böse. Sie sind uns alle willkommen, aber auf Patrouille können wir nur einen von Ihnen mitnehmen. Aber natürlich nur, wenn Sie das wollen. Und ich müsste das auch noch mit meinem Vorgesetzten abklären", formulierte der Schweizer Kollege vorsichtig. Kerstin Elser, Hans Bild und Hans Widenhold nickten dem Kollegen zu und verabschiedeten sich. „Wir melden uns und vielen Dank für das Angebot. Wir kommen gerne darauf zurück." Hans Bild wollte den Kollegen jetzt nicht auch noch fragen, ob er sie zum Dienst-PKW im Hauptgebäude der Stadtpolizei fahren konnte, so dass die drei dorthin nicht zu Fuß gehen mussten. Er war nämlich irrtümlich davon ausgegangen, dass die Besprechung im Hauptgebäude stattfinden sollte. Kerstin war in Gedanken vertieft. Ihr erster Besuch in Zürich hatte sie beeindruckt, aber auch angestrengt. Doch jetzt stand erst einmal die Fahrt nach Hause auf dem Zettel. Dann mussten Hans und sie noch nach Singen und erst dann war Feierabend.

Irgendwo im Rotlichtmilieu – gut zwei Wochen zuvor

Lacrima kümmerte sich so gut es ging um ihren Adrian. Die neuen Zustände waren eine Katastrophe. Ihr Zuhälter hatte sie weiterverkauft und Lacrima teilte sich in der neuen Stadt ein winziges Zimmer mit einer Latina. Immer wenn eine von ihnen Kundschaft hatte, musste die andere ausweichen. Adrian lag auf seiner Wolldecke am Boden und war eigentlich die meiste Zeit im Weg. Für Lacrima war jeder Freier, egal ob bei ihr oder bei der Latina, eine logistische Herausforderung. Sie musste jedes Mal in irgendeiner Weise ihr Kind mitversorgen. Wurde es mit der Kundschaft später, musste sie Adrian aus dem Schlaf reisen. Lacrima ging es von Tag zu Tag schlechter. Ihr neuer Zuhälter machte wenige Anstalten sich groß mit dem Kind oder ihr zu beschäftigen. Sie hatte den Eindruck, dass ihm das völlig egal war. Aber wenn sie einen Freier versorgen musste, war er in der Nähe und ihr war rasch klar, wenn sie nicht zu 100 % funktionieren würde, wäre ihr Kind weg. Adrian und sie hatten kein Zuhause, sie durften kaum schlafen, Lacrima konnte ihren Sohn nur selten füttern und er hatte immer Hunger. Auch hatte sie keinen Freiraum ihn richtig zu versorgen, zu herzen und einfach nur mal lieb zu haben. Davon war sie jetzt noch weiter entfernt als bisher. So konnte es nicht weitergehen. Beim letzten Zuhälter, der Adrian so brutal behandelt hatte, bekam sie noch mit, dass er für sie keinen guten Preis bekam. Nicht wegen ihr, sondern wegen dem Jungen. Sie bekam auch mit, dass man sich um das Kind „kümmern" wollte und dass das kein Zustand im Puff sei mit „dem Balg". Man wäre hier viel zu lange nachsichtig gewesen. Lacrima hoffte dennoch, dass ihr neuer Zuhälter sie und ihr Kind besser behandeln würde. Aber diese Hoffnung musste sie bald aufgeben. So konnte es einfach nicht weitergehen und sie hatte Angst. Weniger um sich als mehr um ihr Kind. Lacrima war klar, dass hinter ihrem Rücken gerade eine Lösung gesucht wurde, um das Kind wegzuschaffen. Und Möglichkeiten gab es da viele. Adrian war gesund, also konnte er als Organspender ausgeschlachtet werden. Vielleicht wollten sie ihn an einen Pädophilen-Ring verkaufen, wo die Perversen dann mit dem armen Kind machen konnten, was sie wollten. Oder die einfachste Option war das Kind zu töten und so zu beseitigen, dass es nicht gefunden werden konnte. Lacrimas Gedanken kreisten wie verrückt um die Gefahren für ihren Sohn. Vielleicht konnte sie ihren Zuhälter dazu bringen, dass man Adrian weggab – zu guten Menschen. Aber wo waren die und wie kam sie an solche Menschen heran. Bei nächster Gelegenheit wollte sie ihren Zuhälter darauf ansprechen. Vielleicht gab es eine Chance. Nicht für sie, aber wenigstens für ihr Kind.

Kerstin Elser war nach dem langen Tag und der Rückfahrt von Zürich endlich daheim. Sie hatte zusammen mit ihrem Freund eine schöne Wohnung in Überlingen am Ried gefunden und freute sich jetzt noch auf einen kurzen Moment in ihrem Zuhause, bis es dann morgen in aller Frühe wieder nach Konstanz ging. „Hey, wie war dein Tag heute in Zürich? Das war doch bestimmt interessant. Gab es was Besonderes im Puff in Zürich, was ich als Mann noch wissen müsste?“, scherzte der Freund von Kerstin. Nicht wissend, dass er mit den sicher nicht bös gemeinten Bemerkungen gerade vermintes Feld betrat. Kerstin hatte der Tag geschlaucht, aber auch schon die Ermittlungen im Konstanzer Rotlichtmilieu, die Gespräche mit den Prostituierten, mit Madeleine und dem, was sie inzwischen über das Prostitutionsgeschäft erfahren hatte. Sie war kein Neuling in ihrem Beruf und wusste auch schon vor ihrem Einsatz in der Ermittlungsgruppe, dass Frauen in dieser Branche keine Chance hatten, ausgenutzt wurden und es den meisten dreckig ging. Aber jetzt war sie einfach irgendwie mittendrin und war von dem Elend und dem Leiden der Frauen unmittelbarer und stärker betroffen. „Habt ihr Männer eigentlich keine anderen Sorgen, als mich zu fragen, ob es was Besonderes im Puff gab? Am besten noch Anschauungsunterricht und wo es die besten Nutten gibt oder was willst du von mir wissen?“ Kerstin hatte sich rasch echauffiert und biss sich aber auch gleich wieder auf die Zähne. Sie war sich bewusst, dass sie den Bogen überspannt hatte. Sie hatte aber auch heute irgendwie die Schnauze voll. Eigentlich wollte ihr Freund sie nur ein wenig aufmuntern und hatte einfach auf den falschen Knopf gedrückt. Aber er war eben auch ein Mann und aus weiblicher Sicht gerade als Feind identifiziert worden. Kerstin schnappte sich aus dem Schrank in der Küche zwei Weingläser und schenkte einen Roten ein. „Tut mir leid, war nicht so gemeint! Aber der Job schlaucht mich gerade. Die Schicksale der Frauen, mit denen ich im Moment zu tun habe, nehmen mich mit. Und das Schlimme ist, ich kann nichts dagegen tun. Lass uns einfach noch ein wenig sitzen. Nimm mich in den Arm und lass es gut sein“, klagte Kerstin. „Kein Problem, mein Schatz. War auch blöd von mir so machohaft aufzutreten. Kommt nicht wieder vor. Aber bitte, pass auf dich auf. Ich liebe dich und freue mich auf die Zeit, wenn das Ganze wieder unbelasteter ist.“ Kerstin legte ihren Kopf auf die Schulter ihres Freundes und ließ den Tag ausklingen. Es wurde ihr wieder einmal klar, dass der Polizeiberuf nicht sehr beziehungsfreundlich war.

Irgendein Bauernhof südlich von Bukarest – vor etwa zwei Jahren

Lacrima und die anderen Mädchen verbrachten noch ein paar Tage auf dem Bauernhof, bis es schließlich weitergehen sollte. Die Mädchen versuchten sich so gut sie es konnten zu arrangieren. Sie hatten schnell kapiert, dass es fast unmöglich war, von hier zu entkommen. Das Gehöft war umzäunt und soweit es die Mädchen mitbekamen, gab es ein paar Wachen, die an den Zäunen aufpassten und dazu kamen noch die Hunde, die im Areal frei herumliefen und keinen freundlichen Eindruck machten. Zwischenzeitlich hatte Lacrima nicht nur die zwei Mädchen näher kennengelernt, die mit ihr angekommen waren. Sondern es gab noch mehr Opfer, die auf dem Bauernhof gefangen gehalten wurden. Die meisten Mädchen waren, wie Lacrima, in den Ställen eingesperrt. Aber zum Essen wurden alle ins Haus gerufen und dort versorgt. „Iwan der Schreckliche“, wie die Mädchen den Grobschlächtigen oder den Fleischberg auch nannten, bediente sich bei den Mädchen wie er wollte und war in seinem Tun nicht zimperlich. „So, meine Vögelchen. Morgen verlasst ihr diesen Hof und werdet in verschiedene Städte gebracht. Also macht mir keine Schande! Ihr wisst, was zu tun ist und ihr habt euren neuen

Besitzern zu gehorchen. Wenn eine von euch versuchen sollte, zu fliehen, wird sie erschossen. Also macht das, was man euch sagt und macht es gut! Dann geht es euch am besten. Und jetzt ab in die Ställe zum Schlafen! Vor euch liegt eine lange Reise", beendete der Grobschlächtige seine Ansprache. Am nächsten Morgen stand ein kleiner Bus im Hof. Zwei Männer, die mit Kalaschnikows bewaffnet waren, standen neben einem PKW, der hinter dem Bus geparkt war. „Iwan der Schreckliche" verhandelte mit den Typen und forderte die Mädchen auf, den Bus zu besteigen. Eine nach der anderen stieg ein. Lacrima sah noch, wie der Grobschlächtige den zwei Typen Pässe übergab und dafür ein dickes Kuvert erhielt. Vermutlich das Geld, das für die Mädchen bezahlt wurde. Lacrima wurde schlecht und sie hatte Angst sich auf der Fahrt zu übergeben. Sie blickte traurig aus dem Bus ins Nirgendwo und war sich bewusst, dass sie keine Chance mehr auf ein normales Leben hatte. Was Lacrima zu dem Zeitpunkt noch nicht wusste, war dass sie ein Kind unter dem Herzen trug und noch mehr Leid in ihr Leben kommen sollte.

Kriminalkommissariat Konstanz – am Freitagmorgen

Seit sechs Tagen ermittelte die EG Teufelstisch nun an dem Fall und bislang hatten die Ermittler noch immer nicht die Namen ihrer Opfer. Sicher schien, dass die beiden getötet worden waren. Aber ein Motiv oder etwas anderes Zielführendes war bislang nicht in Sicht. Arno Angele hatte in die Polizeikantine auf ein Weißwurst-Frühstück eingeladen. Er war in der letzten Woche 60 geworden und die Kolleginnen und Kollegen vom Kommissariat freuten sich über die Einladung. Nachdem alle versorgt waren, lenkte Arno das Gespräch auf ihren aktuellen Fall und hörte aufmerksam zu, was Kerstin und die Kollegen über die gestrigen Ermittlungen zu berichten hatten. Der Freitag und vor allem das Wochenende mussten noch geregelt werden. Kerstin Elser, Hans Widenhold und Hans Bild wollten heute noch versuchen, Madeleine zu erreichen, um die offenen Fragen aus Zürich abzuklären. Rainer Huser und Rudi Paschke wollten währenddessen nochmal die Runde Gondele-Hafen–Wallhausen machen und Paschke fragte noch nach, ob es trotz Ermittlungsgruppe möglich sei, sich heute Mittag mal eine Stunde auszuklinken. Er würde gerne mal wieder mit der Laufgruppe joggen gehen. Arno nickte zustimmend. „Wenn es in Ordnung ist, würde ich gerne die Ermittlungen in Zürich begleiten“, brachte sich Kerstin ein und blickte fragend in die Runde der Männer. Arno runzelte die Stirn und schaute zu Hans Bild. „Meinst du nicht, Kerstin, dass Hans mehr Erfahrungen im Umgang mit Ermittlungen im Rotlichtmilieu hat? Und wäre es dann nicht klüger, ihn zu schicken, statt dich? Nichts für ungut. Aber die Arbeit ist ja dann auch noch ein wenig gefährlich“, ergänzte Arno besorgt. „Da würde ich mir mal keine Sorgen machen“, brachte sich Hans Bild ein. „Die Kerstin hat sich ganz gut geschlagen. Sie kennt die bisherigen Erkenntnisse aus dem Milieu sehr gut und sie ist vor allem eine Frau. Das könnte bei einer Zeugin aus dem Milieu, wenn wir denn eine finden, ein weiterer Vorteil sein. Und was die Gefahren anbelangt, nun ja, die kann man nicht ganz wegdiskutieren. Aber bei einer Patrouille wären die Schweizer Kollegen ja mit dabei. Ich übernehme den Job gerne. Aber Kerstin wäre auch eine gute Wahl“, endete Hans Bild seinen Vortrag und wartete gespannt auf die Antwort von Arno Angele. „Das kann man so sehen und das, was Sie sagen, macht durchaus Sinn. Mir wäre es dennoch nicht recht, wenn Frau Elser allein nach Zürich geht. Also einer von Ihnen beiden, Herr Widenhold oder Herr Bild, sollte Frau Elser begleiten. Einverstanden?“, hatte sich jetzt unerwartet der Kommissariats-Leiter Karl Grimm eingeschaltet. Üblicherweise hielt sich Grimm heraus, wenn er nicht selbst die Ermittlungsgruppe leitete. Aber bei der Diskussion war einmal wieder der Chef mit ihm durchgegangen und natürlich stand auch das Wochenende an, was er bei den Ausführungen von

Hans Bild auf dem Schirm hatte. „Oder siehst du das anders?" Grimm wandte sich Arno Angele zu. „Nein, das sehe ich genauso. Einer geht mit. Wer das ist, das könnt ihr selbst ausmachen. Schön wäre es, wenn ihr den Termin mit der Zürcher Polizei so rasch wie möglich auf die Reihe bekommt. Hoffentlich kommen wir endlich Mal ein Stück weiter", ergänzte Arno. Das Wochenende war rasch geplant. Kerstin Elser und Hans Widenhold übernahmen Madeleine und Zürich. Rainer Huser und Rudi Paschke wollten in jedem Fall ihre Spuren weiterverfolgen. Lena Mayer und Alex Preuß wechselten sich derweil am Hinweistelefon ab. Der Kriminaltechnik gab Arno Angele frei, versicherte sich aber bei den Kollegen, insbesondere bei Reiner Sterk, dass sie im Bedarfsfall telefonisch erreichbar wären und auch zur Verfügung stehen könnten. Karl Grimm bot Arno Angele an, einen Tag am Wochenende zu übernehmen, was dieser aber zunächst ablehnte. Grimm ließ sich jedoch nicht so einfach abweisen und meinte zu seinem Vertreter: „Arno, ich bin im Fall drin und wenn es etwas ganz Besonderes gibt, dann rufe ich dich natürlich an. Ich nehme den Sonntag. Einverstanden?" Arno wirkte nicht sehr überzeugt. Aber Grimm war der Chef und den Sonntag in Singen statt in Konstanz zu verbringen, da freute er sich dann doch darauf und stimmte zu.

Der Onkel in Prag – vor etwa zwei Jahren

Die Mädchen waren seit fast zwei Tagen unterwegs und erreichten Prag am Nachmittag. Zumindest hatten Lacrima und die anderen Mädchen es so verstanden. Ihre neuen Peiniger ließen die Mädchen auch nicht in Ruhe und schikanierten sie, wann und wo sie Lust dazu hatten. Aber sie unterhielten sich auch völlig ungeniert vor den Mädchen, so dass diese alles mitbekamen. Wohin die Reise gehen sollte, was auf die Mädchen wartete und der Spaß in Prag, auf den die Männer sich freuten, wenn sie die Mädchen versorgt hätten. Lacrima hatte kapiert, dass sie nicht mehr über sich selbst verfügte, sondern für die Männer als Ware galt. Es war deprimierend, aber genug Lebenswille da, um nicht aufzugeben. Was hätte sie auch für eine Chance? Selbst wenn sie sich umbringen wollte, wie und mit was würde sie es anstellen? Immer wieder sprachen die Männer im Bus mit den Mädchen über ihre künftige Arbeit im Puff und quälten sie mit den Vorstellungen zu ihrer Zukunft. Einer von ihnen wirkte eher freundlich und hatte sich im Laufe der Nacht zu Lacrima gesetzt. Als er ihr sagte, dass sie sehr schön sei und sie vielleicht die Chance auf ein besseres Leben habe, tat das Lacrima richtig gut. Aber sie musste rasch feststellen, dass die Freundlichkeit vorgetäuscht war und der nette Typ ihr auch nur an die Wäsche wollte. Er wollte das eben auf eine freundlichere Art erledigen. „Wir sind da. Der Onkel erwartet euch und ist gespannt auf seine neuen Schönheiten", scherzte einer der Typen, der aus dem Bus gestiegen war und die Kalaschnikow bedrohlich im Arm hielt. Lacrima stieg mit den anderen aus und schaute vorsichtig umher, um zu sehen, wo sie nun gelandet waren. Sie erkannte, dass sie vor einem heruntergekommenen Plattenbau geparkt hatten. Solche Gebäude kannte sie auch aus Rumänien. „So, ihr kommt jetzt erst einmal mit. Ich bringe euch jetzt in euer neues Zuhause." Ein älterer Mann, Lacrima schätzte ihn auf über 60 Jahre, mit Glatze und dickem Bauch hatte gesprochen und deutete den Typen, dass sie die Mädchen noch bis zur Wohnung begleiten sollten. Lacrima und die Mädchen folgten und fanden sich in einer kleinen Wohnung im dritten Stock wieder. In den Zimmern sah Lacrima mehrere Stockbetten und in der Wohnung trafen sie auf andere Mädchen, die wohl schon länger hier untergebracht waren. Der alte Mann, der „der Onkel" zu sein schien, wirkte auf Lacrima im ersten Moment friedfertig und nicht so brutal, wie die Männer, mit denen sie es in der letzten Zeit zu tun gehabt hatte. Der Onkel hatte sich auf einen Stuhl in die Mitte eines der beiden Zimmer gesetzt und wartete bis alle Neuen in der Wohnung waren. „Schließt die Tür. Und wartet bis ich die neuen Mädchen abgenommen habe. Wenn eine davon schwanger ist, könnt ihr sie gleich wieder mitnehmen. Pädophile bedienen wir hier nicht", erläuterte der Onkel etwas unorthodox sein Geschäftsmodell. „Also eine nach der anderen zu mir und keine Angst. Ich will nicht mit euch ficken." Lacrima erschrak, als sie bemerkte, dass ihr Eindruck sie getäuscht hatte. Der Onkel wirkte auf den ersten Blick freundlicher als er nun tatsächlich war. Er schaute in ihren Mund, überprüfte ihr Gebiss – so wie sie das bei Großvater schon gesehen hatte, als er auf dem Markt ein Pferd kaufen wollte – fasste ihr an die Brüste und in die Scham. Es war ekelhaft. Der Onkel spürte ihren Ekel und sprach Lacrima an: „Keine Angst. Ich tue dir wirklich nichts. Ich muss einfach nur wissen, wohin wir dich am Anfang schicken können. Aber so wie du gebaut bist, darfst du bald zu den Kunden, die mehr bezahlen. Allerdings erst dann, wenn ich weiß, dass du sie auch richtig gut verwöhnen kannst, wenn du verstehst, was ich meine." Lacrima hatte keine Kraft etwas zu erwidern und nickte. „Braves Mädchen. Die Nächste!" Als der Onkel durch war, winkte er den Fahrer des Busses und die zwei Begleiter zu sich. Lacrima konnte nicht viel verstehen. Sie saß auf einem der Betten in ihrem neuen Zuhause und hätte am liebsten losgeheult. Lacrima konnte erkennen, dass der Alte die Pässe ausgehändigt bekam und ihre Begleiter ein Kuvert in Empfang nahmen, in dem wahrscheinlich das Geld war, das man für sie bezahlt hatte. Nachdem die Männer weg waren, kam der Onkel noch einmal herein. „Also, ihr arbeitet jetzt für mich und ich entscheide wann und wo. Wenn ihr was braucht, sagt es zu mir oder zu einem meiner Leute. Ihr sprecht mit niemand darüber, wer ihr seid oder woher ihr kommt! Ihr macht einfach nur eure Arbeit und das am besten gut! Hier in dieser Wohnung schlaft ihr. Die Arbeit findet woanders statt. Jede von euch hat ein eigenes Bett und wenn es mal eng wird, dann teilt ihr es eben. Verstanden?", erklärte der Onkel den Mädchen und forderte ihre Zustimmung ein. Die neuen Mädchen waren so verschüchtert, dass sie einfach nur nickten und in Ruhe gelassen werden wollten. Sie wollten auf die Toilette, sich waschen. Sie waren verdreckt von der Reise, fühlten sich aus vielen Gründen schmutzig und waren froh, als der Alte Anstalten machte zu gehen. „Was ich am Schluss euch noch sagen will: Flucht ist keine Option! Es haben schon welche versucht. Die leben alle nicht mehr", sprach der Onkel noch eine Warnung aus und verließ dann die Wohnung.

Die Laufgruppe

Rudi Paschke konnte seinen Teamkollegen Rainer Huser nicht überreden mitzukommen. Normalerweise fragte er Rainer auch gar nicht danach. Doch in den letzten Tagen hatten sie seit längerem wieder viel mehr Zeit miteinander verbracht, fast mehr als mit ihren Partnerinnen, daher hätte er es heute schön gefunden, wenn Rainer ihn diesmal begleitet hätte. Bei der Laufgruppe war Rudi seit er in Konstanz seinen Polizeidienst angefangen hatte. Sie setzte sich aus Kolleginnen und Kollegen vom Polizeirevier, aus den Streifen- und Ermittlungsdiensten, der Verkehrspolizei und insbesondere auch der Verwaltung zusammen. Der bunte Haufen hatte ein gemeinsames Interesse: miteinander zu joggen. Und manchmal gingen sie danach auch noch auf ein Bier. Dazu reichte es Rudi heute auf jeden Fall nicht. Die Stimmung war jedes Mal sehr angenehm und es war schön, mit den Kolleginnen und Kollegen auch mal etwas anderes zu unternehmen, als zu arbeiten. Die Laufstrecke führte regelmäßig über die Seestraße am See entlang hinaus zum Konstanzer Hörnle. Die, die etwas mehr Zeit oder bessere Kondition mitbrachten, verlängerten die Runde dann noch bis zum Wasserwerk oder bis zum Konstanzer Fährhafen, um dann über den kleinen Wald wieder zum Präsidium zurückzulaufen. Rudi entschied sich für die kürzere Variante. Das Panorama war aber wie jedes Mal ein Gedicht. Der Weg bis zum Hörnle erlaubte ohne Unterbrechung einen Blick auf die Konstanzer Bucht und die Schweizer Alpen. Es war einfach schön. Rudi wollte mit Rainer noch nach Wallhausen rausfahren und drehte deshalb am Konstanzer Hörnle angekommen wieder um. Kurz davor begann das Strandbad, das zu dieser Jahreszeit und bei dem schönen Wetter gut besucht war. Rudi passierte auf seinem Rückweg die Bodenseetherme, als er eine Person wahrnahm, die wie verrückt um sich schrie. Als Rudi genauer hinsah, erkannte er einen Mann, Alter schwer einzuschätzen, der schnell in Richtung Hörnle marschierte und dabei schrie, als wenn es um sein Leben ging. „DU ARSCHLOCH, VERRECKE, VERRECKT ALLE, IHR DRECKSÄCKE, WICHSER, ARSCHLOCH!", vernahm Rudi Paschke und schaute zu seinem neben ihm laufenden Kollegen. „Sollen wir den festnehmen? Der hat sie doch nicht alle!" Der Kollege lachte und meinte: „Rudi, wir sind gerade beim Laufen. Ich habe keinen Dienstausweis mit und außerdem habe ich den schon ein paar Mal kontrolliert. Die Leute beschweren sich bei dem Geschrei natürlich des Öfteren. Aber der ist harmlos. Er haut immer wieder aus dem Zentrum für Psychiatrie (ZfP) Reichenau ab und schreit halt herum wie ein Verrückter. Aber er schreit auf den See hinaus und beleidigt niemanden persönlich. Sobald wir wieder im Präsidium zurück sind, sage ich dem Streifendienst Bescheid." Rudi nickte und ließ es gut sein. Schließlich war er nicht immer nur im Dienst und wenn der Typ sonst im ZfP untergebracht war, war das ja für den Moment auch in Ordnung.

Madeleine

Kerstin Elser und Hans Widenhold planten für sich den Tag und auch das Wochenende, das die beiden nach jetziger Lesart im Dienst verbringen würden. Kerstin hatte sich telefonisch mit dem Kollegen in Zürich, Leutnant Urs Müller, in Verbindung gesetzt und nachgehakt, ob es denn nun möglich wäre, die Schweizer Kollegen bei einem Einsatz im Rotlichtmilieu zu begleiten und wenn ja, wann es dann am besten passen würde. „Also, wenn Sie das Quartier Langstraße im Zürcher Stadtkreis 4 erleben wollen, wenn dort richtig was los ist, dann müssen Sie nachts kommen und am Wochenende. In der Langstraße treffen Sie auf eine in Zürich etablierte Szene, die sich dort trifft, um sich zu vergnügen. Es gibt also mehr als nur einen Ort für Prostitution und Rauschgift. Wenn man so will, hat sich das Quartier weiterentwickelt. Und ja, ich habe mit meinem Chef gesprochen. Er ist damit einverstanden, dass Sie mit auf Patrouille gehen. Es ist nur für Zivilisten nicht möglich, uns zu begleiten", informierte der Schweizer Polizist seine deutsche Kollegin. „Wann wäre es denn für Sie passend? Wann sollen wir zu Ihnen kommen, damit Sie uns mit auf eine Patrouille nehmen könnten?", fragte Kerstin vorsichtig nach. „Also, wie schon bei Ihrem letzten Besuch gesagt, auf Patrouille nehmen wir einen von Ihnen mit und am besten wäre es morgen. Da ist Samstagnacht und im Quartier einiges geboten. Wir haben diesen Monat noch keine Patrouillenfahrt gemacht, so dass das prinzipiell für die Profis in der Langstraße nicht auffällig wäre. Natürlich sind die Gäste, Besucher oder die Feiernden, wenn wir kontrollieren, nicht immer pflegeleicht. Aber das brauche ich ja einer Kollegin nicht zu erklären. Wie gesagt, am Wochenende treffen wir viele an, die vielleicht auch etwas wissen. Sagen Sie mir, ob es für Sie schon morgen klappen würde oder ob das zu kurzfristig tönt?", informierte sich Leutnant Müller bei der Kollegin. „Gut, dann morgen und dafür herzlichen Dank! Wann sollen wir denn zu Ihnen nach Zürich kommen?", fragte Kerstin nach. „Also Frau Elser – gell, das war doch der Name –, 20.00 Uhr würde reichen. Dann machen wir noch eine Lagebesprechung. Wir erklären Ihnen unser Prozedere und Sie sagen uns, auf was wir achten sollen oder auch welche Schwerpunkte Sie sich vorgenommen haben. Einverstanden? Und dann schlage ich noch vor, ich bin der Urs und gerne ‚Du'", beendete Urs Müller seine Ausführungen. „Gerne und wir freuen uns! Ich bringe, wenn es recht ist, noch meinen Kollegen Hans Widenhold mit. Der war ja letztes Mal schon mit dabei und er würde dann halt im Auto oder bei euch auf der Dienststelle warten, bis wir zurück sind. Aber bei der Einsatzbesprechung könnte er doch dabei sein – oder?“, fragte Kerstin nach. Sie wollte die Schweizer Kollegen nicht brüskieren, sie wollte aber auch die Anweisungen ihres Chefs befolgen. „Das ist kein Problem! Also bis morgen um 20.00 Uhr bei uns auf der Dienststelle. Und sollte was dazwischenkommen, dann bitte schnell Bescheid geben!“, beendete der Leutnant das Telefonat. Kerstin war klar, dass sie jetzt rasch in die Pötte kommen musste. Wenn Madeleine nicht zu erreichen war, dann hätte sie ein Problem. Also forderte Kerstin ihren Kollegen Hans auf, sich fertig zu machen, damit sie noch einmal in die Terminwohnung von Madeleine fahren konnten. Kerstin meldete sich telefonisch erst an, als sie und Hans vor der Terminwohnung geparkt hatten. Sie wollte auf Nummer sicher gehen. „Hallo Madeleine, hier ist Kerstin Elser von der Kriminalpolizei. Wir waren neulich schon bei Ihnen und Sie haben uns sehr geholfen. Wir bräuchten noch ein paar Informationen. Dürfen wir kurz bei Ihnen vorbeischauen?“, fragte Kerstin telefonisch bei Madeleine an. „Danke. Das können Sie gerne machen. Aber ich habe gerade Kundschaft und danach kommt sofort wieder einer, der mich für zwei Stunden gebucht hat. Der Kunde zahlt auch gut. Also wenn wir uns auf heute Abend verständigen könnten, helfe ich Ihnen gerne!“, antwortete Madeleine recht selbstbewusst. Das war nun gerade nicht, was die Kommissarin hören wollte. Sie hatte gehofft, dass sie mit einem Überraschungsbesuch Erfolg hatte und rasch an die Informationen kommen würde, die sie noch für ihre Ermittlungen in Zürich brauchte. Kerstin atmete kurz durch und wartete einen Moment, bis sie antwortete: „Wenn es nicht anders geht, dann gerne heute Abend. Wäre es so gegen 19.00 Uhr recht?“ „Das machen wir so. Ich erwarte Sie dann heute um 19.00 Uhr wieder hier und weise weitere Kundschaft dann halt ab. Vielleicht können Sie mir dann was ersetzen?“, hakte die Prostituierte noch geschickt nach. „Ich schaue, was ich tun kann“, antwortete Kerstin Elser und drückte bei ihrem Smartphone auf den Button. Sie erklärte ihrem Kollegen Hans das Ergebnis des Telefonats. Er nickte und wollte gerade den Zündschlüssel am Fahrzeug zum Starten nach rechts drehen, als Kerstin ihn am rechten Handgelenk packte. „Halt Hans, da ist Madeleine! Sie verlässt gerade das Haus. Also hat sie mich angelogen! Sie hat mir gesagt, dass sie Kundschaft hat und uns deshalb nicht empfangen könne. Aber so sieht das ja gerade nicht aus. Bleib an der dran! Lass uns mal schauen, wo die Madeleine hinwill", forderte Kerstin ihren Kollegen auf. Hans Widenhold wartete noch einen Moment, bis Madeleine sich ein Stück entfernt hatte, startete dann den Dienstwagen und folgte ihr mit ausreichendem Abstand. Madeleine ging für eine Fußgängerin mit kleinem Gepäck sehr rasch und bewegte sich in der Max-Strohmeyer-Straße in Richtung des Oberlohnkreisels. Sie trug in der linken Hand eine Handtasche und zog am rechten Arm einen mittelgroßen Gepäck-Trolley hinter sich her. Gleichzeitig schaffte sie es mit der linken Hand die Handtasche und das Mobiltelefon zu koordinieren. Mit irgendjemandem schien sie recht aufgeregt zu telefonieren. Hans blieb dran. Als Madeleine dann in die Oberlohnstraße abbog und raschen Schrittes in Richtung des Bahnhofs Konstanz-Fürstenberg marschierte, wurde Kerstin nervös. „Was hat sie denn um Gottes Willen vor?", plapperte die Kommissarin vor sich hin. Hans war sich seiner Sache sicher. „Die türmt, Kerstin! Wenn wir die jetzt nicht schnappen, dann war's das mit unserer Zeugin Madeleine!" „Halt an! Ich steige aus und folge ihr zu Fuß. Fordere Verstärkung an und informiere die Bundespolizei, falls Madeleine mit einem Zug entwischt! Ich nehme die jetzt einfach fest!", gab Kerstin ihrem Kollegen Hans kurzerhand zu verstehen. „Aber sei vorsichtig! Die Frau ist dir wahrscheinlich körperlich überlegen und warum willst du sie überhaupt festnehmen? Sie ist Zeugin und sie hat dich angelogen, das ist aber kein Festnahmegrund!", wollte Hans seine Kollegin noch warnen. Die hatte aber schon den Dienstwagen verlassen und hörte die mahnenden Worte von Hans Widenhold nicht mehr. Für Kerstin war Madeleine die einzige Chance in Zürich einen Schritt weiterzukommen. Madeleine hatte einen ordentlichen

Vorsprung und bis zur Haltestelle Konstanz-Fürstenberg war es nicht mehr weit. Hans funkte währenddessen das Lagezentrum an, bat um Verstärkung und auch darum, die Bundespolizei zu verständigen.

Das Ermittlerteam Rainer Huser und Rudi Paschke

„Na, wie war es beim Joggen?“, fragte Rainer seinen Kollegen Rudi freundlich, nachdem dieser frischgeduscht und geschniegelt in das Dienstzimmer der beiden zurückgekehrt war. „Es hat richtig gutgetan und obwohl ich jetzt doch schon eine ganze Zeit hier lebe und arbeite, sind die Seestraße und der See immer wieder ein Genuss. Gerne morgen noch einmal!“, antwortete Rudi augenzwinkernd. „Packen wir heute noch was an oder fragen wir beim Chef nach, ob wir Schluss machen können?“, fragte Rainer seinen Kollegen. „Also, wenn ich den Arno heute Morgen richtig verstanden habe, können wir das selbst regeln. Ich dachte, wir drehen noch eine Runde. Muss aber heute nicht mehr unbedingt sein. Morgen ist ja auch noch ein Tag. Doch ich gehe gerne noch einmal zu ihm und frage nach. Was ich dir aber noch erzählen wollte, ist eine besondere Begegnung, die ich heute beim Joggen hatte. Da marschierte so ein Typ am Ufer entlang und schrie wie ein Berserker auf den See hinaus. Der Inhalt waren lauter Schimpfwörter. Hast du von dem schon mal etwas mitbekommen?“ Kaum hatte Rudi Paschke seinem Kollegen von dem Typ am See berichtet, rauschte Arno Angele ins Dienstzimmer der beiden herein. „Macht euch fertig! Ihr müsst raus! Der Kerstin ist eine Zeugin entwischt. Die Madeleine haut wohl ab. Ihr müsst Kerstin und Hans bei der Fahndung unterstützen!“ Rainer Huser griff zum Fahrzeugschlüssel, schnappte seine Einsatztasche, durfte aber noch einen Moment auf Rudi Paschke warten, der erstmal seine Waffe holen musste. Zwei Minuten später saßen die beiden im Dienstwagen mit Signal Richtung Bahnhof Konstanz-

Fürstenberg. Huser fuhr, Paschke meldete das Fahrzeug beim Lagezentrum an. Nachdem Rudi Paschke seinen Funkspruch abgesetzt hatte, meldete sich die Kollegin Kerstin Elser über Funk. Man hörte an ihrer zitternden Stimme, dass etwas schiefgelaufen war: „Konstanz 245 mit einer Mitteilung an die eingesetzten Kräfte in die Fahndung nach einer dunkelhäutigen Prostituierten. Die Dame ist flüchtig. Sie ist wahrscheinlich in den Zug nach Radolfzell eingestiegen und dürfte sich nicht mehr hier in Konstanz aufhalten. Bitte die Bundespolizei damit beauftragen, dass sie versuchen in Radolfzell die Dame aufzunehmen und nach Möglichkeit festzuhalten!", fasste Kerstin Elser die relevantesten Informationen zusammen. Das Lagezentrum meldete sich: „Hier Konstanz, Konstanz 245 verstanden! Haben Sie eine bessere Personenbeschreibung und können die Kollegen im Fall, dass die Person aufgenommen wird, diese auch festnehmen?" Kerstin Elser überlegte kurz und schaute zu Hans Widenhold rüber, der den Dienstwagen lenkte. Hans schüttelte den Kopf. „Die Dame ist dunkelhäutig, circa 180 cm groß, weibliche Figur, ist bekleidet mit einem roten Tamaris-Mantel mit Kapuze, trägt, soweit ich das richtig mitbekommen habe, schwarze hohe Stiefel und führt einen grauen Gepäck-Trolley und eine rote Handtasche mit sich. Sie ist Zeugin in einem Mordfall! Also sofern sie angetroffen wird ‚unter Wind nehmen' und uns den Standort mitteilen!", fasste Kerstin ihre Wahrnehmungen bezüglich Madeleine für die Fahndung zusammen. Das Lagezentrum quittierte die Mitteilung und wiederholte die Fahndung für die Streifen und Polizeikräfte, die im Polizeipräsidium unterwegs waren. Arno Angele informierte den zuständigen Staatsanwalt und bat zu prüfen, ob es einen Grund für eine Festnahme gäbe. Der Staatsanwalt verneinte diese Option sofort und verwies auf eine Festnahme zur Personenfeststellung, sofern die Personalien der Dame nicht ganz korrekt erfasst seien. Das war aber auch keine Option, das wusste Arno Angele. Rudi Paschke und Rainer Huser hatten das Blaulicht aufgepflanzt und fuhren die B33 an

Allensbach vorbei. „Hier ist Konstanz 246. Wir verlegen an den Bahnhof Radolfzell und unterstützen die Kräfte der Bundespolizei." Das Lagezentrum quittierte. Huser und sein Kollege Paschke hatten den Bahnhof Radolfzell in der Innenstadt nach knapp 20 Minuten Alarmfahrt erreicht und nahmen Kontakt mit der Bundespolizei auf. „Gut, dass ihr da seid. Wir haben zufällig eine Kollegin und einen Kollegen im Seehas eingesetzt und die haben mir gerade über Funk gemeldet, dass sie eine weibliche Person, auf die eure Personenbeschreibung passt im Zug lokalisiert haben. Die Kollegin und der Kollege sind in der Nähe der Person und observieren. Der Zug ist im Übrigen in zwei Minuten da. Sollen die zwei die Dame ansprechen oder festnehmen?", fragte der Kollege der Bundespolizei nach. „Nein", entschied Paschke spontan. „Sagt den beiden Kollegen im Zug, sie sollen die Dame nicht aus den Augen lassen und nur eingreifen, wenn sie den Zug verlassen sollte! Ansonsten sind sie ja in zwei Minuten da. Ich steige in den Zug und geh auf die Dame zu. Mich kennt sie nicht und ich bin in Zivil. Da kann ich vielleicht das Überraschungsmoment ausnutzen. Außerdem kann ich dann gleich beim Chef nachfassen, wie wir mit der Dame weiter verfahren. Rainer, ist das für dich ok? Du ziehst einfach mit dem Dienstwagen nach und ich versuche die Dame in Singen zum Aussteigen zu bewegen. Wäre schön, wenn ihr von der Bundespolizei bei mir in der Nähe bleiben würdet", gab Paschke seinem Teamkollegen und dem Kollegen der Bundespolizei zu verstehen. Die beiden nickten. Rainer Huser wartete noch kurz bis Rudi im Zug war und düste dann in Richtung Singen los. Rudi Paschke hatte die Kollegin und den Kollegen der Bundespolizei sofort entdeckt, aber Madeleine hatte ihn schon bemerkt. Sie war schon aufgrund der Anwesenheit der uniformierten Bundespolizei nervös geworden und Bullen roch sie drei Meilen gegen den Wind. Damit hatte Paschke gerechnet und noch bevor Madeleine aufstehen konnte, war er schon bei ihr und signalisierte mit einer Handbewegung, dass sie sitzenbleiben solle. „Madeleine, ich will nur mit Ihnen reden. Ich glaube, Sie hatten einen Termin mit meiner Kollegin Kerstin Elser. Sie hat mich gebeten, Sie zu ihr zu bringen. Sind Sie damit einverstanden oder sollen wir hier alles im Zug in der Öffentlichkeit klären?“ Madeleine wusste, dass sie verloren hatte. Ihr Fluchtversuch war gescheitert. Zumindest konnte sie der Polizistin nicht entkommen. Aber dem, was sonst auf sie warten würde, vielleicht schon. Davon wusste die Polizei aber nichts.

Polizeirevier Singen,
Julius Bührer Strasse

Nachdem der Seehas am Singener Bahnhof angekommen war, stiegen Rudi Paschke und Madeleine aus. Paschke bedankte sich noch bei der Kollegin und dem Kollegen der Bundespolizei, ließ dabei aber Madeleine keine Sekunde aus den Augen. Nach ein paar Minuten traf Rainer Huser mit dem Auto ebenfalls ein und die drei waren startklar. Madeleine hatte sich nach gutem Zureden von Paschke dazu bereit erklärt, die beiden Polizisten auf das Polizeirevier Singen zu begleiten. Sie bestand aber darauf, dass sie mit der Kollegin, die mit ihr einen Termin für heute Abend vereinbart hatte, sprechen durfte. Das war Rainer Huser und Rudi Paschke nur recht und Kerstin, die den ganzen Einsatz um Seehas und dem Radolfzeller Bahnhof im Funk mitgehört hatte, war schon mit ihrem Kollegen Hans Widenhold unterwegs zu ihnen. Nach einer knappen Viertelstunde waren auch sie am Singener Revier eingetroffen und wurden von ihren Kollegen und Madeleine in einem Vernehmungszimmer beim Kriminaldauerdienst erwartet. „Vielen Dank, Rainer und Rudi! Ab jetzt würde ich wieder übernehmen. Klasse Arbeit! Aber ich würde mit Madeleine gerne erst einmal alleine sprechen“, stieg Kerstin in die Konversation ein und blickte dabei auch zu Hans, der das Ansinnen von Kerstin sofort verstand und sich mit Rainer und Rudi in den fünften Stock verzog, um in der Cafeteria einen

Kaffee zu genießen. Vorher erkundigte sich Hans Widenhold noch bei Madeleine, ob er ihr irgendetwas bringen könne, was sie aber mit einem Kopfschütteln ablehnte. Kerstin und Madeleine waren nun alleine im Vernehmungszimmer und schauten sich neugierig an. Nach einer kurzen Pause eröffnete Madeleine überraschend das Gespräch: „Tut mir leid, dass ich Sie angeschmiert habe. Aber nun bin ich ja hier und jetzt fragen Sie mich, was Sie mich noch fragen wollten." Kerstin ließ ihr Gegenüber nicht aus den Augen und spürte, dass mit Madeleine irgendetwas nicht stimmte. Die souveräne, selbstbewusste Madeleine, die sie bei ihrer ersten Begegnung in Konstanz kennengelernt hatte, war nicht mehr da. Ihr gegenüber saß eine Frau, die Angst hatte. Warum? Das wollte Kerstin herausbekommen und natürlich wollte sie auch erfahren, warum Madeleine Konstanz verlassen wollte und das wohl für länger. Aber zuerst waren die offenen Fragen für den Einsatz in Zürich zu klären. „Madeleine, ist das in Ordnung, wenn ich Sie so anspreche und wenn ich unser Gespräch aufzeichne?", startete Kerstin in das Gespräch. Madeleine nickte. „Gut, ich habe noch ein paar weitere Fragen zu Ihrem Aufenthalt in Zürich. Ihre Angaben sind für unsere Ermittlungen wichtiger geworden und ich würde als erstes gerne wissen: Waren Sie in Zürich auch als Madeleine bekannt oder hatten Sie dort vielleicht einen anderen Namen?" Madeleine schaute die Polizistin etwas verwundert an. „Sind Sie gar nicht daran interessiert, warum ich abgehauen bin und Sie versetzt habe?" „Doch Madeleine, das bin ich. Aber wir wollen einen Mord an zwei Menschen klären und dazu bräuchte ich noch ein paar Informationen, damit ich in Zürich weiterermitteln kann. Ist das für Sie ok?" „Wenn ich mich nicht weiter in Gefahr bringe, helfe ich Ihnen. Sie sind mir sympathisch, aber wie ich schon bei unserem letzten Treffen sagte, ich würde gerne noch eine Weile leben", antwortete Madeleine und Kerstin hatte wieder das Gefühl, wie auch schon bei der ersten Begegnung, dass sie der Frau, die ihr gegenübersaß, trauen konnte. „Also ich müsste wissen, ob Sie in Zürich auch unter dem Namen Madeleine gearbeitet haben, dann sollte ich wissen, wo Sie Ihre Terminwohnung hatten und ob Sie mir vielleicht doch den Namen des rumänischen Zuhälters nennen können, der Sie in Zürich unter Druck gesetzt hat." Kerstin hatte die für sie relevanten Fragen auf den Punkt gebracht und war gespannt, was Madeleine dazu sagen konnte. „Also, Frau Kommissarin, ich habe das letzte Mal nicht ganz die Wahrheit gesagt. Aber zu Ihren Fragen folgendes: Ich habe, seit ich auf den Strich gehe, unter dem Namen Emanuele gearbeitet. Den Namen Madeleine benutze ich erst, seit ich in Konstanz arbeite und das aus gutem Grund. Was die Terminwohnung angeht, kann ich Ihnen nichts sagen. Es würde mich in Gefahr bringen und was den rumänischen Zuhälter anbelangt auch. Was ich Ihnen aber mitteilen kann, ist, dass ich nicht ganz die Wahrheit gesagt habe wegen der Prostituierten und dem Kind. Doch ich bitte Sie das zu verstehen. Wenn ich Ihnen alles sagen würde, was ich weiß, dann wäre ich ein paar Tage später tot. Der rumänische Zuhälter hat mich gestern kontaktiert. Wie und wo, das sage ich Ihnen nicht. Aber ich habe Angst und wenn er oder die rumänische Mafia davon Wind bekommen, dass ich mit der Polizei kooperiert habe, passiert genau das, was ich bereits schon sagte. Dann bin ich tot!" Madeleine machte eine kleine Pause und schaute der Polizistin in die Augen. Vielleicht wollte sie für sich klären, wie weit sie der Polizistin tatsächlich vertrauen durfte. Kerstin Elser hatte aufmerksam zugehört und glaubte Madeleine. Sie wollte auch nicht weiter insistieren, was die Gefahrenlage anbelangte, denn ohne Zeugenschutzprogramm konnte die Polizei so gut wie nichts tun. Und das hatte Madeleine ja schon beim ersten Termin abgelehnt. „Wollen Sie mir denn dann vielleicht noch sagen, was Sie über die Frau und das Kind wissen?", hakte Kerstin nach. „Und können Sie mir vielleicht doch einen Hinweis geben, wo wir die Frau und das Kind in Zürich finden oder wo die beiden waren?" Madeleine ließ sich mit der Beantwortung der Fragen

Zeit. „Wenn ich Ihnen das jetzt sage, dann muss das eine vertrauliche Information sein, sonst kann ich das nicht. Und Sie müssen mich aus dem ganzen so gut es geht heraushalten. Schaffen Sie das?“ Kerstin wollte nicht lügen und gab Madeleine zu verstehen, dass sie für die Zusage von Vertraulichkeit das „Go“ vom Staatsanwalt bräuchte und sie ganz herauszuhalten natürlich schwierig war. Es entstand wieder eine Pause. „Gut, klären Sie das mit dem Staatsanwalt. Ich vertraue Ihnen. Zu Ihren Fragen so viel: Das Kind und die Prostituierte waren bis vor kurzem in Zürich. Vor ein paar Wochen waren sie plötzlich verschwunden und tauchten dann ein oder zwei Tage später wieder auf. Im Quartier gab es deshalb Stress. Und ein paar Tage später waren die beiden wieder weg. Es kursierte das Gerücht, dass die Rumänen die Angelegenheit erledigt hatten. Mehr sage ich Ihnen aber nicht. Noch so viel: Das Lago ist eine bekannte Adresse im Milieu und dort gibt es über der Bar Terminwohnungen. Vielleicht suchen Sie dort nach Anhaltspunkten.“ Kerstin hatte aufmerksam zugehört und war innerlich hin- und hergerissen, wie weit sie ihr Gegenüber noch unter Druck setzen sollte. Ihr war klar, dass die Polizei Madeleine nur helfen konnte, wenn sie von der Bildfläche verschwand. Neuer Name, neue Legende und neues Leben. Aber diese Option funktionierte im Moment nicht und die Frage war zudem, ob der Staatsanwalt die Informationen von Madeleine so hochkarätig einstufte, dass er dieses Rechtsmittel auch einsetzen konnte. „Gut, Madeleine. Ich bedränge Sie jetzt nicht weiter. Ich hätte nur die Bitte, dass Sie mir eine Nummer hinterlassen, wo ich Sie auch wirklich erreichen kann. Ich denke, dass der Staatsanwalt Vertraulichkeit zusichert, wenn wir Ihre Aussage vor Gericht bräuchten. Dann liefe das, wie Sie das ja schon kennen, über den Zeugen vom Hörensagen. Und der wäre ich. Ginge das?“, klopfte Kerstin Elser vorsichtig an. Madeleine blieb ruhig und schaute der Polizistin weiterhin in die Augen. „Ich melde mich bei Ihnen. Ich weiß, dass Sie mich nicht einfach so festhalten können. Ich habe nämlich nichts getan. Ich habe Ihre Mobilfunknummer und sobald ich mich sicher genug fühle, melde ich mich. Sie sind eine nette Polizistin und haben mich von Anfang an mit Respekt behandelt. Das rechne ich Ihnen hoch an. Als Prostituierte erfährt man diese Form von Wertschätzung selten. Ich sage Ihnen noch etwas, wenn Sie Ihr Tonband jetzt ausschalten!" Kerstin Elser schaltete das Tonband ab und quittierte noch das Ende der Vernehmung. Sie müssen mir versprechen, dass Sie keine Ahnung haben, wo Sie das gehört haben. Geht das?" Kerstin nickte langsam und wartete bis Madeleine fortfuhr. „Lacrima ist ein schöner rumänischer Name für ein Mädchen."

Plattenbau in Prag, Tschechien – vor etwa zwei Jahren

Lacrima war angekommen und hatte sich wie alle anderen Mädchen erst einmal gewaschen und frische Wäsche angezogen. An diesem Tag kümmerte sich niemand mehr um die Neuankömmlinge. Die Mädchen, die bei ihrer Ankunft noch in der Wohnung waren, waren inzwischen alle weg. Wahrscheinlich mussten sie arbeiten. Zumindest war das die Vorstellung von Lacrima. Sie hatte ein Bett und schlief sich erst einmal aus. Am nächsten Morgen wurden die Mädchen unsanft geweckt und von einer älteren Frau aufgefordert sich mit der Morgentoilette zu beeilen. Sie hätten Besuch. Lacrima erschrak bei der Ankündigung und fürchtete, dass es jetzt schon mit den Freiern losgehen könnte. Aber sie täuschte sich. Die Mädchen wurden im Haus in eine andere Wohnung gebracht, wo in einem großen Zimmer der Onkel und drei weitere Männer auf sie warteten. Der Onkel winkte die Mädchen herein und wies sie eine nach der anderen an, sich im Kreis vor den Herren im Zimmer zu bewegen. „Gut, Onkel, da kommen wir ins Geschäft. Ich nehme zwei von ihnen. Die mit den großen Titten, die will ich auf jeden Fall haben", meinte einer der Männer und zeigte auf Lacrima. „Die hätte ich auch gern und ich gebe noch einen Hunderter drauf", mischte sich ein anderer Käufer ein. Der Onkel schüttelte mit dem Kopf. „Ihr könnt alle zum üblichen Preis mitnehmen. Die behalte ich erst einmal selber. Ich kriege nächste Woche neue Ware. Die arbeitet bei mir." Die Käufer wollten noch weiter mit dem Onkel verhandeln, worauf der sich aber nicht einließ. Und man spürte bei der Konversation, dass er von allen anderen respektiert wurde und seine Ansage galt. Die Mädchen, die mit Lacrima angekommen waren, waren von jetzt auf nachher verkauft worden und nicht mehr da. Lacrima wurde wieder in ihr Zimmer geschickt, wo sie plötzlich ganz allein war. „So mein Täubchen. Jetzt kommst du mal zu mir." Lacrima war in ihrem Stockbett eingeschlafen, wie lange wusste sie nicht, und wurde vom Onkel geweckt. Er war wie alle anderen, die Lacrima in den letzten Tagen kennengelernt hatte. Auch er wollte verwöhnt werden und erfreute sich an ihrem jungen Körper. „Du bleibst eine Weile bei mir und wirst hier in Prag arbeiten. Du gefällst mir und du hast eine Art, die ich mag. Aber enttäusche mich nicht und sieh mein Angebot als eine Chance. Dein Aufpasser ist Roman. Er wird dich heute Abend zum Wenzelsplatz bringen, wo du in einem Lokal in der Ve Smeckách arbeiten wirst. Und dann sehen wir weiter. Je nachdem, wie du dich anstellst. Meine Leute dort sagen dir, was du zu tun hast und Roman bleibt in der Nähe." Lacrima wurde in den nächsten Wochen in das Geschäft als Bardame und Prostituierte eingewiesen. Der Nachtclub, der offensichtlich dem Onkel zu gehören schien, war jeden Abend voll, überwiegend mit Touristen, die ihr Geld loswerden wollten und sich dafür ein bisschen Spaß einkauften. Der Onkel war mit Lacrima sehr zufrieden. Sie animierte ihre Kundschaft in der Bar zum Bestellen von teuren Getränken und verwöhnte diese dann gegen weiteres Geld im Séparée oder in einem der Zimmer über dem Nachtclub. Das Geld, das sie bekam, musste sie an Roman abliefern. Und der gab es dem Boss. Über den Onkel wurde in Lacrimas Umfeld nur vom „Boss" oder „Onkel" gesprochen und so wie sie es mitbekam, hatte er ein sehr einträgliches Geschäft. Er selbst war so gut wie nie im Nachtclub. Lacrima traf ihn meistens in ihrem neuen Zuhause, einem Zimmer im Plattenbau. Das ging mehrere Monate gut. Dann konnte Lacrima aber nicht mehr verbergen, dass sie schwanger war. Der Onkel, der nicht jeden Tag, aber so ein- bis zweimal die Woche zu ihr kam, hegte schon seit längerem Verdacht. „Lacrima, du bist schwanger. Dein Bauch wächst und wir müssen was tun!“ Der Onkel hatte eigentlich im Sinn einen illegalen Schwangerschaftsabbruch zu arrangieren. Er wollte ihr helfen. Lacrima kämpfte aber um ihr Kind. Sie hatte sich in den letzten Wochen dazu entschieden, das Kind zu behalten und hoffte, dass sie den Onkel überzeugen konnte. „Bitte lass mir das Kind! Ich tue auch alles, was du willst!“, bettelte Lacrima wieder und immer wieder. „Gut. Wir werden sehen. Du arbeitest aber, bis du das Kind bekommst. Roman bringt dich zu spezieller Kundschaft mit speziellen Vorlieben. In der Bar können wir dich in dem Zustand nicht gebrauchen. Du bringst das Kind zur Welt und dann sehen wir weiter“, gab ihr der Onkel zu verstehen und verschwand.

Kriminalkommissariat Konstanz – Samstagmorgen

Arno Angele war heute Morgen früh in den Dienst gefahren. Er hatte es sich im Laufe seiner vielen Fälle und größeren Ermittlungsverfahren zu eigen gemacht, die Akten immer wieder zu studieren, um nach Möglichkeit einfach nichts zu übersehen. Arno hatte immer einen klaren Kompass und ließ sich von Hürden und Schwierigkeiten nicht so schnell ins Bockshorn jagen. Aber der Fall hatte es mal wieder in sich und weitete sich in Bereiche aus, die nicht ungefährlich waren. Arno las das, was im Fall bisher zusammengetragen worden war, bestimmt zum zehnten Mal. Er kam nicht so recht weiter und die Richtung war ihm auch noch nicht ganz klar. Es war möglich, dass man die beiden, das Kind und die Mutter, einfach nur beseitigen wollte. Wenn die Mutter eine Prostituierte war, hatte sie vielleicht etwas falsch gemacht und in dem Milieu ist man da nicht so zimperlich. Auch das halbverhungerte Baby passte in ein solches Bild. Denn auch hier konnte man annehmen, dass das Kind im Weg war und man dann eben gleich beide, die Mutter und das Kind, beseitigte. Dazu passte nur der Fundort am Teufelstisch nicht so recht und die zweite Geschichte mit dem erneut entwendeten Boot, das man dieses Mal am Steg bei der Bodenseetherme zurückgelassen hatte. „Irgendetwas musste es ja mit diesem Teufelstisch auf sich haben“, überlegte Angele. Kerstin Elser und Hans Widenhold hatten ihm gestern Abend noch mitgeteilt, dass die beiden ihren Dienst erst so gegen die Mittagszeit beginnen wollten. Sie wollten heute nach Zürich fahren und mit den Schweizer Kollegen von der Kriminalabteilung Milieu- und Sexualdelikte heute Abend und Nacht ihre Ermittlungen im Rotlichtmilieu von Zürich aufnehmen. „Mal sehen, ob das was bringt“, dachte Arno Angele so bei sich, als der Kollege und EDV-Experte Alex Preuß ihn im Dienstzimmer aufsuchte. „Guten Morgen, Chef. Kann ich dich kurz sprechen?“ „Komm, erzähl mir, was es gibt“, antwortete Arno Angele seinem Kollegen, den er nun schon ein paar Jahre kannte und auch immer wieder gerne dessen Fallexpertisen hörte. „Gibt es etwas Neues aus der Fallanalyse und kann uns das Programm den oder die Täter liefern?“, fragte Arno Angele mit einem spitzbübischen Ausdruck in seinem Gesicht nach. Alex Preuß lachte und meinte: „Wir haben noch viel zu wenig Daten, damit das Programm zu irgendeiner vernünftigen Bewertung kommen kann. Aber natürlich habe ich wie du die Akten gelesen und ich muss sagen, wir haben es hier schon mit einem sehr mysteriösen Fall zu tun. Unsere Opfer sind noch nicht eindeutig identifiziert. Aber gefühlt könnten Kerstin und Hans auf der richtigen Spur sein. Irgendwo müssen die beiden doch aufgefallen sein! Ein halb verhungertes Baby und eine nicht unattraktive Mutter. Was meinst du Arno? Soll ich heute mal mit Kerstin und Hans nach Zürich gehen?“ „Nein, das macht wenig Sinn. Kerstin hat mir gesagt, dass nur einer mit den Schweizer Kollegen rausfahren kann und dann sitzen Hans und du in Zürich auf der Dienststelle rum. Nein, das machen wir nicht. Ich mache dir einen anderen Vorschlag: Du wechselst dich weiter mit der Lena Mayer am Hinweistelefon ab und ansonsten macht ihr am Wochenende frei. Wir müssen als erstes unsere Opfer identifizieren. Dann kommen wir bestimmt rasch weiter." Alex Preuß hatte auch keinen besseren Vorschlag und zog sich wieder in sein Büro zurück.

Litzelstetten

Karl Grimm hatte es sich am Wochenende zur Gewohnheit gemacht, seine Familie mit einem schönen Frühstück zu verwöhnen. Und so hatte er wie fast jedes Wochenende heute am Samstagmorgen schon recht früh beim Bäcker Brezeln und frische Brötchen geholt und wartete nun auf der Terrasse auf seine Familie. Maria stand als Erste auf und gesellte sich zu ihrem Mann. „Guten Morgen, mein Schatz. Du verwöhnst uns ja nach Strich und Faden. So kann das nicht weitergehen", lachte Maria ihrem Karl entgegen und spürte aber gleich, dass ihren Mann etwas beschäftigte. „Ist es der Fall mit der Frau und dem Kind?" Maria hatte sich zu ihrem Mann gesetzt. Karl nickte. „Ich will meine Arbeit nicht mit nach Hause nehmen. Aber es gelingt mir eben nicht immer. Wir kommen nicht so recht weiter und eigentlich wäre das gar nicht unser Fall, sondern der von Friedrichshafen", bemerkte Karl. „Willst du darüber reden?", fragte Maria nach. „Nein. Es geht mir gut und morgen bin ich wieder für die Polizei da. Heute unternehmen wir was! Auf was, meinst du, haben die Kinder Lust?" Maria dachte nach und erwiderte: „Eine Fahrradtour haben wir schon lange nicht mehr zusammen gemacht. Wir fragen die Kinder, wenn sie dann aufgestanden sind, ob wir mit dem Fahrrad an den Mindelsee fahren sollen. Ich meine, mich zu erinnern, dass es den Kindern in dem Wild- und Freizeitpark ganz gut gefallen hat. Von der Riesenrutsche haben wir ja die beiden Jungs fast nicht mehr wegbekommen. Und die Falknerei hat auch mir recht gut gefallen. Was meinst du?“ Karl nickte zustimmend. „Also, ich richte nachher ein Vesper für alle und dann geht es los.“ Der Ausflug mit seiner Familie brachte Karl wieder auf andere Gedanken und seine morgens noch etwas düstere Stimmung hellte sich im Laufe des Tages auf. Die Fahrradtour machte Spaß und war von der Entfernung für alle auch ganz gut zu schaffen. Die Kinder freuten sich auf den Wild- und Freizeitpark. Die Sonne schien und sie hatten etwas zum Essen und Trinken dabei. Eine schöne Abwechslung für Alle.

Das Ermittlerteam Rainer Huser und Rudi Paschke

Rainer Huser und Rudi Paschke waren ebenfalls schon früh in den Dienst gekommen, hatten ihre Vermerke diktiert und waren unterwegs nach Wallhausen. Sie hatten noch ein paar Wohnungen vor sich und wollten nachschauen, ob ihre Zeugin aus Stuttgart wieder zurückgekehrt war. Huser und Paschke hatten Glück. Als die beiden an der Wohnung ihrer Zeugin läuteten, wurde die Tür rasch geöffnet und die ältere Dame begrüßte die beiden freundlich: „Guten Morgen, die Herren Kommissare. Sie tun mir ja leid. Jetzt müssen sie auch noch am Wochenende arbeiten. Aber das ist halt der Beruf, gell?“, kommentierte die Schwäbin aus Stuttgart den Auftritt der beiden Polizisten. „Meine Nachbarin hat mir schon erzählt, dass sie nochmal da waren. Gibt es etwas, was ich noch für sie tun kann?“, fragte die ältere Dame höflich nach. Rudi Paschke übernahm: „Ja, wir haben neue Erkenntnisse, was das Boot anbelangt, von dem sie uns neulich erzählt haben. Das muss nochmal hier am See unterwegs gewesen sein. Ist Ihnen denn wieder etwas aufgefallen oder haben sie vielleicht sogar das Boot nochmal gesehen?“ „Lieber Herr Kommissar, das Boot, von dem ich Ihnen erzählt habe, ist mir nur deshalb aufgefallen, weil hinter dem Boot etwas hergezogen wurde und das meine Neugierde weckte. Also nein, ich habe das Boot nicht nochmal gesehen. Ach ja! Sie fragten mich bei ihrem letzten Besuch, ob auch Personen auf dem Boot waren. Mir ist das in den letzten Tagen die ganze Zeit durch den Kopf gegangen. Es könnten zwei gewesen sein. Also ohne das, was da hinter dem Boot hergezogen wurde, bei dem Sie mich fragten, ob das auch ein Kind gewesen sein könnte. Das wäre ja furchtbar", konstatierte die Stuttgarter Dame. „Aber wissen Sie, ich bin ja jetzt auch schon ein ‚bissele' älter, aber es fällt mir dann doch auch wieder das eine oder andere ein. Ich meine, dass in dem Boot eine Person saß und eine Person sogar stand. Die Person, die stand, könnte ein Mann gewesen sein. Und was mir auch noch eingefallen ist: Die Person, die stand, hat irgendetwas gerufen. Aber verstanden habe ich nichts. An dem Abend dachte ich, dass er vielleicht dem Hund zugerufen hat, den er hinter dem Boot herzog." Rudi Paschke hakte nochmal nach: „Aber was er gerufen hat, wissen Sie nicht mehr oder haben Sie es nicht gehört?" „Ich habe nur wahrgenommen, dass er irgendetwas gerufen hat, aber was, das habe ich nicht verstanden." „Haben Sie vielen Dank! Wenn Ihnen noch etwas einfällt, sei es aus Ihrer Sicht auch noch so unbedeutend, dann rufen Sie uns doch bitte an!", beendete Rudi Paschke das Gespräch und händigte der Dame noch einmal seine Karte aus. Rudi Paschke und Rainer Huser klapperten ohne weiteren Erfolg noch ein paar Häuser und Wohnungen in Strandnähe ab und verlegten dann ihren Einsatz am Nachmittag zum Gondele-Hafen. Als sie ankamen waren die Boote alle draußen. Elisabeth empfing die beiden Polizisten sehr freundlich. Aber außer dem, was sie den beiden bereits gesagt hatte, konnte sie nichts Weiteres zum Fall beitragen. Die beiden beendeten ihre Ermittlungen bei einem späten Mittagessen in der Hafenstraße und kehrten danach auf die Dienststelle zurück. Sie berichteten Arno Angele und diktierten ihre Vermerke. Danach war für die beiden Schluss. Angele schickte sie nach Hause und meinte: „Nehmt euch die Auszeit. Morgen bin ich nicht da. Der Chef übernimmt den Sonntag."

Das Ermittlerteam Kerstin Elser und Hans Widenhold

Kerstin Elser und Hans Widenhold starteten ihren Einsatz von Singen aus. Arno Angele hatte den beiden gestattet den Dienstwagen mit zu nehmen, so dass sie an dem Tag nicht viel Zeit verloren. Kerstin und Hans trafen sich so gegen 18.00 Uhr auf dem Polizeirevier Singen, so dass sie in Ruhe über Schaffhausen nach Zürich fahren konnten. Kerstin war sehr gespannt auf den heutigen Einsatz und freute sich, dass ihr Teamkollege Hans sie eisern begleitete. Sie fühlte sich einfach ein Stück wohler, wenn er dabei war. Schließlich hatten sie auch schon einiges zusammen er- und durchlebt. „Was meinst du? Finden wir heute den Stein der Weisen. Meinst du, wir kommen mit unserem Fall weiter? Die Madeleine hatte auf mich einen ehrlichen Eindruck gemacht. Also irgendetwas müsste doch in Zürich zu finden sein“, konversierte Kerstin mit ihrem Kollegen Hans, der erst einmal nur zuhörte. Nachdem Kerstin nichts mehr sagte, antwortete er zögerlich: „Also ich wünsche uns natürlich, dass wir in Zürich was finden, aber einfach wird das nicht. Wer im Rotlichtmilieu arbeitet, kooperiert üblicherweise nicht mit der Polizei. Und dann können wir ja auch nicht selbst ermitteln. Wir brauchen immer die Kollegen von der Schweizer Sitte und das macht unsere Arbeit auch nicht leichter. Ich habe mir auch nochmal überlegt was uns, beziehungsweise eigentlich dir, unsere Zeugin Madeleine gesagt hat. Wir wissen, dass sie in einem Puff in Zürich gearbeitet hat. Wir wissen, dass sie einen rumänischen Zuhälter im Lago kennenlernte, der sie rekrutieren wollte. Dann vermuten wir, dass unsere beiden Opfer auch im Rotlichtmilieu in Zürich waren und das war's“, resümierte Hans seinen Kenntnisstand. Kerstin hatte zugehört und antwortete nicht gleich, sondern sinnierte noch ein wenig vor sich hin. „Du hast recht Hans. Das wird nicht leicht. Aber ich bin mir sicher, dass wir heute auf etwas stoßen und ich hoffe, dass uns das weiterbringt. Madeleine, oder Emanuele, ist von dem rumänischen Zuhälter in Konstanz aufgespürt worden und flieht deshalb. Also Gründe nicht die Wahrheit zu sagen, hätte sie allemal. Aber die Aussagen zu der Frau und dem Baby im Milieu zu erfinden, ergibt wenig Sinn. Hans, wir finden heute etwas." Was Kerstin gegenüber ihrem Kollegen nicht erwähnte, war der Name Lacrima, den Madeleine ihr vertraulich mitgeteilt hatte. Das wollte sie auch erst einmal für sich behalten und schauen, ob sie damit bei ihrem heutigen, nächtlichen Einsatz weiterkam. Hans fuhr gemütlich über die A4 nach Zürich und das Navi brachte die beiden problemlos in die Zeughausstraße.

Irgendwo im Rotlichtmilieu – gut eine Woche zuvor

Lacrima musste weichen. Die Latina, die mit ihr das Zimmer teilte, schleppte zur späten Stunde noch einen Freier an und brauchte das Bett. Adrian lag wie immer auf seiner Decke neben dem Bett. Ihr neuer Zuhälter Sorin hatte sie einmal erwischt, wie sie das Kind mit ins Bett genommen hatte. Erst schlug er sie und dann das Kind. Also blieb Adrian auf dem Boden. Er war rasch geweckt. Die Latina hatte sich mit ihrem Smartphone angekündigt. Adrian und Lacrima konnten sich rechtzeitig nach unten in die Bar verziehen, wo zum Leidwesen der beiden noch Betrieb war. Als Lacrima in die hinteren Räume ausweichen wollte, kam ein betrunkener Gast auf sie zu, den Lacrima nach dem zweiten Hingucken erkannte. Es war der Steuerbeamte, der sie schon ein paar Mal gebucht hatte und ihr immer wieder erzählte, dass er sie hier rausholen würde und dem sie auch schon einmal gefolgt war. Aber Lacrima hatte mit Versprechungen von Männern in den letzten zwei Jahren so viele schlechte Erfahrungen gemacht, dass sie solche Ankündigungen nicht mehr ernst nahm. Und der letzte Ausbruchsversuch hatte ihrem Kind und ihr nur Schmerzen gebracht. Nein, auf Männer und vor allem Freier wollte sie sich nicht mehr verlassen. „Hallo,

Lacrima. Was hast du denn da dabei? Warum bist du nicht im Bett und warum bist du mit dem Kind hier unten?“ Lacrima hatte jetzt keine Lust ihm zu erklären, dass sie das Bett und das Zimmer räumen musste, weil ihre Mitbewohnerin gerade einen Freier empfing. Komm, gib mir das Kind und dann nehme ich dich mit zu mir nach Hause.“ Lacrima schüttelte den Kopf und wollte dem Kerl ausweichen. Das ließ der aber nicht zu und fasste nach der Decke, in die Adrian eingewickelt war. Plötzlich wirkte der Kerl wieder stocknüchtern. „Jetzt komm schon! Warum bist du denn um diese Zeit mit dem Kind hier unten in der Bar? Das geht doch nicht! Komm wir gehen! Ich nehme dich jetzt mit!“ Der Gast war laut geworden und Lacrima hielt ihren Zeigefinder vor den Mund, damit der Kerl endlich Ruhe gab. Aber es war zu spät. Der Barkeeper hatte den Spektakel mitbekommen und mischte sich ein: „Was machst du da mit dem Kind? Verschwinde! Betteln kannst du woanders!“, wies er Lacrima an, die sofort wieder nach oben verschwand. „Hast du das gesehen? Die hat ein Kind dabei. Hier im Puff! Das geht doch nicht! Ich nehme sie und das Kind jetzt einfach mit! Ihr könnt die beiden hier doch nicht mitten in der Nacht so drangsalieren!“, echauffierte sich der Gast und steigerte sich regelrecht in das Thema hinein. Das wurde dem Barkeeper rasch zu blöd und er knallte dem Gast eine auf die Backe, dann mit der Faust in den Magen und am Schluss warf er ihn vor die Tür mit dem Hinweis, dass er hier und heute nichts gesehen habe. Lacrimas Zuhälter Sorin war zwischenzeitlich dazugestoßen. „Was ist denn hier los?“, wollte er wissen. „Der Steuerbeamte wollte die beiden mal wieder retten“, antwortete der Barkeeper. Sorin ging vor die Tür und erwischte den Gast gerade noch, als er weglaufen wollte. „Freund, lass die Finger von der Frau. Sonst schneide ich dir die Eier ab und stecke sie dir in dein fettes Maul. Hast du mich verstanden?“ Der alkoholisierte Gast hatte genug eingesteckt, ließ sich darauf gar nicht mehr ein und trottete davon. Sorin ging wieder rein, um zu erfahren was vorgefallen war. „Mit deiner Schlampe und dem Kind gab es schon wieder Stress. Ich will die beiden hier nicht mehr sehen! Morgen sind die weg! Und wenn du das nicht auf die Reihe kriegst, melde ich das dem Chef und dann verspreche ich dir, fliegt die andere auch noch raus und du mit. Alles klar?“, fasste der Barkeeper auf den Punkt gebracht zusammen, was er wollte. Sorin nickte und setzte sich an die Bar. „Komm, gib mir noch einen Schluck. Dann regele ich das. Ich verkaufe sie an meinen Cousin nach Stuttgart. Dann kann sie dort anschaffen gehen. Und das Kind muss jetzt weg! Aber wie und was brauchst du nicht zu wissen. Gibst du mir noch bis übermorgen Zeit? Ich muss das mit Stuttgart erst einfädeln“, verhandelte der Zuhälter. Die Lage in der Bar hatte sich wieder beruhigt und der Barkeeper auch. „Also gut. Übermorgen spätestens ist sie weg!“ Lacrima, die nicht zu weit weggegangen war, hatte das Gespräch nicht vollständig, aber doch so weit mitbekommen, dass sie wieder einmal verkauft werden sollte. Und sie hatte auch mitbekommen, dass das Kind jetzt weg musste. Dass konnte ja nur bedeuten, dass man ihr Adrian jetzt endgültig wegnahm. Und entweder wurde er getötet oder irgendwohin verkauft. Lacrima musste fliehen.

Die Patrouillenfahrt

Leutnant Urs Müller hatte die Lagebesprechung eröffnet. Die Schweizer waren zu viert und Urs Müller erläuterte an der Karte und den verschiedenen Objekten in der Langstraße, was sie grundsätzlich heute bei ihrer Patrouille berücksichtigen wollten. Nachdem die Kollegen sich gegenseitig vorgestellt hatten und so in etwa klar war, wie die Patrouille heute Nacht aussehen sollte, forderte Urs Müller die deutsche Kollegin auf, ihre Anliegen darzustellen. Da drei neue Kollegen mit an Bord waren, holte Kerstin Elser etwas aus und erklärte die bisherigen Ermittlungen und den Ermittlungsstand, insbesondere was sie von Madeleine erfahren hatte, ausführlicher. Sie ging nicht auf die Details ein, bei denen sie fürchtete, dass es Madeleine schaden könnte, aber die Nachfrage von Urs Müller musste sie natürlich wahrheitsgemäß beantworten. „Weißt du denn jetzt, ob Madeleine in Zürich auch Madeleine war und wo sie anschaffen ging?“ Kerstin zögerte noch einen Moment. Aber es blieb ihr ja nichts übrig, als den Schweizer Kollegen zu vertrauen. „Madeleine hieß in Zürich laut ihren eigenen Angaben Emanuele und sie hat mir nicht gesagt, wo sie anschaffen ging. Ich vermute aber, dass sie im Lago gearbeitet hat, weil sie auch wusste, dass es dort über der Bar in den oberen Etagen Terminwohnungen gibt. Und sie wusste auch, dass es wegen einem Kind und einer Frau in der rumänischen Szene Stress gegeben haben soll. Dabei könnte es sich um unsere beiden Opfer handeln. Wenn wir Glück haben.“ Kerstin schaute in die Runde und überlegte dabei, ob sie etwas Wichtiges vergessen hatte. „Also das Ganze läuft heute Abend so ab: Hans und du könnt bei uns im Auto mitfahren. Wir fahren mit zwei Dienstfahrzeugen, so dass wir euch als dritten Polizisten im Fahrzeug mitnehmen. Ihr bleibt aber bei den Kontrollen im Fahrzeug sitzen. Wenn wir etwas herausbekommen, dann melden wir das sofort und wir ziehen euch und insbesondere dich, Kerstin, dann dazu. Aber immer nur dann, wenn wir etwas Konkretes haben.“ Kerstin schaute ihren Schweizer Kollegen etwas ungläubig an, was er natürlich sofort merkte. „Ja, ich weiß. Das hört sich jetzt etwas ‚verruckt‘ an, aber die Szene hier ist äußerst misstrauisch. Das Prozedere mit den Patrouillen kennen sie, aber eine deutsche Kollegin und einen deutschen Kollegen kennen und akzeptieren sie hier nicht. Wir würden, wenn wir mit euch offen auftreten, sofort Schwierigkeiten bekommen und wenn's ganz schlecht liefe, dann müssten wir uns zurückziehen. Uns vier kennt man wiederum und wir werden, wenn auch nicht immer, respektiert, aber dann doch von allen akzeptiert. Und das soll auch so bleiben. Das heißt, ihr könnt beide zwar mitkommen, aber nur unter der Bedingung, dass ihr grundsätzlich im Fahrzeug bleibt!“ Kerstin und Hans nickten und fügten sich den Anweisungen des Schweizer Kollegen.

Es war klar: Er hatte hier in Zürich das Sagen und er verfügte auch über die notwendigen Hoheitsrechte. Kerstin war darüber trotzdem nicht sehr glücklich. Sie hätte gerne ihre Nase selbst in die Bars und Kneipen gesteckt und wäre gerne mit den Prostituierten und den Gästen ins Gespräch gekommen. Auf diese Weise hätte sie vielleicht etwas erfahren, was die Schweizer Kollegen nicht mitbekamen, weil sie auch nicht so im Fall drin waren, wie Kerstin. Aber sie mussten in Zürich ihr Glück probieren und sie hoffte darauf, dass sie bei der Kontrolle im Lago mit aussteigen durfte. Dort vermutete Kerstin, am meisten zu finden und vor allem, dass sie etwas über Emanuele und über die Frau und das Kind in Erfahrung bringen konnte. Es ging los. Es war schon knapp nach 22.00 Uhr. Die Langstraße war rasch erreicht und auf der Straße, den Gehsteigen und den bereitgestellten Bistrotischen und -stühlen war schon richtig was los. Die Szene erschien Kerstin kunterbunt. Es waren junge Menschen unterwegs, die nicht den Eindruck machten, als wären sie wegen der Prostituierten da. Es gab auch Pärchen, die Hand in Hand durch die Straßen liefen. Doch man sah ebenso Publikum, das auf Kerstin so wirkte, als wenn es auf der Suche nach körperlichen Vergnügungen sei. Die Prostituierten konnte man ebenfalls erkennen. Sie standen vor den Bars, vor Häusern und Kneipen und die eine oder andere war auch schon in Verhandlungen mit einem Gast, der eine schnelle Freude suchte. Die Schweizer Kollegen fuhren erst einmal mit ihren deutschen Gästen die Langstraße rauf und runter. Dann gingen sie gezielter vor. Sie kontrollierten die eine oder andere Dame und gingen auch in verschiedene Lokalitäten, wo sie sich auch nach dem Kind und der Frau erkundigten, die hier im Viertel gearbeitet haben soll. Als es schon fast 1.00 Uhr war, kamen sie endlich zum Lago. Kerstin fasste ihren ganzen Mut zusammen und meinte zu Urs: „Du, da muss ich jetzt mit! Ich bin mir sicher, hier erwartet uns was und das wäre jetzt echt wichtig für mich!“ Der Schweizer Kollege überlegte einen Moment und erwiderte: „Also gut. Aber du bleibst hinter mir und lässt erst einmal mich reden! Einverstanden?" Damit war Kerstin mehr als einverstanden und als sie den Dienstwagen unmittelbar vor dem Eingang parkten, war Kerstin die Erste, die auf dem Gehweg stand. Urs und der Kollege gingen voraus, Kerstin folgte den beiden. Das Licht im Lago war schummrig, die Einrichtung wirkte schon ein wenig schmuddelig und in der Bar war nicht mehr so viel los. Kerstin hatte eigentlich mehr Publikum erwartet. Wenn man den nicht allzu großen Gastraum durchschritten hatte, stand man vor einer Bar mit ein paar Barhockern. Hinter der Bar war wohl der Chef des Hauses aktiv und vor dem Tresen saßen drei Gäste auf den Barhockern. Im Gastraum an den Tischen entdeckte Kerstin noch eine Handvoll Gäste. Also alles in allem überschaubar. „Guatan Abig. Polizeikontrolle." Der Leutnant hatte die Kontrolle eröffnet und der Chef des Hauses reagierte prompt. „So habt ihr mal wieder eine Nachtpatrouille? Hat sich schon rumgesprochen, dass ihr unterwegs seid. Die Kollegen meinten, die Polizei kann mal wieder nicht schlafen. Und es hat sich auch rumgesprochen, dass ihr nicht allein unterwegs seid. Was will denn überhaupt, um Gottes Willen, die deutsche Polizei bei uns?" Jetzt war selbst Urs Müller erst einmal sprachlos. Die deutsche Kollegin hatte sich bislang in die Kontrollen nicht eingemischt, sondern war, wie besprochen, im Fahrzeug sitzen geblieben. Also wie konnte der Barkeeper das wissen? Kerstin Elser zuckte auch kurz zusammen, als sie das hörte, ließ sich aber nicht beirren. Hier war sie jetzt an dem Ort, an dem sie etwas in Erfahrung bringen wollte, nein, musste. „Wir suchen nach einer Frau mit einem Kind, die möglicherweise hier als Prostituierte gearbeitet haben könnte. Können Sie uns dazu irgendetwas sagen?", stieg Urs Müller in die Fragerunde ein. Der Barkeeper grinste breit und antwortete: „Schauen Sie sich doch um. Was sollen bitte ein Kind und eine Prostituierte hier in meiner Bar. So etwas gibt es bei uns nicht. Und wieso Prostitution? Ich führe hier ein Lokal, keinen Puff!", antwortete er und das, für den Geschmack von Urs Müller, etwas zu frech. „Gut, dann gehen wir mal in die oberen Stockwerke und schauen nach, wer denn alles da arbeitet oder wohnt. Ich bin gespannt, wieviel Männer wir in flagranti erwischen, die nicht hier in der Langstraße wohnen und gerade ihre Frauen betrügen!“, reagierte der Leutnant leicht gereizt. „Nun, nicht so schnell! Sie brauchen nicht hochzugehen. Ich kann Ihnen sagen, wer oben arbeitet, und wenn es zu den einzelnen Damen was gibt, kann ich sie ja runterholen lassen. Einverstanden, Herr Oberleutnant?“ Das war Kerstins Chance, die sie sofort nutzen wollte und so wand sie sich an den Bar-Chef: „Können Sie mir sagen, ob in der Vergangenheit eine Emanuele hier gearbeitet hat?“ Der Bar-Chef überlegte kurz und antwortete: „Ja, das war eine Schwarze, die hat sich aber vor ein paar Tagen aus dem Staub gemacht. Wohin die ging, kann ich Ihnen aber beim besten Willen nicht sagen. Ist sie der Grund, weshalb die deutsche Polizei da ist?“, hakte er neugierig nach. Kerstin Elser schüttelte den Kopf. Und Sie sagen, Sie wissen nichts über eine Frau und ihr Kind, die hier vielleicht auch nur gewohnt haben?“, fragte Kerstin vorsichtig. Der Barkeeper schüttelte den Kopf. Kerstin Elser fasste nochmal nach. „Wissen Sie, die Frau hieß wohl Lacrima und stammte aus Rumänien und es hieß, dass sie hier im Lago wohnte.“ Der Bar-Chef wirkte auf Kerstin abgebrüht und so, als wenn ihn nichts erschüttern konnte. Sie meinte aber, dass seine Augen beim Namen Lacrima kurz geflackert hätten. „Bei mir in der Bar arbeitete noch nie eine Lacrima und eine Frau mit Kind oder eine Lacrima mit Kind haben wir nicht. Was soll hier ein Kind denn tun?“, hatte sich der Barmann mächtig aufgeregt und war auch laut geworden. „Frau Kommissarin, kann ich Sie kurz sprechen?“ Kerstin Elser drehte sich um. Vor ihr stand ein nicht allzu großer Mann mit einem kleinen Bauchansatz, mit Jeans und Hemd bekleidet. Als sie das Lokal betreten hatten, saß er vermutlich an einem der Tischchen im Gastraum. „Ja gerne. Was gibt es?“, fragte Kerstin nach. „Das würde ich Ihnen gerne draußen erzählen. Aber ich glaube, es könnte für Sie wichtig sein.“

Der Zeuge

Kerstin Elser war mit dem Mann, der ihr etwas erzählen wollte, nach draußen gegangen und hatte Urs Müller um den Fahrzeugschlüssel gebeten, damit sie sich mit ihm im Dienstwagen ungestört unterhalten konnte. Elser war gespannt. Einen kleinen Erfolg konnte sie ja schon verbuchen. Zumindest hatte sie herausbekommen, dass Madeleine im Lago als Emanuele gearbeitet hatte. Sie musste jetzt nur noch etwas über die Frau und das Kind herausbekommen. Darauf hatte Madeleine ja auch hingewiesen. „So, jetzt erzählen Sie mir mal, was Sie wissen oder bei was Sie glauben, dass es wichtig für mich sein könnte. Ich bin ganz Ohr", startete Kerstin die Konversation mit dem etwas schmuddeligem Typen, dessen Alter sie auf circa 40 Jahre schätzte. „Also Sie müssen mir versprechen, dass das, was ich Ihnen sage, nicht mit mir in Verbindung gebracht werden kann und vor allem der Chef da drin darf nicht erfahren, was ich Ihnen jetzt erzähle. Können sie mir das versprechen?" Kerstin überlegt kurz und schaute zu Hans, der sich ebenfalls ins Fahrzeug gesetzt hatte, um notfalls eingreifen zu können. Hans nickte und Kerstin sagte dem Zeugen zu, dass sie ihn, so gut es ging, raushalten würde. Es seien ja schließlich deutsche Ermittlungen und die wirkten nur bedingt in die Schweiz und hätten mit dem Fall auch nichts zu tun. Der Zeuge war damit zufrieden und fing an zu reden: „Also, ich besuche die Langstraße ab und zu und gehe zum Abschluss für einen Absacker gerne noch ins Lago. So etwa vor einer Woche war ich auch hier und da fiel mir eine Frau mit einem Kind im Lago auf. Ich hatte die Frau angesprochen, weil ich glaubte sie zu kennen. Sie trug ein kleines Kind auf dem Arm. Es gab dann ziemlichen Ärger in der Bar. Wahrscheinlich hatte ich ein Glas zu viel und habe das mit dem Baby in der Bar wohl zu laut angesprochen. Ich hatte mich einfach ziemlich erschrocken, weil was haben um diese Zeit eine Frau, auch wenn sie eine Prostituierte ist, und ein Kind noch in einer Bar zu suchen?

Das geht doch nicht! Also, Sie verstehen, was ich meine. Ja, und dann wurde der Chef da drinnen mächtig sauer und hat mich aus dem Lokal geschmissen. Das war's." Kerstin bebte innerlich, ließ sich aber nichts anmerken. Das war der Schuss ins Schwarze oder das Glück des Tüchtigen oder Kommissar Zufall. Sie hatten einen Zeugen, der die beiden hier im Lago gesehen hatte. Das hieß für Kerstin, dass Madeleine ihr zwar nicht alles gesagt hatte, sie hatte sie aber auch nicht angelogen. Und es passte einfach. Die Beschreibung des Zeugen passte exakt auf die beiden Opfer, die die Polizei am Teufelstisch gefunden hatte. Also waren die Mutter und das Kind noch vor einer Woche hier in Zürich gewesen und hatten sich aus irgendeinem Grund nach Konstanz aus dem Staub gemacht. Aber warum Konstanz? Kerstin dachte nach und plötzlich war es klar für sie. Madeleine hatte ihr nicht alles gesagt. Sie kannte die beiden und wahrscheinlich wusste Lacrima, wenn der Name stimmte, dass Madeleine nach Konstanz geflohen war. Und in ihrer Verzweiflung machte es Lacrima ihr nach. Vielleicht hatte Madeleine ihr sogar dabei geholfen und wusste noch mehr. Das wollte Kerstin aber nach dem Einsatz in der Langstraße nochmal in Ruhe durchdenken und in Fortfolge überlegen, wie sie weiter vorgehen wollte. Jetzt musste sie als Erstes ihren Schweizer Kollegen informieren und nachfragen, ob sie den Zeugen mit auf die Schweizer Dienststelle nehmen und vor allem auch noch vernehmen konnten. Und sie musste den Zeugen davon überzeugen, dass dieser auch mitmachte. Hans übernahm die Bewachung im Fahrzeug und Kerstin begab sich ins Lokal zurück. Urs Müller unterhielt sich weiter mit dem Chef vom Lago, während die beiden anderen Kollegen dabei waren die anwesenden Gäste zu kontrollieren. „Du, Urs, kann ich dich kurz sprechen?" Kerstin hatte ihrem Schweizer Kollegen mehr oder weniger ins Ohr geflüstert. Sie musste natürlich verhindern, dass der Bar-Chef etwas mitbekam. Der Leutnant wandte sich Kerstin zu und sie signalisierte ihm, dass er ihr nach draußen folgen sollte. „Wir haben einen Zeugen im

Fahrzeug, der unsere beiden Opfer identifizieren kann und der bezeugen kann, dass die beiden hier waren. Können wir ihn zur Vernehmung mit auf die Dienststelle nehmen?", fragte Kerstin bei ihrem Schweizer Kollegen nach. „Das können wir. Aber dann hat ja der Chef vom Lago gelogen. Sollen wir den auch gleich mitnehmen?" Kerstin überlegte kurz und sagte dann: „Also das wäre natürlich nicht schlecht. Aber bei uns würde das jetzt zu einer Festnahme nicht ausreichen und ich befürchte der Lago-Chef wird uns nicht freiwillig begleiten. Eventuell macht es Sinn, dass wir jetzt erst einmal den Zeugen befragen und vielleicht haben wir auf der Grundlage seiner Zeugenaussage einen Haftgrund." Urs Müller nickte, ging noch einmal kurz in das Lago, um dem Chef zu sagen, dass die Kontrolle hiermit beendet sei. Dann ging es zurück in die Zeughausstraße. Der Zeuge wehrte sich ein wenig gegen die Aussichten, war aber nach einer freundlich, aber bestimmten Ansage von Kerstin Elser einverstanden und begleitete die Polizistin und die Polizisten zu vorgerückter Stunde auf die Dienststelle.

In der Zeughausstrasse

Leutnant Urs Müller hatte sich mit Kerstin und dem Zeugen in ein Vernehmungszimmer auf der Dienststelle zurückgezogen. Kerstin konnte den Zeugen selbst vernehmen, aber ein Schweizer Kollege musste anwesend sein. Sie nahm als Erstes die Personalien des Zeugen auf Es handelte sich bei ihm um den ledigen Beat Meier. Der Zeuge war knapp 40 Jahre alt, in Zürich geboren und auch nach wie vor in Zürich wohnhaft. Er lebte nach seinen eigenen Aussagen noch bei seiner Mutter und arbeitete beim Steueramt der Stadt Zürich. Der Zeuge war natürlich nicht gerade glücklich, dass er jetzt noch mitten in der Nacht bei der Polizei sitzen musste. Schließlich hatte er ja nur helfen wollen und jetzt fürchtete er eben doch Schwierigkeiten. „Das ärgert mich jetzt doch. Ich wollte Ihnen nur einen Tipp geben und jetzt das. Wenn das im Steueramt rauskommt, dann Gut Nacht“, echauffierte sich Herr Meier. Kerstin hatte mit der Vernehmung noch gar nicht richtig begonnen. Sie hatte sich vorgenommen aus dem Zeugen so viel wie möglich herauszubekommen und beruhigte Herrn Meier jetzt erst einmal. Der Leutnant war dabei nicht so hilfreich. Seine Kommentare zum Verhalten von Herrn Meier und dass man ihn in der Bar aufgegriffen hätte, formulierte er recht bissig. Kerstin Elser spielte aber ihre Erfahrung aus und wirkte auf die beiden Männer erst einmal beruhigend ein. Als sie dann schließlich mit der tatsächlichen Vernehmung anfing, konnte sie fast sicher sein, dass sich der Leutnant nicht mehr einmischte. Außerdem hatte sie Herrn Meier versprochen, dass sie dafür sorgen werde, dass das Amt von seinen Besuchen im Lago oder bei den Prostituierten nichts erfahren werde. „So, und nun erzählen Sie mir doch bitte mal von Anfang an, was Sie über die beiden wissen. Vor allem, wann und wo Sie die Frau zum ersten Mal kennengelernt haben?“, schoss Kerstin ins Blaue. „Darüber habe ich doch gar nichts gesagt“, antwortete Meier, der seine Fasson wiedergefunden hatte, „Ich habe Ihnen erzählt, dass ich vor etwa einer Woche, ich glaube es war Freitagnacht, die Frau und das Kind im Lago gesehen habe und dann, weil ich mich darüber aufgeregt hatte, vom Barkeeper nach draußen befördert worden war. Auf mehr wollte ich Sie doch gar nicht hinweisen. Mir haben die beiden halt leidgetan.“ „Das verstehe ich. Und das war auch sehr gut von Ihnen, Herr Meier, dass Sie mir das erzählt haben. Dafür Danke. Aber ich glaube Sie hatten im Lago auch erwähnt, dass Sie die Frau vorher schon kannten“, flunkerte die Kommissarin jetzt ein wenig. Sie hatte den Verdacht, dass der Meier ein Freier von Lacrima war und sie deshalb angemacht hatte, aber sie wollte das langsam wachsende Vertrauensverhältnis zwischen ihm und ihr nicht gefährden und ging deshalb so behutsam wie möglich vor. Beat Meier stutzte einen Moment und überlegte, ob er darüber wirklich schon etwas gesagt hätte. Er war sich sicher, das hatte er nicht. Und außerdem ging die Polizistin sein Verhältnis mit Lacrima nichts an. „Ja, ich habe die Frau in der Nacht im Lago angesprochen, weil ich sie erkannt hatte. Ich war schon mit ihr auf dem Zimmer und sie müssen mir glauben, da war kein Kind! Ich habe auch gar nicht damit gerechnet, dass das Bündel, das sie in der Nacht auf dem Arm trug, ein Mensch ist. Ich hatte eigentlich gar nichts gedacht. Ich war betrunken und bin dann so erschrocken, als ich das Kind entdeckte, dass es eben dann diesen Ärger gab." Kerstin nickte. „Und können Sie sich an den Namen der Frau erinnern? Und waren Sie nur einmal bei ihr oder hatten Sie sie öfters besucht, weil sie Ihnen gefallen hat?", fragte Kerstin Elser jetzt geschickt nach. „Nein, ich war nur einmal mit ihr auf dem Zimmer", log Meier, der der Polizistin nur so viel erzählen wollte, wie unbedingt nötig. Er hatte mitbekommen, dass Lacrima schon seit einer Woche fehlte, und er machte sich Sorgen. Dass er aber Lacrima aus dem Sumpf retten wollte, das band er der Polizistin jetzt nicht auf die Nase. „Aber ich hatte sie genau deshalb in der Nacht im Lago angesprochen, weil ich den Besuch bei ihr in guter Erinnerung hatte." „Klasse, Herr Meier, das hilft uns wirklich weiter. Können Sie sich noch an den Namen erinnern, das wäre sehr hilfreich!" Meier überlegte und schüttelte langsam den Kopf. „Irgendetwas mit L, aber ich komme nicht darauf." „Darf ich Ihnen helfen? Vielleicht Lacri oder so ähnlich?", spielte die Kommissarin ein. „Ja, genau! So hieß sie oder so nannte sie sich im Lago. Nicht Lacri, sondern Lacrima. Jetzt erinnere ich mich wieder." „Darf ich Sie denn jetzt auch noch etwas Persönliches fragen? Was war denn an Lacrima besonders? War es die Art, wie sie ihren Job machte oder war es mehr das Aussehen?", hakte die Polizistin noch nach. „Also, das ist jetzt schon sehr persönlich und Sie sind ja nun auch eine Frau. Aber ich kann Ihnen so viel sagen: Sie war eine sehr hübsche Dame und sie verfügte über eine großzügige Oberweite, wenn Sie verstehen." Meier war jetzt doch etwas verlegen und fühlte sich dann aber bei der nächsten Frage gleich wieder wohler. „Und haben Sie vielleicht mitbekommen, ob auf Lacrima jemand aufpasste oder ob sie jemanden kannte?" Meier antwortete prompt: „Also Sie meinen den Zuhälter von ihr? Nein, den habe ich nicht gesehen", log er. „Aber so eine Schwarze, die auch im Lago arbeitete. Ich glaube die haben sich gekannt. Die war nämlich bei ihr, als ich sie dann gebucht habe." Darf ich noch fragen, was Sie bezahlt haben? Das ist nicht so wichtig, aber für die Gesamtinformation würde es mich interessieren", ergänzte Kerstin Elser den Fragenkatalog. Sie hatte natürlich aufmerksam zur Kenntnis genommen, dass Meier eine Schwarze erwähnt hatte und die Polizistin ging davon aus, dass es sich dabei um Madeleine handeln könnte. „Ich glaube 100 Franken. Ich hatte sie aber an der Bar schon zu einem Glas Sekt eingeladen. Vielleicht waren es dann auch nur 50 Schweizer Franken, die ich ihr gegeben habe." Kerstin schüttelte es innerlich. Den Pfad, den sie gerade eingeschlagen hatte, wollte sie gleich wieder verlassen. Sie wollte schließlich noch etwas aus dem Beat herausbringen. „Können Sie etwas zu der ‚Schwarzen' sagen? Haben Sie die Dame öfters im Lago angetroffen?" „Ja, also, Frau Kommissarin, so oft bin ich nun auch nicht im Lago. Aber ich hatte mit der Schwarzen nichts. Soweit ich das jedoch mitbekommen habe, arbeitete die schon länger hier und sie nannte sich Emanuele. Ich hatte der auch einmal ein Getränk spendiert. Aber auf Schwarze stehe ich nicht so", antwortete Kerstins Zeuge und wurde so nach und nach gelöster. Kerstin reichte das aber für heute Nacht. Sie wusste jetzt, dass Madeleine sie nicht angelogen hatte und sie wusste, dass Lacrima mit ihrem Kind in der Langstraße gearbeitet hatte. Jetzt musste sie nur noch herausfinden wer Lacrima wirklich war, wo sie herkam und was es mit dem Kind auf sich hatte. Aber es war 4.00 Uhr durch. Der Leutnant Urs Müller sagte ihr, dass sie jetzt nicht mehr guten Gewissens in das Lago könnten. Er schlug vor, morgen weiterzumachen. Kerstin nickte und nach einer guten Stunde Fahrt und einer kurzen Dusche lag sie in Überlingen am Ried in ihrem Bett und schlief sofort ein.

Kerstin Elser hatte tief und fest geschlafen, war aber schon wieder um 9.00 Uhr wach. Schließlich waren Hans und sie gestern weitergekommen, als sie ursprünglich gedacht hatten. Sie wollte sich so schnell wie möglich mit dem Chef besprechen und den Tag und den Folgeeinsatz in Zürich planen. Mit ihrem Partner Hans hatte Kerstin noch in der Nacht vereinbart, dass er sie spätestens gegen 10.00 Uhr abholen sollte und ihr anderer Partner lag noch so im Bett, wie sie ihn heute Nacht auch angetroffen hatte. Kerstin hatte sich aus dem Schlafzimmer geschlichen und sich schnell fertig gemacht, falls Hans auftauchen würde. Dann setzte sie sich in ihrer kleinen Küche an den Tisch, suchte nach etwas Essbarem und befahl der Saeco per Knopfdruck, ihr einen Kaffee auszuspucken. Das Brot, das sie fand, war noch genießbar, aber schon recht trocken. Kerstin dachte daran, dass sie diese Woche noch keine Zeit gehabt hatte einzukaufen, aber warum hatte das ihr Freund nicht erledigt? „Du bist schon wieder auf?“ Ihr Freund stand in der Tür und blinzelte noch recht verschlafen in den frühen Tag. „Geh doch wieder ins Bett. Ich bin eh gleich wieder weg“, sagte Kerstin in freundlichem Ton zu ihm. „Was? Du gehst schon wieder? Du bist doch erst heute Morgen zurückgekommen. Ich wollte zum Bäcker und ein paar Stunden mit dir genießen. Meinst du nicht, dass ich auch ab und zu eine Frau brauche?“ Das war das falsche Signal am falschen Ort und zur völlig falschen Zeit. Kerstin erhob sich von ihrem Platz, ließ den Kaffee stehen und ging nach draußen. Lieber wartete sie vor der Tür auf Hans, als dass sie sich jetzt noch auf einen Streit mit ihrem Freund einließ. Noch unter dem Eindruck der Nacht konnte sie aber nicht anders und sagte beim Rausgehen: „Ihr Männer seid doch alle gleich! Ihr habt immer nur das Bumsen im Kopf und wenn es mal eine Durststrecke gibt, weil man länger arbeiten muss, dann dreht ihr Testosteron gesteuerten Wesen gleich durch!“

Kriminalkommissariat Konstanz – Sonntagmorgen

Karl Grimm hatte wie versprochen den Sonntag übernommen und war gegen 9.00 Uhr im Büro. Arno hatte ihn gestern Abend noch telefonisch über den Einsatz von der Kollegin Elser und dem Kollegen Widenhold informiert und ihn wissen lassen, dass die zwei wahrscheinlich nicht so früh ins Büro kommen würden. Das Ermittlungsteam Rainer Huser und Rudi Paschke war ebenfalls noch nicht da. Wer sich schon am Arbeitsplatz eingerichtet hatte, war Alex Preuß, der heute das Hinweistelefon übernehmen sollte. „Guten Morgen, Herr Preuß, was gibt es Neues? Hat sich am Hinweistelefon überhaupt schon jemand gemeldet?“ Alex Preuß winkte ab und meinte: „Eigentlich nur ein paar Spinner. Aber wir haben ja auch nicht so viel an die Presse herausgegeben. Insofern, wer soll sich denn da auch melden?“ „Da haben sie recht. Aber was sollten wir denn auch an die Presse geben? Wir wissen viel zu wenig und Bilder von den Opfern, außer die am Tatort, haben wir nicht.. Über das Ereignis hatte der Südkurier einmal ausführlich berichtet und mir ist es eh immer lieber, wenn wir in Ruhe arbeiten können. Ich bin im Büro und wenn die beiden Ermittlungsteams da sind, machen wir eine Besprechung und vielleicht auch ein Brainstorming, wie es weitergeht. Karl Grimm ging in sein Büro und arbeitete die Akten auf. Viel Neues gab es nicht. Aber die Vernehmung von Madeleine war interessant und Frau Elser und Herr Widenhold waren gestern Nacht in Zürich im Einsatz gewesen. Karl war gespannt, was die beiden an Neuigkeiten mitbrachten. Rainer Huser und Rudi Paschke trudelten gegen 10.00 Uhr im Kommissariat ein und Kerstin Elser und Hans Widenhold nur eine halbe Stunde später. Kerstin hatte sich gleich mit dem Chef in Verbindung gesetzt und Karl rief postwendend alle zusammen, um die Ergebnisse der beiden Teams zusammenzuführen. Als Erste berichtete Kerstin Elser über den Einsatz in Zürich und vor allem, was der Zeuge Beat Meier ihr mitgeteilt hatte. Dann berichtete Rudi Paschke noch über das Ergebnis des Besuchs bei der alten Dame in Wallhausen und dem Ergebnis, dass leider nichts sonderlich Neues dazu gekommen war. Karl Grimm hörte sich alles in Ruhe an und überlegte: „Also, was wir jetzt machen müssen, ist über die Schweizer Schiene herauszubekommen, wer unsere Opfer sind. Wir wissen, dass das Kind und seine Mutter in Zürich in dem Puff waren und wir kennen den Betreiber. Der muss wissen, woher die Frau kam und vor allem wer ihr Zuhälter war. Aber Frau Elser, die Madeleine ist auch noch nicht raus. Bei dem, was Beat Meier ihnen über Madeleine erzählt hat, standen die beiden Frauen sich vielleicht näher, als sie Ihnen gegenüber einräumen will. Ich denke, wir sollten uns überlegen, wie wir die Madeleine so weit bringen, dass sie uns mehr sagt. Sagt ihr Vertraulichkeit zu. Ich regele das mit dem Staatsanwalt. Ich weiß, dass ich damit ein Risiko eingehe. Aber macht das! Wir müssen jetzt endlich ein Stück vorankommen! Die Madeleine kennt mit Sicherheit auch den Namen des Zuhälters und vielleicht hat sie sogar dieser Lacrima und dem Kind bei der Flucht aus Zürich geholfen. Auf die Schweizer können wir zugehen, doch ich befürchte, dass wir da vor morgen nicht weiterkommen. Die Kollegen, die mit euch die Patrouillenfahrt gemacht haben, sind heute sicher nicht im Dienst. Frau Elser, wissen Sie denn wo Madeleine sich derzeit aufhält?“, wollte Karl Grimm am Ende seiner längeren Ansprache noch wissen. „Nein, das weiß ich nicht. Aber ich habe eine telefonische Erreichbarkeit von ihr“, antwortete die Kollegin Elser. „Haben wir einen Grund ihr Handy anzupinnen?“, fragte Karl Grimm nach. „Konstruieren können wir das meiner Meinung nach. Madeleine hat mir gesagt, dass sie in Gefahr sei und aus Zürich weggegangen wäre, weil ein rumänischer Zuhälter sie bedrängt hatte, für ihn zu arbeiten. Der Zuhälter hatte sie in Konstanz ausfindig gemacht und sie war aus Angst geflohen. Also ich meine wir können das rechtlich vertreten. Es könnte ihr ja auch etwas passiert sein“, ergänzte Kerstin Elser. „Gut. Dann geben Sie das an das Lagezentrum weiter. Die sollen mal schauen, wo die Frau sich so in etwa aufhält. Und dann haben wir eigentlich nur die Chance sie anzurufen. Übernehmen Sie das Frau Elser?", wollte Karl Grimm von seiner Kollegin wissen. Die nickte und war schon fast auf dem Weg zu ihrem Büro. „Das war ein sehr guter Einsatz gestern in Zürich. Danke an euch beide! Und auch das andere Team macht einen guten Job. Hat nicht einer von euch mal was berichtet über einen schreienden Menschen entlang der Seestraße? Guckt mal, ob ihr da was rausbekommt. Ist nur so eine Idee. Aber die Stuttgarter Oma hatte doch auch von einem schreienden Mann auf dem Boot berichtet. Vielleicht kann man das mal übereinanderlegen." Die Mannschaft schwirrte ab. Alle hatten genug aufzuarbeiten und Kerstin bereitete sich auf das Telefonat mit Madeleine vor. Vielleicht schaffte sie es diese davon zu überzeugen, mehr an Informationen herauszugeben. Schließlich wusste sie jetzt, dass Madeleine die beiden, das Kind und die Mutter, kannte.

Schreibtischermittlungen

„Salü, hier ist der Rudi. Ich müsste euch mal etwas fragen. Vielleicht könnt ihr mir da weiterhelfen." Am anderen Ende der Leitung war der Dienstgruppenleiter des Polizeireviers Konstanz, der aufmerksam zuhörte. „Klar. Schieß los!" „Ich bin mit einem Kollegen vom Streifendienst am Freitagnachmittag vom Hörnle zurückgejoggt und da kam uns auf Höhe vom Thermalbad ein Typ entgegen, der auf den See hinausschrie und dabei keine Freundlichkeiten von sich gab. Weißt du was darüber, weil der Kollege meinte, er würde den Streifendienst informieren. Und vielleicht habt ihr sogar die Personalien von dem Typen. Ich meine mich zu erinnern, dass der Kollege meinte, der sei vom ZFP Reichenau und würde immer mal wieder mit seinem Kriegsgeschrei in der Stadt auftauchen." „Ich schaue im Vorkommnis nach und gebe dir gleich wieder Bescheid. Was den Typen angeht: Die Personalien haben wir sicher irgendwo. Und es stimmt, der ist revierbekannt und taucht immer wieder auf. Bislang war der mit Ausnahme vom furchtbaren Geschrei und seinen Tics aber immer harmlos", antwortete der Dienstgruppenleiter. Ich kann auch mal im ZFP anrufen und fragen, ob er da ist", ergänzte der er seine Ausführungen. „Das brauchst du nicht. Das kann ich selber machen." Rudi Paschke versprach sich von der Spur nicht allzu viel und sah auch den Zusammenhang zu der nächtlichen Bootsfahrt nicht. Aber klar war, der Chef hatte den Auftrag erteilt und klar war auch, dass nichts unmöglich war. Rainer Huser hatte sich ans Telefon gesetzt und mehrere Bewohner in Wallhausen kontaktiert. Solche, mit denen sie schon gesprochen hatten. Rainer fragte explizit nach, ob denn jemand zur fraglichen Zeit gehört hätte, dass auf dem See jemand herumgeschrien hat. Auch hier rechnete Rainer Huser nicht mit einem Erfolg. Er wollte die Spur, die der Chef eingespielt hatte, einfach nur abrunden. Aber er sollte sich täuschen. Zwei der Angerufenen bestätigten, dass ihnen zwar kein Boot aufgefallen sei, sie aber tatsächlich am Samstag, so gegen 22.00 Uhr, wahrgenommen hatten, dass es laut war. Möglicherweise vom See aus. Da wollte sich aber niemand genau festlegen. Auf die Frage, ob vielleicht etwas geschrien wurde, waren beide Antworten deckungsgleich: Schimpfwörter hätten sie gehört. So etwas wie Arschloch, Seckel und ähnliches. Bei Rainer Huser und Rudi Paschke ging die Lampe auf Rot.

Zentrum für Psychiatrie, Reichenau

Rainer Huser und Rudi Paschke hatten kurz den Chef informiert, sich einen Dienstwagen geschnappt und verlegten ihre Ermittlungen kurzfristig in die Feursteinstraße ins ZfP. Rainer und Rudi hatten sich zuvor beim diensthabenden Arzt angemeldet. „Guten Morgen, herzlichen Dank, dass Sie so spontan Zeit für uns haben", startete Rainer Huser die Befragung im ZfP. „Was kann ich denn für Sie tun?", wollte der diensthabende Arzt wissen. „Wir wollten uns nach einem Herrn Franz Willer erkundigen. Ich hatte am Freitagnachmittag beim Thermalbad unten am See eine Begegnung mit ihm. Er schrie und schimpfte lauthals auf den See hinaus und wir würden uns gern ein Bild von ihm machen und vor allem klären, wann er im ZfP war und wann nicht. Er wohnt doch hier?“, fasste Rudi Paschke die wesentlichen Fragen zusammen, die die beiden Polizisten hierhergebracht hatten. „Ich kann Ihnen, meine Herren, zu dem Patienten nicht so viel sagen. Aber er wohnt hier. Und warum wollen Sie sich denn ein Bild von ihm machen? Hat er etwas angestellt?“, fragte nun seinerseits der diensthabende Arzt nach. „Das wissen wir nicht. Aber wir ermitteln in einem Mordfall an einer Frau und einem Kind. Vielleicht haben Sie davon schon gehört oder im Südkurier gelesen. Es gibt Hinweise, dass auf dem Boot, auf dem wir die zwei Opfer gefunden haben, ein Mann am Abend vor der Entdeckung möglicherweise so geschrien haben soll, wie das ihr Patient auch häufig macht“, stocherte Rainer Huser ein wenig im Nebel herum. So richtig konkret war die Spur ja schließlich nicht. Aber es war doch seltsam, dass auch in Wallhausen am Samstagabend zur vermeintlichen Tatzeit, sollten die Aussagen der älteren Dame aus Stuttgart stimmen, ein solcher Schreihals auf dem See von Wallhauser Anwohnern gehört worden sein soll. Und so viele Menschen, die auf den See Schimpfwörter hinausschreien, würde es wohl nicht geben. Rainer Huser und Rudi Paschke schauten den diensthabenden Arzt an und rechneten damit, dass er sie auf den Dienstweg verwies und vor allem erst ein Beschluss des Staatsanwalts oder eines Richters erforderlich sei. Aber erstaunlicherweise lehnte sich der Arzt in seinem Stuhl zurück und meinte: „Also ich kann Ihnen zu unserem Franz nur so viel sagen: Er wohnt hier. Er ist aber nicht auf einer geschlossenen Station, sondern er kann sich in gewissem Maß frei bewegen. Üblicherweise meldet er sich beim Pförtner ab, wenn er die Klinik verlässt und meldet sich auf dem gleichen Wege wieder an. Was seine Schreierei und seine Tics anbelangt, ist es eine Krankheit und er hat das selbst nicht im Griff. Ich gehe davon aus, dass es ihm auch hilft, sich von den vielen Traumata, die ihn schon sein ganzes Leben begleiten, zu lösen. Er wird von uns Fachärzten hier als absolut harmlos eingeschätzt. Die Traumata haben mit seiner Kindheit und sexuellem Missbrauch zu tun, was ich Ihnen aber jetzt auf die Schnelle nicht weiter ausführen kann", fasste der diensthabende Arzt sein „Know-How" über Franz Willer zusammen. „Ach ja, vor kurzem mussten wir ihn abholen, weil sein Schreien die Menschen zu sehr gestört hatte. Und da haben wir ihn in der Nähe vom Konzil aufgegriffen. Dem Personal, das ihn zurückbrachte, hatte er wohl begeistert erzählt, dass er mit einem Boot auf dem See gewesen war. Das haben wir aber nicht weiter hinterfragt. Wenn Sie wollen, dann kann ich noch beim Pförtner veranlassen, zu prüfen zu welcher Zeit Franz unterwegs war. Und dann hätte ich noch die Bitte, dass Sie die Staatsanwaltschaft über das, was ich Ihnen über den Patienten gesagt habe, informieren. Nicht dass es nachher noch zu Problemen kommt." Rainer Huser und Rudi Paschke waren leicht elektrisiert. Plötzlich passte mehr zusammen, als sie erwartet hatten. Sie hatten den Schreier eindeutig identifiziert. In Wallhausen war zur Tatzeit möglicherweise eine schreiende Person auf dem Boot gewesen und dieser Franz war in der Nähe vom Gondele-Hafen aufgegriffen worden und hatte erzählt, dass er mit einem Ruderboot unterwegs gewesen war. „Dürften wir denn noch mit dem Patienten sprechen?", wollte Rainer Huser noch wissen. „Das kann ich ohne Beschluss und vor allem ohne den für Franz zuständigen Facharzt nicht entscheiden. Da bitte ich um Verständnis!", antwortete der diensthabende Arzt freundlich. „Aber können Sie uns vielleicht noch sagen, wie der Franz auf andere wirkt, wenn er nicht schreit?", wollte Rudi Paschke noch wissen. „Also der Franz hat Persönlichkeitsstörungen und Traumata, die er im Umgang mit Menschen kurzfristig ganz gut überspielen kann. Wenn man aber länger mit ihm zusammen ist, dann merkt man rasch, dass mit ihm etwas nicht stimmt oder er eben nicht so ist, wie wir", fasste der diensthabende Arzt etwas weniger akademisch die Antwort auf die Frage von Rudi zusammen. Die beiden Ermittler waren mehr als zufrieden mit dem, was sie herausbekommen hatten, verabschiedeten sich und fuhren zurück auf die Dienststelle. Sie waren gespannt, was der Chef dazu sagen würde.

Zürich, Rotlichtmilieu – einige Tage zuvor

Für Lacrima und ihr Kind wurde die Lage in Zürich immer gefährlicher. Seit dem Vorfall mit dem Gast im Lago, der in der Bar zu viel gequatscht hatte, war Lacrimas Zuhälter ziemlich zugeknöpft. Adrian durfte sie nur noch in der Nacht bei sich haben. Tagsüber sperrte ihr Zuhälter das Kind in den feuchten Keller. Lacrima war jetzt nicht nur im Lago im Einsatz, sondern sie musste bereits am späten Vormittag auf den Straßenstrich gehen und sich den Geschäftsleuten anbieten, die sich kurz in der Mittagspause ein kleines Vergnügen gönnen wollten, bevor sie dann am Abend nach einem stressigen Arbeitstag zurück in den Kreis ihrer Familie kehrten. Die Arbeitszeiten hatten sich verändert und Lacrima musste ständig anschaffen gehen. Egal wo, egal mit wem. Es galt nur noch so viel Kohle wie möglich abzuschöpfen, solange sie noch da war und funktionierte. Für sie war klar, dass sie auf der Abschussliste stand. Adrian war schon immer ein Problem gewesen. Aber aus dem Gespräch, das sie zwischen dem Bar-Chef und ihrem Zuhälter mitbekommen hatte, sollte es nicht nur Adrian an den Kragen gehen. Auch sie sollte aus dem Weg geräumt werden. Also hatte sie nur eine Chance: Sie musste fliehen. Aber wohin? Ihren rumänischen Pass hatte ihr Zuhälter und Adrian hatte nichts. Keinen Pass, keine Geburtsurkunde. Amtlich existierte ihr Sohn eigentlich gar nicht. Und wie sollte sie jetzt von Zürich wegkommen und vor allem, wie konnte sie ohne Papiere über die Grenze gehen? Lacrima war verzweifelt. Sie hatte niemanden, mit dem sie sich austauschen konnte. Niemand, der ihr einen Rat geben konnte und vor allem niemand, der ihr helfen würde. Emanuele hatte Zürich verlassen. Das war in der letzten Zeit der einzige Mensch gewesen, mit dem sie sich hatte austauschen können und Emanuele hatte sie auch immer ernst genommen. Aber Emanuele war weg. Warum? Das beschäftigte Lacrima zusätzlich, denn das hatte Emanuele ihr nie gesagt. Lacrima hatte eine Idee. „Hier ist Emanuele. Möchtest du gerne zu mir kommen und dich verwöhnen lassen?“, klang es vom Band, das beim Anruf auf der Nummer, die Lacrima von ihrer Freundin für den absoluten Notfall bekommen hatte, sofort einschaltete. „Hallo Emanuele, bist du es? Melde dich doch bitte, wenn du da bist!“, flehte Lacrima verzweifelt. Madeleine, alias Emanuele, überlegte. Eigentlich wollte sie nicht rangehen. Sie hatte die Verbindungen nach Zürich gekappt. Und der Anruf kam aus Zürich. Aber irgendwie hatte Lacrima ihre wenigen Gefühle, die sie für Menschen noch übrighatte, erreicht. „Lacrima, bist du am Telefon? Was machst du denn? Warum rufst du mich an? Ich bin doch weg von Zürich!“, antwortete Madeleine überrascht. „Ich weiß“, antwortete Lacrima. „Und ich muss mit Adrian hier auch weg! Sie bringen uns sonst um! Kannst du mir helfen?“

Kriminalkommissariat Konstanz – Sonntagnachmittag

Karl Grimm war mit den beiden Teams und Alex Preuß am Nachmittag noch zu einem Kaffee zusammengesessen. Maria hatte einen Käsekuchen vorbeigebracht und war dann wieder nach Hause gefahren. Karl war dankbar. Es freute ihn, wenn er auch mal etwas in der Art beitragen konnte. Kerstin Elser und Hans Widenhold berichteten von ihren Schreibtischermittlungen. Sie hatten die Szene in Zürich, so gut es ging, aufgeklärt und bereiteten sich auf den nächsten Einsatz in der Langstraße vor. Kerstin hatte Kontakt zu dem Kollegen Urs Müller gehabt und geplant war, morgen bereits am Vormittag auf den Bar-Chef im Lago zuzugehen und von ihm mehr über die beiden Opfer und nach Möglichkeit über ihren Zuhälter in Erfahrung zu bringen. „Das wird schwierig. Der Chef vom Lago ist bestimmt ein abgebrühter Typ. Der lässt sich von der Polizei nicht so ohne weiteres einschüchtern", kommentierte Karl Grimm die Berichterstattung von Kerstin Elser etwas pessimistisch. „Aber vielleicht können die Schweizer Druck aufbauen und beeindrucken den ‚Loddel' doch so stark, dass er zumindest ein Stück weit kooperiert", ergänzte Grimm etwas zuversichtlicher. Rainer Huser und Rudi Paschke berichteten von ihren unerwarteten Erkenntnissen über den Franz Willer. Möglicherweise spielte er in dem Fall doch irgendeine Rolle, vielleicht war er sogar der Mörder. Aber für eine solche Schlussfolgerung war es noch zu früh und die Polizisten hatten zu wenig in der Hand. „Also, Leute, wir machen für heute Schluss. Ab morgen übernimmt Arno Angele wieder. Aber die Spur mit dem Franz Willer ist nicht uninteressant und die Spurenlage in Zürich bringt uns dann hoffentlich auch ein Stück weiter. Morgen bitte gleich auf den leitenden Staatsanwalt zugehen und ihm das Problem mit dem Patienten vom ZfP erläutern! Wir müssen den Franz Willer irgendwie sprechen! Wahrscheinlich muss da aber der behandelnde Arzt mit dabei sein. Klärt das!", beauftragte Karl Grimm die beiden Ermittler Huser und Paschke. „Und ihr zwei, ihr wollt doch morgen bestimmt gleich von Singen nach Zürich los. Ich kann den Arno Angele informieren und ihn auch auf den neuesten Stand bringen, wenn ihr das wollt", meinte Grimm danach zu den Ermittlern Elser und Widenhold gewandt. Die beiden nickten.

Unterwegs mit dem Rad

Karl Grimm hatte es sich ja zur Gewohnheit gemacht, so oft er es konnte, mit dem Fahrrad zur Dienststelle zu radeln und das hatte er heute am Sonntag auch beherzigt. Er war zufrieden mit den Ergebnissen, die die beiden Ermittlerteams bislang erreicht hatten und es fühlte sich so an, dass sie trotz der Umstände – zu wenig Personal für ein solches Ermittlungsverfahren, unbekannte Opfer aus dem Rotlichtmilieu, vermutlich auch Bezüge zur Mafia – im Fall ein Stück vorankamen. Karl startete mit seinem Tourenfahrrad vom Präsidium in Richtung Fahrradbrücke und bog dann nach links in die Petershauser Straße ab. Er wollte heute mal nicht am See entlang radeln, sondern über Wollmatingen nach Litzelstetten fahren. Der Radweg entlang der Bahnlinie bot zwar nicht das vergleichbare Panorama wie am See entlang, aber Karl musste nicht so aufpassen, weil die Frequenz von Rädern und Fußgängern hier deutlich geringer war. Der Kripochef hing seinen Gedanken nach. Der Fall ließ ihn natürlich auch auf der Heimfahrt nicht los. Er ging das Ganze noch einmal für sich durch. Die Rolle, die diese Madeleine bisher gespielt hatte, die Tatsache, dass eine Prostituierte mit einem Kleinkind sich prostituierte und mit dem Kind trotzdem so weit gekommen war und dieser seltsame Ort, der Teufelstisch, wo die beiden Opfer im Boot gefunden worden waren. Karl setzte das Puzzle im Kopf immer und immer wieder zusammen. Für ihn erschien klar, dass Madeleine in diesem Fall von größerer Bedeutung war, als die Polizei bislang annahm und er vermutete, dass dieser Tourette-Patient auch eine Rolle in diesem Fall spielte, aber eben nicht der Mörder war. Auch der Teufelstisch und die Symbolik, die von diesem Tatort ausging, ließen Karl nicht in Ruhe. Was hatte es damit auf sich, dass die beiden Opfer an diesem Ort getötet oder nach dem Mord an einem anderen Ort hier hergebracht worden waren. Auch das konnte ein Ablenkungsmanöver gewesen sein oder auf einen kranken Menschen hinweisen. Also doch Franz Willer. Und welche Biografie lag hinter den Opfern? Eine junge Frau, die das ganze Leben noch vor sich hatte und vermutlich in die Prostitution gezwungen worden war und ein Kind, das noch nicht mal richtig gelebt hatte. Die Fahrt mit dem Fahrrad dauerte eine knappe halbe Stunde. Bis nach Litzelstetten hatte Karl seinen Kopf aufgeräumt. Er freute sich auf seine Familie und noch ein paar Stunden in seinem Zuhause. Am nächsten Tag war

Montag und da stand die Videoschalte mit Friedrichshafen an. Ein Termin, auf den Karl Grimm gerade jetzt gern verzichten würde. Er musste über den Fall berichten und er befürchtete, dass der Leitende Kriminaldirektor den Fall jetzt an sich ziehen würde. Das wäre zwar einerseits der Professionalität geschuldet richtig, aber für die Motivation auf seiner Dienststelle wenig hilfreich. Und diese hatte nach der Neuorganisation und der Zwangsversetzung der Kolleginnen und Kollegen von Singen nach Konstanz ausreichend gelitten. Wäre er dem Ruf nach Friedrichshafen gefolgt, hätte er auf die Verläufe in der Kriminalpolizei mehr Einfluss und als Vertreter des Kripochefs auch einen anderen Status. Aber er hatte sich dagegen entschieden und es ging ihm, wie so oft, einer seiner Leitsätze durch den Kopf: „Du kannst alles tun im Leben. Aber alles hat Konsequenzen." Aber was soll's. Morgen und nicht heute.

Der Plan – einige Tage zuvor

Madeleine alias Emanuele hatte den Kontakt mit Zürich vollständig abgebrochen. Aber sie hatte ihr Schweizer Telefon noch nicht wegeschmissen und sie hatte auf Lacrima reagiert. Obwohl sie schon viele Lebensläufe erlebt hatte, die in diesem Milieu zu dem Absturz von Menschen und vor allem Frauen führten, war Lacrima mit ihrem Kind ein besonderer Fall. Ihre Zuhälter hatten Lacrima gerade wegen ihrem Kind immer in besonderem Maße gefügig gehalten und Lacrima funktionierte. Sie wollte ihr Kind nicht verlieren und tat alles wie ihr geheißen. Aber für Madeleine war nach dem Anruf von Lacrima auch klar: Die beiden waren in Lebensgefahr! Sie hatte es ja selbst in Zürich mitbekommen. Von einem Zuhälter hatte sie im Lago aufgeschnappt, dass der Onkel in Prag wohl in die Entscheidung mitinvolviert worden war und die Liquidation der beiden genehmigt hatte. Madeleine wusste, egal was sie tat, das war auch lebensgefährlich für sie. Für Madeleine war außerdem klar, dass Lacrima, seit sie auf den Strich ging, von der rumänischen Mafia gesteuert worden war und dass bislang, insbesondere wegen Adrian, dieser Onkel die schützende Hand über sie hielt. Warum auch immer. Aber das war vorbei. Sie konnte jetzt helfen oder sie konnte Lacrima und ihr Kind im Stich lassen. Madeleine war hin- und hergerissen. Mit den Rumänen, das wusste sie, war nicht zu spaßen und mit der Mafia gleich zweimal nicht. Sie rief Lacrima zurück und erklärte ihr kurz und knapp ihren Plan: „Lacrima, hör gut zu und ich will, dass du das dann auch genauso umsetzt, wie ich es dir erkläre! Wenn ich dir helfe, dann bringe ich mich auch selbst in Gefahr und vor allem deinen Zuhälter auf meine Spur. Hast du das kapiert?“ Lacrima schöpfte ein wenig Hoffnung und war zu allem bereit. Und sie wusste, dass sie mit ihrem Anruf Emanueles Leben aufs Spiel setzte. Aber was sollte sie tun? Einfach ihr Kind aufgeben oder gar töten lassen? „Ich weiß, dass ich dich in Gefahr bringe. Aber bitte hilf mir! Ich habe sonst niemanden!“, bettelte die verzweifelte Lacrima. „Also nochmal, hör gut zu: Ich habe im Reisezentrum für dich eine Fahrkarte hinterlegen lassen. Adrian ist frei. Der braucht noch keine Fahrkarte. Wenn sie den Ausweis von dir sehen wollen, dann sage ihnen, dass du den zu Hause vergessen hast, dass aber eine Rosine Müller aus Konstanz für dich die Karte hinterlegt hat und zwar für einen Besuch bei ihr. Die Karte ist bis Kreuzlingen ausgestellt. Auch das kannst du denen am Schalter sagen. Das klappt dann bestimmt. Wenn du die Karte hast, steigst du in den nächsten Zug nach Konstanz und steigst in Kreuzlingen am Bahnhof aus. Von dort gehst du zu Fuß nach Konstanz. Das ist nicht weit. Achte darauf, dass euch niemand erwischt und ihr ungesehen über die Grenze kommt! Sie ist vor allem am Abend nicht so gut bewacht und wenn du am See entlang gehst, gibt es eine grüne Grenze. Dort schafft ihr es bestimmt! Du triffst dort auch auf viele Spaziergänger. Da kannst du auch tagsüber die Grenze überqueren. Wenn es nicht klappt oder wenn du von den Schweizern kontrolliert wirst, dann versprich mir, dass du keinem was sagst! Du weißt, sonst bin ich dran!“, beendete Madeleine ihre Anweisungen. Lacrima brauchte über den Vorschlag nicht lange nachzudenken. Emanuele war ihre einzige Hoffnung und egal, ob sie sie erwischten oder nicht, sie würde Emanuele nicht verraten. „Ich danke dir! Ich haue mit Adrian ab, sobald mich Sorin mal wieder aus den Augen lässt und ich hoffe, das ist gleich morgen früh." Lacrima schöpfte Hoffnung. Im Lager wurde sie von ihrem Zuhälter schon erwartet. „Wieviel hast du heute schon verdient? 200 Franken, ist das alles? Ab an die Arbeit und leg mal zu! 1000 solltest du am Tag schon bringen!" Lacrima fügte sich, wie in all den zurückliegenden zwei Jahren. Aber sie hatte heute dem Zuhälter nicht alles Geld gegeben. 200 Franken hatte sie für sich behalten. Sie brauchte ein wenig Geld für die Reise. Und sie wusste, dass das im höchsten Maße gefährlich war. Wenn er sie erwischte, dann musste sie mit allem rechnen. Sie wollte nur noch eins: Heute Nacht, nachdem sie alles erledigt hatte, ihr Kind wieder haben und so schnell wie möglich türmen! Den Fahrplan hatte sie bereits angeschaut. Ab 8.30 Uhr konnte sie zum Reisezentrum gehen. Es brauchte nur noch Glück und Gottes Segen. Auf beides hoffte sie.

Ab nach Zürich

Kerstin Elser und Hans Widenhold hatten die wenigen freien Stunden am Sonntagabend schon wieder verbraucht und hatten sich früh auf der Dienststelle in Singen getroffen. Jedes Mal, wenn die beiden ihren Dienst am Morgen hier antraten, kam ein wenig Wehmut auf über die neue Entwicklung und den Umstand, dass sie nach Konstanz versetzt worden waren. Aber heute waren beide so intensiv mit dem beschäftigt, was sie in Zürich alles noch klären wollten, dass dazu kein Raum blieb. Kerstin hatte Hans gebeten, mit dem leitenden Staatsanwalt zu sprechen und für die grenzüberschreitende Zusammenarbeit alles zu regeln. Sie selbst hatte mit Arno Angele gesprochen und schon mehrfach mit den Schweizer Kollegen. Es war eben doch ein Einsatz über die Grenze hinweg und da galt es, auch rechtliche Voraussetzungen genauestens zu prüfen und keine Fehler zu machen. Kerstin wollte jetzt konkret an einen Schweizer Bürger herantreten und ihn vorrangig als Zeuge unter Umständen aber auch als Beschuldigten vernehmen. Das musste vorbereitet und durchdacht werden. Zumal es sich dabei auch um einen Hochkaräter handelte. Arno, der damit sehr viel Erfahrung hatte, assistierte der Kollegin und räumte die größten Hürden auf die Seite. Die Schweizer Kollegen hatte er auch kontaktiert und die rechtlichen Rahmenbedingungen geklärt. Jetzt warteten Kerstin und Hans darauf, dass sie bald abrücken konnten. Kerstin hoffte, dass sie den Chef vom Lago in die Mangel nehmen, und von ihm in Erfahrung bringen konnte, wer genau Lacrima und ihr Kind waren und vor allem wollte sie den Zuhälter identifizieren. Die Kommissarin war gedanklich äußerst engagiert und zuversichtlich, doch was die Erwartungen an den Chef vom Lago anging, der Meinung ihres Partners Hans nach, zu zuversichtlich. Kerstin, die sich gefühlt in Zürich schon gut auskannte, lenkte das Auto heute und nach gut einer Stunde kamen die beiden an der Dienststelle in der Zeughausstraße an. Am Empfang wurden die beiden von der Dame freundlich begrüßt, die auch schon zwei Tage vorher am Empfang die Regie geführt hatte. Sie mussten sich trotzdem, wie zuvor, ausweisen und auch einen Tagesschein für die Dienststelle unterschreiben und mit sich führen. Also alles so präzise wie ein Schweizer Uhrwerk. Die beiden wurden von Urs Müller schon erwartet. „Hallo Kerstin, hallo Hans, ich habe euch schon erwartet und den Chef vom Lago mal etwas genauer unter die Lupe genommen und seine Akten angefordert. Er ist natürlich kein unbeschriebenes Blatt. Diebstahl, Betrug, Körperverletzung, gefährliche Körperverletzung, Widerstand gegen die Polizei und last but not least wurde gegen ihn auch mal wegen eines Tötungsdelikts ermittelt, das Verfahren aber eingestellt. Und zwar hatte man ihm vorgeworfen, dass er eine Prosituierte umgebracht haben soll. Auch das Dezernat

Organisierte Kriminalität war schon an ihm dran. Aber leider ohne Erfolg. Er ist Schweizer mit albanischen Wurzeln. Seine Eltern sind irgendwann in den 60er Jahren in die Schweiz gekommen. Er ist hier geboren und hat vor etwa fünf Jahren das Lago gekauft. Das Dezernat für Organisierte Kriminalität hatte sich für ihn wegen gewerbsmäßiger Zuhälterei und wegen gewerbsmäßigem Rauschgifthandel interessiert. Aber wie bereits gesagt, man konnte ihm die Anschuldigungen nicht zweifelsfrei nachweisen und er hatte bei den Verfahren und den daraus resultierenden Anklagen immer beste Unterstützung durch teure Anwälte. Ich will dir, Kerstin, damit nur sagen, das ist ein Schwergewicht, erwarte nicht zu viel von ihm. Wenn wir nichts gegen ihn in der Hand haben, dann wird der nicht mit uns sprechen." Kerstin hatte sehr ernst zugehört und war sich im Klaren darüber, dass das heute schwierig werden würde. Auch waren ihre Erfahrungen in dieser Art von Ermittlungen begrenzt, daher wollte sie sich auf ihre Intuition verlassen. Aber sie dachte bei ihrem Tun an die Frau und das Kind. Das Bild der beiden auf dem Boot hatte sich in ihrem Kopf eingebrannt. „Seid ihr so weit? Dann geht es los. Ich habe noch eine Streife bestellt, falls es zu Schwierigkeiten kommt. Aber jetzt hoffen wir mal das Beste!", beendete Urs Müller die kurze Besprechung und schon waren die drei Ermittler unterwegs in die Langstraße. Es war Montag, kurz nach 16.00 Uhr. Die Ermittler hofften den Chef vom Lago anzutreffen. Mit allzu viel Publikum mussten sie um diese Zeit noch nicht rechnen.

Die Flucht – mehrere Tage zuvor

Lacrima hatte am Abend, gegen 22.00 Uhr, den letzten Freier versorgt und ihr Zuhälter hatte ihr Adrian gebracht, der völlig verstört wirkte. Sie versorgte ihr Kind, so gut sie es konnte, und legte sich schlafen. Die Latina, mit der sie das Zimmer geteilt hatte, war schon seit zwei Tagen verschwunden. Vielleicht hatte man sie weiterverkauft. Auf jeden Fall war Lacrima mit ihrem Kind allein und schlief ein paar Stunden. Ihr Zuhälter hatte sich, bevor er wegging, noch an Lacrima bedient und sie hoffte, dass sie an diesem Morgen unentdeckt aus dem Lago entkommen konnte. Als es draußen hell wurde und Lacrima sich versichert hatte, dass unten in der Bar Ruhe war, packte sie ihren ganzen Mut und die wenigen Habseligkeiten zusammen, wickelte ihren Adrian in seine Decke und ging los. Im Haus selbst war es still. Auch als sie das Haus verließ war in der Langstraße noch nicht viel geboten. Normaler Morgenverkehr, der aber mit dem Abend- und Nachtprogramm in der Langstraße nichts zu tun hatte. Lacrima wusste in etwa, wohin sie musste. Sie hatte in Zürich nicht viele Freiheiten genossen, aber seit ihr Zuhälter sie auf den Straßenstrich geschickt hatte, war Lacrima ein wenig herumgekommen. Der Weg war einfach über die Lagerstraße zu finden und es waren gerade mal 15 Minuten, die sie brauchte, um zum Hauptbahnhof zu kommen. Sie musste noch einen Moment warten, bis das Reisezentrum öffnete. Als Lacrima, die in einiger Entfernung auf den Eingang des Reisezentrums starrte, sah, dass die ersten Reisegäste ein- und ausgingen, fasste sie all ihren Mut zusammen und ging dorthin. Sie hoffte nur, dass Adrian durchhielt und nicht zu weinen anfing. Er schlief aber auf ihrem Arm und das blieb auch so, bis sie das Reisezentrum wieder verließ. Es war geschafft! Lacrima konnte es kaum glauben. Sie hatte die hinterlegte Karte bekommen. Man hatte sie nicht einmal nach dem Ausweis gefragt. Sie hatte nur den Namen Rosine Müller und ihren eigenen Namen genannt und das Fahrziel Kreuzlingen. Damit hatte sie sich wohl ausreichend legitimiert. Lacrima ging raschen Schrittes mit ihrem Kind zu Gleis 10. Dort sollte der nächste Zug nach Kreuzlingen abfahren. Sie fühlte sich so erleichtert und hatte wieder ein wenig Hoffnung, dass sie weiterleben durften. Vielleicht wartete sogar ein besseres Leben auf sie. Der Zug fuhr los. Gut eineinhalb Stunden später fuhr der Zug in Kreuzlingen ein. Lacrima und Adrian stiegen, wie ihr geheißen worden war, aus dem Zug aus. Im Reisezentrum hatte sich Lacrima noch ein paar Flyer von Konstanz und den Sehenswürdigkeiten mitgenommen und konnte sich damit auch einigermaßen orientieren. Sie wusste, wo sie jetzt hingehen musste, um nicht direkt auf die bewachten Grenzübergänge zu stoßen. Als die beiden in Kreuzlingen angekommen waren, kaufte Lacrima als Erstes für sich und ihr Kind ein wenig Proviant. Adrian schaute sie dankbar an. Aber er war schwach und tat sich auch schwer den Brei, den seine Mutter für ihn gekauft hatte, zu sich zu nehmen. Lacrima fütterte ihn trotzdem in aller Ruhe, verspeiste ihr Schinkensandwich und machte sich auf den Weg. Sie ging auf direktem Weg zum Kreuzlinger Hafen, orientierte sich dann nach rechts, marschierte an der Bodensee-Arena vorbei und ging über die „Kunstgrenze." Als Lacrima auf Höhe des Sea Life war, atmete sie erst einmal durch. Ein Flyer, den sie am Zürcher Bahnhof mitgenommen hatte, warb auch für das Sea Life. Und das gehörte zu Konstanz. Und Konstanz lag in Deutschland. Lacrima war ihre Flucht gelungen. Sie war ohne Papiere mit Hilfe ihrer einzigen Freundin Emanuele alias Madeleine in Konstanz angekommen. Jetzt musste sie nur noch eine Unterkunft finden. Und später wollte sie zur Polizei gehen. Sie konnte sich nicht länger verstecken. Adrian brauchte Papiere und sie auch. Es war ihr inzwischen egal, ob man sie abschieben würde. Aber in Deutschland, das wusste sie, war sie erst einmal in Sicherheit. Und sie wusste auch, wenn sie hier um Asyl bat, dass Adrian und sie erst einmal bleiben durften.

Zürich, Langstrasse, Lago Bar

Leutnant Urs Müller, die Kommissarin Elser und der Oberkommissar Widenhold fuhren begleitet von einem Streifenfahrzeug der Zürcher Polizei in die Langstraße ein. Das Streifenfahrzeug positionierte sich etwas abgesetzt von der Lago Bar, während der Leutnant direkt zum Lokal fuhr. Er parkierte den Dienstwagen aber nicht wie bei der Patrouillenfahrt vor dem Lokal in der Langstraße, sondern im Hinterhof der Bar. Die drei Ermittler stiegen aus und Kerstin schaute sich erst einmal um. Es war dreckig, schmuddelig und es roch recht streng. Im Hinterhof lagerten leere Bierfässer, mehrere, halbvolle Abfallbehälter und daneben parkierten nicht so recht dazu passend ein neuwertiger 7er BMW und ein Porsche 911 Carrera. Urs Müller winkte Kerstin und Hans zu und bedeutende ihnen, dass sie ihm folgen sollten. Die drei betraten die Bar durch einen Hintereingang, der Kerstin und Hans beim nächtlichen Einsatz gar nicht aufgefallen war. In der Bar roch es nach abgestandener und verbrauchter Luft. Sie war menschenleer. Irgendwo im Keller hörten die drei Geräusche und Urs Müller meldete sich zu Wort: „Gruezi, ist jemand da? Hier ist die Polizei! Wir wollen gerne den Chef des Hauses sprechen. Hallo?" Kaum hatte der Leutnant ausgesprochen kam Bewegung ins Etablissement. Im Stockwerk darüber machten sich Geräusche bemerkbar und eine männliche Person, die offensichtlich unten im Keller hantiert hatte, war rasch nach oben gekommen. „So, die Polizei gibt uns die Ehre. Sie waren doch erst am Wochenende da und haben einen Gast mit auf die Dienststelle genommen. Darf ich den Herrschaften einen Kaffee anbieten?" Urs Müller, der genau wusste, wen er vor sich hatte, winkte ab und meinte: „Nein, danke. Wir brauchen nur ein paar Informationen von Ihnen. Die deutsche Polizei führt Ermittlungen in einem Mordfall durch und die Spur der Opfer führt hierher. Aber die deutsche Kollegin ist da und kann Ihnen das gerne erklären." Kerstin hatte vorab auch einen Blick in die Züricher Kriminalakten geworfen und hatte das Konterfei sofort erkannt. Vor ihr stand nun der tatsächliche Besitzer der Lago Bar, der schon einiges auf dem Kerbholz hatte und den sie nun knacken wollte. „Also am besten wäre es, wenn sie uns auf die Dienststelle begleiten. Dann könnten wir uns in Ruhe unterhalten", stieg die Ermittlerin in das Gespräch ein. „Schauen Sie sich um. Wir sind hier in meiner Bar. Es ist außer uns niemand da. Sie können also gerne loslegen und mich fragen, was Ihnen auf dem Herzen liegt", antwortete der Barbesitzer recht unbeeindruckt. Kerstin wusste, dass es einfacher war, wenn sie den Kerl auf die Dienststelle bekam, sie wusste aber auch, dass der Kerl sich, egal wo, nicht so ohne weiteres beeindrucken ließ. Und einen Grund ihn festzunehmen, hatte sie nicht. „Gut, dann frage ich Sie nach dem Verbleib von einer Prostituierten Lacrima und ihrem etwa zweijährigen Kind. Sie hatte hier im Lago bis vor gut einer Woche angeschafft. Können Sie mir das bestätigen und vor allem können Sie mir vielleicht den Zuhälter von Lacrima nennen?“ Kerstin Elser war klar, dass sie mit ihrer Frage ein wenig naiv herüberkam. Aber sie hatte das Ganze rauf und runter dekliniert. Sie wusste nicht, wie sie sonst weiterkommen sollte. „Also, die deutsche Polizei geht davon aus, dass wir irgendetwas mit einem Mord in Deutschland zu tun haben. Ist das richtig?“, hakte der Barbesitzer nach. Kerstin schüttelte den Kopf: „Nein, wir glauben nicht, dass Sie etwas mit dem Mord zu tun haben. Ich habe mir erhofft, dass Sie mir etwas über Lacrima und das Kind sagen können und vielleicht über die Männer im Hintergrund“. Der Lago-Chef lachte. „Das wäre sehr unklug, wenn ich Ihnen über die Männer hinter dem Geschäft hier in der Langstraße berichten würde. Dann könnte ich mich gleich selbst begraben. Aber ich will Ihnen helfen, so gut ich es vermag. Schließlich wollen wir hier unsere Bar betreiben, unseren Geschäften nachgehen und keinen Ärger mit der Polizei haben“, log der Barbesitzer. „Also, ich erkläre Ihnen mal, wie das hier läuft. Das Gebäude, in dem sie sich befinden, gehört mir. Hier sind wir in der Bar und in den Stockwerken über mir ist ein Hotel. Die Räumlichkeiten sind verpachtet. Dafür bekomme ich Geld. Wie die Zimmer belegt sind, das geht mich nichts an. Darum kümmern wir uns auch nicht. Die Gäste von oben kommen zu uns in die Bar und bringen ihrerseits Gäste mit. Alles andere interessiert uns nicht“, schwindelte er weiter. „Und wenn sie nicht gestorben sind, dann leben sie noch weiter“, brachte sich jetzt Urs Müller ein, dem die freundliche Vorgehensweise von Kerstin Elser nicht so recht in das Format hier passte. „Also, jetzt reden wir mal Tacheles. In Konstanz ist eine Frau mit ihrem Kind ermordet aufgefunden worden. Die Frau hat hier im Lago als Prostituierte gearbeitet und wir wollen eigentlich nur wissen, wer die Frau war, wo sie herkam und wer ihr Zuhälter war. Ist das so schwer zu begreifen? Oder sollen wir in nächster Zeit öfter Mal hier aufschlagen und nach dem Rechten schauen?" Urs Müller wusste, dass sie so gut wie nichts in der Hand hatten und war natürlich mit den Gegebenheiten vor Ort vertraut. Außerdem war er ungeduldiger und wollte die Ermittlungen langsam auch zu Ende bringen. Die kriminellen Geschäftsmodelle funktionierten und Stadt und Polizei hatten wenig Hebel, um das alles hier zu unterbinden und sein Gegenüber wusste das. „Jetzt drohen Sie mir. Ich habe nichts getan. Wir betreiben hier eine konzessionierte Bar und wir haben nicht die Aufgabe unsere Gäste zu kontrollieren. Und was oben in den Räumen passiert, das hatte ich ja schon gesagt, das geht mich nichts an! Ich bekomme mein Geld und das war's" Der Leutnant wusste, dass er ihm nichts anhaben konnte. Er wusste zwar auch, dass er log, aber es half nicht. „Kommt wir gehen!", sagte Urs Müller zu den deutschen Kollegen. Kerstin war darüber gar nicht glücklich, aber sie war wiederum auf die Zusammenarbeit mit dem Schweizer Kollegen angewiesen. „Können wir noch einmal unabhängig von dem, was in der Bar läuft oder nicht läuft, einfach klären, ob Sie was zu der Frau mit dem Kleinkind und den Umständen sagen können? Wir haben auch eine Zeugenaussage von einem Gast, der mit der Prostituierten Lacrima oben auf dem Zimmer war und sie später mit dem Kleinkind zu später Stunde hier getroffen hatte. Das war doch der Auslöser, auch dafür, dass wir wieder da sind", versuchte Kerstin Elser noch einmal ihr Glück. Sie wollte einfach nicht so schnell aufgeben, weil für heute hatten sie eigentlich nichts Neues herausgefunden. „Ich habe ihnen schon gesagt, ich betreibe hier eine Bar und keinen Puff. Die Stammgäste kenne ich und der Beat Meier vom Steueramt, der ihnen das erzählt hat, den kenne ich auch. Also, ohne dem Beat zu nahe zu treten, der ist meistens betrunken, wenn er hier reinkommt und auch wieder rausgeht. Insofern bin ich mir nicht sicher, ob das, was der sagt, überhaupt einen Wert hat. Aber eine Frau und ein Kind hatte ich nicht als Gäste in der Bar! Wenn die oben gewohnt haben, dann habe ich nichts damit zu tun!“ log der Barbesitzer weiter. Kerstin zog ihr Smartphone und zeigte dem Barbesitzer das Bild der Opfer im Boot. „Kennen Sie diese Frau? Wir wissen von einem Zeugen, dass sie hier in der Bar verkehrte.“ Der Chef vom Lago schaute auf das Bild und meinte: „Das ist nicht sehr schön, aber wie bereits gesagt, in meiner Bar war das Kind nicht und wenn die beiden oben gewohnt haben und die Mutter eine Hure war, dann ist das nicht mein Problem.“ Der Typ war aalglatt und Kerstin musste einsehen, dass sie keine Chance hatte. Auch ihr Zeuge, der Beat Meier, hatte nur bedingten Wert für ihre Ermittlungen. „Aber hat sie jetzt oben gewohnt, auch wenn sie nicht mit ihrem Kind in der Bar war?“, versuchte Kerstin ein letztes Mal ihr Glück. „Das kann schon sein. Ich glaube, die habe ich schon mal gesehen. Aber wer sonst noch was mit ihr zu tun hatte oder ob sie einen Zuhälter hatte, dazu sage ich nichts“, antwortete der Chef vom Lago. „Dazu sagen Sie nichts, weil Sie Angst haben oder dazu sagen Sie nichts, weil Sie nichts wissen?“, hakte die Ermittlerin nochmal nach. „Dazu sage ich nichts. Aber fragen Sie doch den Steuerbeamten. Der wollte die Nutte doch retten“, antwortete der Chef vom Lago und lachte vor sich hin. „Wenn Sie sonst nichts mehr haben, würde ich gerne weiterarbeiten. Ich bekomme mein Geld nicht wie Sie automatisch, sondern muss dafür schuften“, beendete der Wirt das Gespräch und warf die Polizei mehr oder weniger aus seinem Lokal hinaus.

Videoschaltkonferenz, Kriminalkommissariat Konstanz – Montagmorgen

„Guten Morgen, meine Damen und Herren. Ich hoffe, Sie hatten ein angenehmes Wochenende und dann geht es auch gleich los!“ Der Leitende Kriminaldirektor hatte, wie jeden Montagmorgen, seine Führungsmannschaft im Besprechungsraum in Friedrichshafen um sich versammelt. Die Kommissariatsleiter waren per Videoübertragung zugeschaltet. Die Kommissariate und Inspektionen berichteten über die Fallbearbeitungen der letzten Woche und der Kriminaldauerdienst darüber, was am Wochenende los gewesen war und an wen er die weitere Bearbeitung abgegeben hatte. Heute gab es hierzu keine Differenzen, die der Leitende Kriminaldirektor beilegen musste, und so war man rasch bei Karl Grimm, der die bisherigen Ergebnisse der Ermittlungsgruppe vortrug. Karl berichtete insbesondere über die zwei Richtungen, die sie aktuell verfolgten. Die eine führte in das Rotlichtmilieu der Schweiz mit vermutlichen Bezügen zur rumänischen Mafia und die andere waren die Ermittlungen im ZfP. Die Kolleginnen und Kollegen hörten aufmerksam zu und nachdem Karl die Lage so weit geschildert hatte, hakte er beim neuen Chef nach: „Also, wir wollen in Konstanz nicht klagen. Aber der Fall entwickelt sich recht komplex. Wir haben Bezüge zur Mafia. Wir gehen im Vorfeld dessen, was in Konstanz passiert ist und was wir in Zürich in Erfahrung bringen konnten, nicht nur von Zuhälterei, sondern von Menschenhandel aus. Und in die Schweiz hinein sind unsere Ermittlungen durch zusätzliche Hürden behindert. Will sagen, wir bräuchten etwas mehr Personal für den Fall. Und wir benötigen Unterstützung von der Inspektion 2, wegen der Verbindungen zur rumänischen Mafia.“ Der Leitende Kriminaldirektor Bär hatte zugehört und man sah schon an seiner Mimik, dass es ihm lieber gewesen wäre, wenn Grimm sich auf die Fallbeschreibung reduziert hätte. Insbesondere der Teil mit dem fehlenden Personal schmeckte ihm nicht so. „Gut, ich überlege mir das mit den Inspektionsleitern 1 und 2, was wir da tun können und kommen wieder auf Sie zu. Aber seien Sie bitte so freundlich und gehen Sie mit dem ZfP vorsichtig um. Das führt immer zu Recht unangenehmen Gesprächen und Verwerfungen, die ich dann wieder regeln muss. Also bitte homöopathisch vorgehen!“ Karl Grimm war wieder drauf und dran zu den Einlassungen seines Chefs noch etwas zu sagen. Er biss sich aber auf die Zunge und Friedrichshafen beendete die Videoschalte. Kurz darauf klingelte das Telefon. Karl Grimm meldete sich. Am anderen Ende der Leitung war sein neuer Chef. „Also, Kollege Grimm, ich wollte das vorher vor den Anderen nicht sagen. Aber glauben Sie nicht, Sie sollten ihre Mafiabezüge etwas runterschrauben? So wie ich das sehe, wurden eine Frau und ihr Kind, wahrscheinlich aus dem Milieu, ermordet. Jetzt klären Sie das Ding und lassen die Mafia außen vor. Für Organisierte Kriminalität wären Sie jetzt wirklich zu wenig spezialisiert. Also gucken Sie, dass das läuft. Eine Kollegin von dort unterstützt Sie. Das wird schon gut gehen. Glauben Sie mir.“ Karl Grimm hatte kaum aufgelegt, da klingelte sein Telefon zum zweiten Mal. Es meldete sich die angekündigte Kollegin der Inspektion 2 aus Friedrichshafen. „Hallo, Herr Grimm. Ich soll Sie bei dem Ermittlungsverfahren der EG Teufelstisch unterstützen. Können Sie mir einen Ansprechpartner nennen, der mich in dem Fall auf Ballhöhe bringt? Und dann hätte ich noch eine Bitte: Ich würde gerne von Friedrichshafen aus arbeiten. Ich bin alleinerziehend und kann von hieraus das Familiäre besser regeln.“ Karl Grimm war im Begriff aus der Haut zu fahren, hatte sich aber schnell wieder unter Kontrolle. „Ist gut. Wenden Sie sich doch gerne an den Kollegen Preuß, der kann Ihnen alles Notwendige zukommen lassen.“ „Ja, den kenne ich. Vielen Dank!“ Karl Grimm war nach den Telefonaten unzufrieden. Zum einen hatte er vor der Strukturreform eine Kriminalpolizei zuständig für einen Landkreis mit fast 80 Ermittlerinnen und Ermittlern. Und er konnte trotzdem eigentlich fast alles selbst machen. Und dann wies ihm der Bär auch noch eine Kollegin zu, die gar nicht nach Konstanz kommen konnte. Was war das für eine neue Welt? „Aber was soll's“, dachte Grimm. „Wir machen, was wir können, und für den Rest soll der Bär die Verantwortung tragen.“

Lacrima – ein paar Tage zuvor

Lacrima war endlich in Konstanz und genoss mit ihrem Kind die ersten Schritte, die so ein wenig Freiheit bedeuteten. Aber sie war sich bewusst, dass sie höllisch aufpassen musste. Sorin, ihr neuer Zuhälter, war nicht zimperlich und sie hatte inzwischen auch kapiert, dass alle ihre Zuhälter Teil eines Größeren waren und nur dafür sorgten, dass Andere, wie der Onkel, von dem Geschäft und der Arbeit, die die Prostituierten leisteten, am meisten abbekamen. Das war aber jetzt zunächst einmal egal. Lacrima wollte ihr Kind nie mehr hergeben müssen. Eigentlich wollte sie auch nicht mehr anschaffen gehen und am schönsten wäre es, wenn sie und ihr Kind irgendwo ein ganz normales Leben führen könnten. Am besten so stinklangweilig wie der Ort aus dem sie vor mehr als zwei Jahren entführt worden war. Lacrima überlegte, was sie jetzt tun konnte und überlegte auch, ob sie Emanuele nochmal anrufen durfte. Vielleicht konnte sie eine Bleibe vermitteln oder einen Ort, an dem die zwei sich verstecken konnten. Aber Emanuele, alias Madeleine, hatte ihr am Telefon signalisiert, dass sie in Ruhe gelassen werden wollte. Der Kontakt sei gefährlich. Außerdem hatte Lacrima ihre Schweizer Nummer angerufen. Die Schweizer Karte hätte Emanuele doch eigentlich wegwerfen müssen! Lacrima ging vieles und nichts durch den Kopf. Der See, der vor ihr lag, hatte eine magische Anziehung. Ein wenig entfernt sah sie eine riesige Statue, eine wohl proportionierte Frau, die ihren eigenen Berufsstand verkörperte und eine Hure darstellte. Alles in allem: schön. „Hier Madeleine." Lacrima hatte sich durchgerungen und die Nummer von Emanuele wieder angerufen und wunderte sich, dass kein Band ablief. „Hier ist Lacrima. Ich weiß, ich soll keinen Kontakt zu dir suchen. Weißt du vielleicht etwas, wo ich mit Adrian in den nächsten Tagen unterschlupfen kann, oder soll ich gleich zur Polizei gehen und mich melden?", klopfte Lacrima vorsichtig bei Madeleine an. „Wo seid ihr denn?", wollte Madeleine wissen. „Wir sind in Konstanz. Ich glaube in der Nähe von dieser Imperia. Es ist schön hier. Aber wir müssen uns verstecken oder ich muss zur Polizei gehen! Wenn mich Sorin verfolgt und erwischt, sind wir tot!“, antwortete Lacrima vertrauensselig. „Warum soll der dich erwischen? Du bist in Konstanz und in Sicherheit! Jetzt versteckt euch irgendwo, am besten bleibst du im Hafen. Guck mal, ob ihr auf einem Boot am Hafen unterkommt. Dort liegen eine Menge auch größerer Boote, aber lass dich nicht erwischen! Sei vorsichtig und schau, dass der Junge ruhig bleibt! Ich überlege mir was. Behalte dein Smartphone bei dir. Aber rufe mich nicht mehr an! Ich melde mich“, antwortete Madeleine und legte auf. Etwas Besseres, als in ein Boot einzubrechen, war Madeleine nun auf die Schnelle nicht eingefallen.

Sorin, der Zuhälter – wenige Tage zuvor

Sorin war für seine Verhältnisse recht früh im Lago aufgetaucht und hatte mit dem Barkeeper noch einen Espresso geschlürft und sich nach den Geschäften erkundigt. Er wollte gleich zu seiner Nutte gehen und ihr das Kind wieder wegnehmen, damit sie auf die Straße zum Anschaffen gehen konnte. Sein Boss in Zürich hatte ihm gesagt, dass die Nutte mit dem Kind jetzt endgültig verschwinden solle. Am besten in der Limmat oder sonst wo. Aber ohne Spuren zu hinterlassen. Sorin bekam dafür eine Woche Zeit und solange wollte er das Mädchen noch auspressen. Sie war bei den Freiern durchaus beliebt und erwirtschaftete gutes Geld, das Sorin nicht alles abrechnen wollte. Schließlich wusste sein Boss nicht, was er mit der Nutte gerade am Laufen hatte. „Lacrima, wo bist du? Aufstehen! Mach dich für die Arbeit fertig und gib mir das Balg!“ Sorin war schon fast im zweiten Stock und dem Zimmer von Lacrima angekommen, als er feststellte, dass die Zimmertür halb offenstand und das Zimmer leer war. Ihm war sofort klar, dass Lacrima getürmt war. Man hatte ihm gesagt, dass sie das schon öfters versucht hatte und gerade deshalb war sie für die Bosse eine Gefahr. Sorin überlegte kurz, ob er seinen Boss gleich anrufen sollte, entschied sich aber dagegen und startete seine eigene Suche. Er überlegte kurz, ging auf den Barkeeper zu und fragte nach: „Hast du meine zwei heute schon gesehen? Ist dir irgendetwas aufgefallen?" Der Barkeeper verneinte. „Ich bin seit heute Morgen um 10.00 Uhr da. Wäre da was gelaufen, also mit einem Freier oder so, das hätte ich bemerkt." Sorin nickte und hakte nicht weiter nach. Mehr brauchte er im Moment nicht zu wissen. Es gab zwei Möglichkeiten hier erst einmal weg zu kommen. Zu Fuß oder mit dem Taxi. Da er davon ausging, dass Lacrima kein Geld hatte, war die Variante zu Fuß die wahrscheinlichste. Also ging er zuerst einmal zum Hauptbahnhof. Vielleicht konnte er dort etwas in Erfahrung bringen. Sorin verstand sein Geschäft. Vor dem Bahnhof und gegenüber stieß er auf ein paar Obdachlose. Er ließ ein paar Scheine sehen und fragte, ob sie eine Frau mit Kind gesehen hatten. Die Nachfrage kostete Sorin 20 Schweizer Franken. Er bekam eine Zeit und eine Beschreibung der zwei. Und er war sich sicher, dass das die beiden Gesuchten waren, die ihm die „Penner" beschrieben hatten. Jetzt musste er nur noch herausbekommen, wo die beiden hinwollten. Sorin überlegte. Wie konnte er das jetzt lösen? Er ging ins Reisezentrum, erkundigte sich nach den Abfahrten nach 8.30 Uhr und fragte höflich nach, ob seine Frau und sein Kind heute Morgen schon da gewesen wären. Die freundliche Dame am Schalter meinte, dass sie hier viele Kunden hätten und sie sich nicht an alle erinnern könne. Außerdem fragte sie nach, was denn der Grund sei, warum er seine Frau und sein Kind suche. Der Zuhälter hatte sich auf die Schnelle eine Story zurechtgelegt und meinte: „Meine Frau hat die Arznei für das Kind vergessen und sie hat ihr Handy nicht dabei. Jetzt wollte ich einfach sicher gehen, dass sie tatsächlich auch auf dem Weg sind und ich mich dann rasch um einen Ersatz für die Medikamente kümmern kann. Wenn das Kind die Arznei nicht regelmäßig bekommt, kann es zu ernsthaften

Komplikationen kommen.“ Der Kollege vom Nebenschalter hatte die bisherige Konversation mitgehört und sagte: „Also ich bin seit heute Morgen hier. Eine Frau mit einem Kind hatte heute früh eine Karte abgeholt. Die Karte war aber von auswärts hinterlegt und bezahlt worden. Ich glaube ja nicht, dass das ihre Frau und ihr Kind waren.“ Sorin überlegte kurz. „Meine Frau ist zwanzig Jahre und sie trägt das Kind meist in eine Decke gehüllt im Arm. Na ja. Ich muss schnellstens herauskriegen, ob die beiden weggefahren sind und die Karten vom Onkel für die Reise nach Prag auch abgeholt haben.“ Der Ticketverkäufer reagierte prompt und sagte: „Da kann ich Sie beruhigen. Also die Beschreibung ihrer Frau und ihrem Kind würde in etwa so passen. Aber die hinterlegten Karten waren für eine Fahrt nach Kreuzlingen und nicht nach Prag. Also nach Prag hatten wir heute noch keinen Ticketverkauf und auch keine hinterlegten Karten.“ Sorin bedankte sich höflich und verließ das Reisezentrum. Er wusste jetzt, wo er ansetzen konnte und er wusste aber auch, dass Lacrima von Jemandem Hilfe hatte.

Kriminalkommissariat Konstanz

Karl Grimm und Arno Angele hatten sich am frühen Vormittag zusammengesetzt, um den Fall und die Optionen miteinander zu besprechen. Es war eigentlich klar, wo sie ansetzen mussten, aber die Spur ins Züricher Rotlichtmilieu war sehr komplex und sie war auf schweizerischem Terrain. Die Spur ZfP und Franz Willer, da waren Rainer Huser und Rudi Paschke dran, und diese Madeleine, da hatte Karl am Sonntag noch keinen Rücklauf von Kerstin Elser bekommen. Die Spur musste auf jeden Fall auch noch einmal genauer unter die Lupe genommen werden. „Was meinst du Arno, knacken wir das Ding?“, wollte Karl von seinem Stellvertreter wissen. „Ich glaube, wir kriegen was raus. Die Frage wird nur sein, ob wir das am Schluss beweisen können. Ich habe die Befürchtung, dass das Mädchen Opfer von

Menschenhändlern geworden ist und die Mafia ihre Hände im Spiel hat. Du weißt, dann wird es schwierig. Wir müssten einen langen Atem für die Ermittlungen haben, außer der Täter läuft aus Versehen in einem anderen Fall auf und wir haben DNA-vergleichbares Material gesetztenfalls die DNA, die wir am Tatort gefunden haben, ist auch tatsächlich die vom Täter." „Also das glaube ich schon. Die Kriminaltechniker haben ja berichtet, dass die DNA der älteren Spermaspuren mit dem Blut, das wir am Rohr vom Seezeichen am Teufelstisch festgestellt haben, übereinstimmt. Das müsste also schon passen. Aber ob wir die dazugehörige Person finden, das ist ja das Thema", antwortete Karl. „Wir werden sehen. Aber ganz ehrlich, von dem Franz Willer verspreche ich mir nicht so viel. Aber wir müssen es klären. Ich tippe eher in die Richtung von der Madeleine. Die hat Kerstin nicht alles erzählt und wenn wir an die Hintermänner herankommen wollen, dann geht das wahrscheinlich über sie. Ich glaube auch nicht, dass unsere beiden in Zürich heute was ernten. Der Chef von der Rotlichtbar kennt sich mit Polizei aus. Der hat doch gar keinen Grund mit uns zu kooperieren", bemerkte Arno Angele. „Da hast du wahrscheinlich Recht", antwortete Karl Grimm und ging wieder zurück in sein Büro.

Zürich, Langstrasse – wenige Tage zuvor

Sorin war in die Langstraße zurückgekehrt und hatte sich in der Nähe von der Lago Bar, Kreuzung Brauerstraße, im Außenbereich von einem Café niedergelassen. Er telefonierte mit seinem Boss und informierte ihn darüber, was er herausgefunden hatte. Sorin kannte seinen Boss nicht persönlich. Er hatte nur eine Nummer, die er anrufen konnte und einmal in der Woche musste er in seinem „Diensthandy" die SIM-Karte tauschen. Zur Sicherheit. Als er ihm alles berichtet hatte, insbesondere über die Option, dass man für die beiden Flüchtlinge Fahrkarten nach Kreuzlingen hinterlegt hatte, erklärte ihm der Boss, dass er dorthin fahren sollte, und zwar umgehend. Sorin bekam den Auftrag, Lacrima und ihr Kind aufzuspüren und sich dann um die beiden „endgültig" zu kümmern. „Fahr nach Konstanz. Dahin sind sie wahrscheinlich geflohen. Ich kümmere mich um mehr Informationen. Vielleicht weiß in Konstanz einer von unseren Leuten, wer der Helfer sein könnte. Hat die eigentlich ein Handy und hast du die Nummer?", fragte ihn der Boss." „Von mir hat sie keins bekommen. Aber wahrscheinlich hat sie eins. Doch die Nummer habe ich nicht", antwortete Sorin wahrheitsgemäß. „Dann geh nochmal ins Lago zurück, bevor du nach Konstanz fährst und versuche herauszufinden, ob deine Nutte ein Handy und wenn ja, was für eine Nummer sie hat. Die schickst du mir. Verstanden?"

Das Ermittlerteam
Rainer Huser und Rudi Paschke

Rainer Huser und Rudi Paschke waren unterwegs ins ZfP. Sie hatten sich am Vormittag mit dem Leitenden Staatsanwalt kurzgeschlossen und einen Termin mit dem Facharzt von Franz Willer vereinbart. „Guten Morgen, die Herren Kommissare! Der Staatsanwalt hat mich schon darüber informiert, dass Sie Fragen zu einem Patienten von mir haben, und mein Kollege, der am Wochenende Dienst hatte, hat mich auch schon wissen lassen, dass Sie da waren. Was ist denn so interessant an meinem Patienten und vor allem, was soll er denn getan haben?", stieg der Arzt, der die beiden freundlich empfangen hatte, in das Gespräch ein. „Na ja, wir ermitteln in einem Mordfall an einer Frau und ihrem Kind. Die beiden wurden tot in einem Boot gefunden. Und auf ihren Patienten sind wir deshalb gestoßen, weil er immer wieder auffällig wird und in aggressiver Manier die übelsten Beleidigungen auf den See hinausschreit. Ich habe das selbst schon gehört und bin ganz schön erschrocken", antwortete Rudi Paschke die berechtigte Frage des Arztes. „Ja, das von dem Mord an einer Frau und ihrem Kind habe ich schon gehört. Das ist schrecklich! Aber glauben Sie, dass mein Patient zwei Menschen tötet, weil er herumschreit? Da müsste ja schon mehr dran sein, oder?", fasste der Arzt freundlich nach. „Das stimmt. Es gibt aber Aussagen, dass ein Schreier, wie ihr Patient, möglicherweise zur Tatzeit in Wallhausen war. Es existieren auch Aussagen, dass Geschrei Richtung des Sees zuhören waren. Und auf dem See haben wir die Leichen gefunden. Also, wir unterstellen momentan nichts. Aber wir müssen das abklären und bitten um Ihr Verständnis", brachte sich jetzt Rainer Huser in das Gespräch ein. „Das ist kein Problem! Ich habe bereits veranlasst, dass man Ihnen die Zeiten rausschreibt, an denen der Franz auswärts war. Dass er bei seinen Spaziergängen auch nach Wallhausen kommt, kann schon sein. Sie können den Franz auch selbst fragen. Ich würde nur gerne dabei sein. Franz hat mehrere Defizite. Er leidet unter anderem am Tourette-Syndrom, das bei ihm leider diese Auswirkungen hat, dass er unkontrolliert Schimpfwörter von sich gibt und herumschreit. Man nennt das im Fachjargon auch Koprolalie. Also es kann sein, dass wenn Sie mit ihm reden, er dann urplötzlich anfängt Sie zu beleidigen. Das will er zwar nicht, er kann das aber nicht kontrollieren. Deshalb muss ich auch dabei sein. Wenn das Gespräch in die falsche Richtung geht, greife ich ein und drücke bei ihm auf einen Knopf, den Sie nicht finden. Einverstanden?" Die beiden Kommissare stimmten zu. „Dürfen wir die Liste der Patienten, die vom Pförtner geführt werden, dann gleich mitnehmen und auswerten?", wollte Rainer Huser wissen. „Nein. Das geht aus datenschutzrechtlichen Gründen nicht so ohne weiteres. Auf der Liste sind etliche Patienten und auch einige Besucher erfasst. Aber Sie dürfen mir da gerne vertrauen. Ich habe die Zeiten von Franz erheben lassen. Wir haben da nichts zu verbergen und ich bin mir sicher, dass sich das schnell auflösen lässt. Der Franz ist eigentlich harmlos. Er hat seine Tics, das heißt er hat ständig nervöse Zuckungen und er schreit unkontrolliert. Er hat auch andere Psychosen, die aus seiner Kindheit herrühren. Aber auch da kann ich Sie beruhigen. Franz ist manchmal ein wenig zu vertrauensselig, aber harmlos. Und gehen Sie nicht davon aus, dass Sie einen Menschen kennenlernen, der, wie man landläufig immer so pauschal und zu Unrecht sagt, verrückt ist. Franz ist krank. Aber er kann sich auch gewählt und sehr präzise ausdrücken."

Konstanzer Hafen – einen Tag zuvor

Lacrima tat, was Madeleine ihr aufgetragen hatte. Vom Sea Life zum Konstanzer Yachthaften waren es nur ein paar Schritte. Lacrima verhielt sich sehr vorsichtig und spähte erst einmal die Lage aus. Auf den Booten und auch drumherum war nicht sehr viel Betrieb. Der Zugang zu den Stegen war mit einer kleinen Tür versehen. Das ließe sich überwinden. Aber Lacrima wollte ja mit ihrem Kind so wenig wie möglich auffallen. Sie verharrte noch eine Weile an einem unauffälligen Platz in der Hafenstraße, von wo aus sie das Treiben im Hafen gut beobachten konnte. Als sie sich sicher fühlte, ging sie zu einem der Stege und versteckte sich auf einem der dort liegenden Segelschiffe. Das Segelschiff, das Lacrima sich ausgesucht hatte, war nicht zu pompös, verfügte aber in der Kajüte über zwei Schlafplätze und eine kleine Kombüse. Lacrima fand auch etwas Vorrat und Wasser. Sie fühlte sich schlecht, weil sie eingebrochen war und sie wusste natürlich auch nicht, wann die Eigner des Schiffs wiederkamen oder ob Nachbarn auf sie aufmerksam werden würden. Aber was waren ihre Alternativen? Sie musste sich verstecken, bis Madeleine ihr weiterhelfen konnte. Wenn man sie erwischte, dann würde sich die Polizei um sie kümmern und damit wollte sie noch warten. Also was hatte sie für eine Wahl? Und schließlich kämpfte sie um ihr Kind und ihr eigenes Leben. Das war für Lacrima Entschuldigung genug. Und sie würde auch schnell wieder verschwinden. Emanuele hatte ja gesagt, sie würde ihr helfen. Also verhielt sich Lacrima so ruhig, wie sie nur konnte. Adrian schlief. Er war durch die Misshandlungen der letzten Monate und dem ständigen Hunger zu schwach. Das Boot schaukelte ein wenig und die Atmosphäre im Innenraum war für Lacrima heimelig und sehr angenehm. Nachdem sie ihren Adrian versorgt hatte, legte sie sich auch ein wenig hin und schlief rasch ein. Laute Stimmen weckten Lacrima, die gut und fest ein paar Stunden geschlafen hatte. Die Angst entdeckt zu werden, fuhr ihr sofort in die Glieder. Die Stimmen, die sie vernahm, kamen vom Nachbarboot. Gott sei Dank! Offensichtlich waren dessen Eigner gekommen. Lacrima wachte mit Argusaugen über ihren Adrian. Sollte er aufwachen, wollte sie bereit sein, damit er nicht anfing zu schreien und die Nachbarn aufmerksam wurden, was drüben im anderen Boot passierte. Aber Adrian schlief weiter. Nach einer halben Stunde war der Spuk vorbei. Das Boot war weg. Aber es würde sicher wiederkommen. Das bedeutete, die Idee sich hier länger einzunisten war nicht so gut. Lacrima sollte eine andere Lösung finden.

Sorin – am Tag zuvor in Zürich

Sorin hatte den Auftrag seines Bosses ausgeführt und hatte als erstes den Barkeeper im Lago nach der Nummer von seiner Prostituierten gefragt. Der schüttelte ungläubig den Kopf und meinte: „Sag mal, das ist doch deine Nutte und du fragst mich nach ihrer Nummer? Hast du sie noch alle?" Sorin war plötzlich ganz kleinlaut und es wurde ihm bewusst, dass er wie ein Idiot dastand. Er hätte sich tatsächlich etwas mehr um Lacrima kümmern können, aber er wollte sie ja sowieso loswerden. Und was ging das den Barkeeper an? „Halt die Schnauze! Hast du sie nun oder hast du sie nicht?" Der Barkeeper lachte und antwortete: „Sie hat mir mal eine Nummer für den Notfall gegeben. Ich muss mal schauen, ob ich die noch irgendwo habe." Der Barkeeper signalisierte mit seiner rechten Hand, dass er Geld sehen wolle. Sorin hatte verstanden. Er nahm ein Geldbündel aus seiner Tasche und zählte 100 Franken ab. „Nun sei mal nicht so geizig! Wenn ich dir die Nummer gebe, will ich 500 Franken auf dem Tisch sehen!" Sorin zuckte. „Meinst du nicht, dass du ein wenig übertreibst? Ich will doch nur eine Telefonnummer!" „Wenn dir das nichts wert ist, dann ruf doch die Auskunft an. Vielleicht können die dir weiterhelfen. Wenn ich das Ganze hier richtig einschätze, ist dir deine Nutte davongelaufen und du willst sie wieder einfangen. Also lass die Kohle rüberwachsen, sonst kriegst du nichts!", antwortete der Barkeeper recht entspannt. Sorin zahlte und nahm einen kleinen Zettel mit, auf dem die Nummer von Lacrima stand. Eigentlich bräuchte er sie jetzt nur noch anzurufen. Dann würde sie ihm ja vielleicht sagen, wo sie steckte. Aber der Boss hatte klare Anweisungen gegeben. Also schickte er die Nummer per SMS an seinen Boss. Der meldete sich kurze Zeit später, ebenfalls über SMS. Konstanz, Yachthafen. Telefon aktiv. Nicht anrufen. Sorin überlegte. Meinte er jetzt, dass er den Boss nicht anrufen sollte oder die Nutte? Egal. Er wechselte noch schnell die Kleider, packte Wechselwäsche in einen kleinen Rucksack und löste für sich ein Billett nach Konstanz.

Der Patient

Der Arzt hatte nach dem Besuch der Polizei seine Assistentin gebeten, den Franz Willer zu holen und ins Therapiezimmer zu bringen. Er wollte den Patienten auf die Vernehmung der Polizei vorbereiten. „Franz, guten Tag. Komm ruhig herein. Wir müssen was miteinander besprechen." Franz Willer war etwas widerwillig der Assistentin gefolgt und gespannt, was ihn erwartete. Er wusste, dass er heute keine Therapiestunde hatte und dass er dann doch kommen musste, war unüblich. Der Arzt fuhr fort: „Die Kriminalpolizei war heute im Haus. Die wollen dich ein paar Sachen fragen. Ist das für dich ok?" Franz überlegte. „Herr Doktor, ich kann gerne mit der Polizei sprechen. Aber um was geht es denn?" „Das sagt dir die Polizei dann genauer. Aber es geht um den Mord an einer Frau und einem Kind. Viel mehr weiß ich nicht, Doch ich werde bei dem Gespräch mit dabei sein. Ich will dich auf den

Termin nur vorbereiten", antwortete der Arzt. „Das können die Polizisten gerne machen. Wahrscheinlich kommen die wegen dem Schreien zu mir. So wie immer halt", entgegnete der Franz. „Wahrscheinlich. Ich weiß, du hast nichts getan. Also brauchst du dir auch keine Sorgen machen!" Der Arzt wollte Franz gerade wieder entlassen, als dieser noch bemerkte: „Also eine Frau und ein Kind habe ich getroffen. Unten am Hafen und bei den Booten. Ich bin auch Boot gefahren. Das war sehr schön und das war auch eine sehr schöne Frau. Das Kind war hässlich. Das hat mir gar nicht gefallen. Aber dann habe ich einen Anfall bekommen und bin weggegangen. Die Frau habe ich nicht mehr gesehen. Aber ich würde sie gerne noch mal treffen. Und ich würde liebend gerne mit der Frau wieder Boot fahren. Zur Not auch mit dem Kind."

Konstanzer Yachthafen – am Tag zuvor

Lacrima wurde es etwas unwohl in ihrer Haut. Sie befand sich in einem fremden Boot, das sehr angenehm war, aber es gehörte ihr nicht. Sie war eingebrochen und sie wusste, man würde sie hier über kurz oder lang entdecken. Aber so ein Boot war schön. Wenn sie nur auch so eines hätte. Dann könnte sie mit Adrian wegsegeln und niemand würde sie mehr finden. Emanuele hatte sich auch nicht mehr gemeldet. Es war Freitagnachmittag und es ging langsam auf den Abend zu. Lacrima musste damit rechnen, dass der Eigner auftauchen könnte und wenn nicht, dann würden auf jeden Fall andere Schiffsbesitzer an dem Steg ihre Boote nutzen. Schließlich kam das Wochenende und die Menschen hatten Zeit. Lacrima fütterte nochmal ihr Kind, wickelte den Adrian frisch und räumte im Boot wieder alles auf. Die einzige Spur, die sie hinterließ und darauf hinwies, dass etwas nicht stimmte, war das aufgebrochene Schloss. Lacrima und Adrian schafften es unbemerkt vom Boot und vom Steg zu kommen. Doch wo sollten die beiden jetzt hin? Ein wenig Proviant hatten sie noch. Aber wenn es

Nacht wurde, dann mussten sie irgendwo schlafen. Und das war jetzt ein Problem. „Warum meldet sich die Emanuele nicht?“, dachte Lacrima bei sich, verwarf den Gedanken aber gleich wieder. Sie wollte schließlich nicht undankbar sein und Emanuele, alias Madeleine, nicht in weitere Schwierigkeiten bringen. Lacrima schlenderte mit ihrem Kind im Arm an der Hafenstraße entlang in Richtung des Konzils. Rechts von ihr drehte sich langsam die Imperia im Kreis und vor ihr baute sich ein riesiges altes Gebäude auf, das Konzil. „Kennen Sie das Gebäude und waren Sie schon einmal hier?“ Lacrima hatte gar nicht bemerkt, dass ein Mann sich ihr angenähert hatte und jetzt neben ihr stand. „Wollen Sie etwas von mir oder warum sprechen Sie mich an?“, fragte Lacrima rasch nach. „Nein. Aber Sie machen den Eindruck, als würden Sie zum ersten Mal hier in Konstanz sein oder täusche ich mich da?“, hakte der Fremde nach. Lacrima schaute sich den Typen etwas genauer an. Sie hatte im Laufe ihres Lebens als Prostituierte viele Männer und vor allem auch viele Männer mit abartigen Wünschen kennengelernt. Der, der da jetzt vor ihr stand, machte einen völlig harmlosen Eindruck. Also ging sie auf die Konversation ein. „Wir können uns auch setzen. Da drüben ist eine Bank und da ist noch Platz“, bemerkte der Unbekannte. Auch darauf ließ sich Lacrima ein. Irgendwo im Hinterkopf entstand ein Szenario. Vielleicht konnte sie bei dem Unbekannten übernachten oder vielleicht wäre das doch zu gefährlich. Aber möglicherweise konnte er ihnen irgendwie helfen. Die beiden plauderten eine Weile. Adrian verhielt sich völlig ruhig. Lacrima ließ immer wieder ihren Blick schweifen und entdeckte nach einer Weile den Gondele-Hafen und wurde neugierig. Geld hatte sie. Zwar nur Schweizer Franken, aber das müsste in Konstanz ja auch gehen. „Das wäre schön, so ein Boot zu fahren“, fuhr es aus Lacrima heraus. „Das stimmt. Das würde sicher Spaß machen. Kann man bestimmt mieten“, antwortete der Unbekannte, der sich Lacrima aber zwischenzeitlich als Franz vorgestellt hatte. Das Gesicht von Franz zuckte immer wieder und auch seinen Körper schien er nicht ganz unter Kontrolle zu haben. Lacrima fiel das auf. Sie dachte sich aber nichts dabei. Lacrima beschäftigte sich weiter mit dem, was sie im Gondele-Hafen sah. Sie entdeckte sogar ein Boot mit einem kleinen Motor dran und hatte eine Idee. Es war warm und insofern würde eine Bootstour ja nicht schaden. Außerdem konnte sie vielleicht auch die Gegend ein wenig erkunden. Wer weiß, was sie für ihre Flucht noch alles wissen musste. Adrian ließ sie für den kurzen Moment bei Franz und ging die wenigen Schritte zum Bootsverleih. „Darf ich bei Ihnen ein Boot mieten und was kostet das, wenn ich es bis morgen miete?“, fragte Lacrima für ihre Verhältnisse recht burschikos. „Das geht nicht! Wir vermieten stundenweise. Gerne auch für mehrere Stunden. Aber über Nacht, das machen wir nicht“, antwortete der Bootsverleiher der Kundin. „Gut, dann miete ich das mit dem kleinen Motor für eine Stunde. Braucht man dafür einen Führerschein? Und was kostet das? Kann ich auch in Schweizer Franken bezahlen?“, fragte Lacrima nach. Das Geschäft war rasch abgeschlossen. Das Boot hatte nur einen 3-PS-Motor und es brauchte dafür keinen Führerschein. Lacrima winkte Franz zu. Die Fahrt mit dem Boot machte allen Spaß. Adrian schlief rasch wieder ein und für Lacrima stellte sich die Situation ein wenig wie ein normales Leben dar. Franz kannte sich hier offensichtlich aus. Er erklärte Lacrima, dass sie in der Konstanzer Bucht unterwegs seien, weiter vorne nach dem Hörnle ging es in den Überlinger See und einem schönen Wald, in dem er auch öfters schon spazieren gegangen sei. Lacrima hatte längst bemerkt, dass Franz anders war, als die Männer mit denen sie es bisher zu tun gehabt hatte. Wahrscheinlich war er sogar ein wenig behindert. Lacrima bemerkte, dass er immer wieder Zuckungen und Tics hatte, aber das störte sie nicht. Vielmehr hegte sie immer noch die Hoffnung, dass er einen Ausweg für sie und das Kind bieten könnte. Aber als sie auf Höhe des Thermalbads waren, meinte Franz zuckend, dass er jetzt hier aussteigen wolle, was Lacrima dann doch seltsam fand. Doch sie tat wie ihr geheißen. Schließlich hatte sie die letzten zwei Jahre ausschließlich damit verbracht zu funktionieren und das zu tun, was man ihr sagte. Es gab dort einen Steg. Den steuerte sie an und kurz danach war Franz wieder verschwunden. Franz musste schreien, aber das wusste Lacrima natürlich nicht. Männer kamen und gingen in ihrem Leben. Doch das war ihr jetzt egal. Sie musste eh wieder zurück und genoss die Fahrt zum Gondele-Hafen und die langsam sinkende Sonne, die ihr entgegenstrahlte. Ihr Problem, wo sie heute Nacht schlafen sollte, hatte sie noch nicht gelöst. Franz half ihr auf jeden Fall nicht dabei. Lacrima war aber irgendwie zuversichtlich. Sie würde das schon hinbekommen. Die Atmosphäre in dieser Stadt und der schöne See gaben ihr auf eine gewisse Weise Mut. Im Gondele-Hafen angekommen gab sie das Boot ab und ging mit ihrem Kind noch in die Stadt. Sie erweiterte ihren Vorrat an Proviant, versorgte sich mit Essen und Trinken für ein, zwei Tage und kaufte für Adrian noch eine weitere, warme Decke. Als sie am Konzil vorbeilief, entdeckte Lacrima einen leeren Buggy davorstehen. So etwas brauchte sie auch. Sie konnte Adrian ja nicht ewig auf dem Arm herumtragen.

Das Ermittlerteam
Kerstin Elser und Hans Widenhold

Kerstin Elser, Hans Widenhold und der Schweizer Kollege hatten die Bar verlassen. Mehr war da nicht mehr zu ernten und sie konnten den Chef vom Lago nicht noch mehr unter Druck setzen. Sie hatten nichts gegen ihn in der Hand. „Wollt ihr noch mit hereinkommen oder wollt ihr nach Deutschland zurück?“, fragte Urs Müller seine deutschen Kollegen. Er hatte eigentlich genug von dem Einsatz und hoffte, dass die beiden mit dem Ergebnis zufrieden waren, so dass er sich wieder um seine eigene Arbeit kümmern konnte. Kerstin hatte auf der Fahrt in die Zeughausstraße geschwiegen und überlegte, ob es nicht doch noch eine Chance gab, etwas mehr in Zürich über Lacrima, Emanuele, alias Madeleine, und das Kind zu erfahren. Schließlich hatte der aalglatte Chef vom Lago doch noch gesagt, dass der Steuerbeamte Lacrima retten wollte. Vielleicht gab es da noch einen Ansatz. „Urs, wäre es dir möglich, dass wir nochmal auf den Steuerbeamten Beat Meier zugehen?", erkundigte sich Kerstin bei ihrem Schweizer Kollegen vorsichtig. „Was versprichst du dir davon?", gab der Leutnant wenig erfreut zurück. „Nun, der Chef vom Lago hat uns doch zum Schluss in der Bar noch so dreckig grinsend gesagt, dass der Steuerbeamte die Prostituierte retten wollte. Ich bin mir sicher, der hat uns nicht die Wahrheit über sein Verhältnis zu Lacrima gesagt und wenn meine Vermutung stimmt und er kooperiert, dann finden wir vielleicht noch etwas heraus." Urs Müller wirkte nicht sehr überzeugt, wollte nun aber auch seine deutsche Kollegin und den Kollegen nicht im Stich lassen und nickte Kerstin zu. „Also, wenn du einverstanden bist, dann rufe ich den Beat Meier an und informiere ihn, dass wir ihn nochmal wegen der Sache im Lago sprechen wollen. Wenn er nicht darauf eingeht, sage ich ihm, dass wir zu ihm auf die Dienststelle kommen. So wie ich den einschätze, spurt er dann", bot Urs Müller Kerstin an. „Gerne. Hans und ich würden noch eine Kleinigkeit essen und vielleicht noch einen Kaffee trinken. Kannst du versuchen, den Herrn Meier noch für heute einzubestellen? Sonst müssen wir nochmal extra herfahren." Urs zögerte. Das war zwar etwas kurzfristig, aber die Umstände verstand er natürlich auch. „Versprechen kann ich es nicht. Aber ich versuche es." Kerstin Elser und Hans Widenhold verabschiedeten sich und gingen hinunter zu einem Nebenarm der Limmat, überquerten die Sihl und landeten mit ihren Sandwiches, die sie beim Migros unterwegs eingekauft hatten, im Botanischen Garten. Kerstin tauschte sich mit Hans intensiv darüber aus, was sie bisher erfahren hatten und dass sie glaubte, dass der Zeuge, aber insbesondere auch Madeleine, der Polizei einiges vorenthalten hatte. „Du bist da ziemlich engagiert in diesem Fall, Kerstin.

Pass auf, dass es dir nicht zu viel wird! Ich sehe doch, dass es dich mitnimmt." Hans hatte bislang in diesem Fall noch keine so große Rolle gespielt und machte sich wirklich ein paar Sorgen wegen Kerstin. „Keine Bange! Ich finde es ganz schön spannend, auch mal hier in Zürich zu ermitteln. Ich krieg das schon hin! Schön wäre es, wenn wir den oder die Täter finden", resümierte Kerstin und biss nochmal kräftig in ihr Sandwich, als das Telefon klingelte. „Also er war wenig ‚amused', dass die deutsche Polizei ihn nochmal sprechen möchte. Aber ich konnte ihn überzeugen. Er wäre um 15.00 Uhr auf der Dienststelle. Wäre das guat?", fragte Urs Müller bei seiner Kollegin nach. „Das ist perfekt Urs! Vielen Dank! Und wir hoffen, dass wir dir nicht zu viele Umstände bereiten", fügte Kerstin noch hinzu, die durchaus bemerkt hatte, dass es dem Schweizer Kollegen langsam zu viel wurde. „Alles guat. Bis gli."

Das Ermittlerteam
Rainer Huser und Rudi Paschke

Rainer Huser und Rudi Paschke hatten sich mit ihrem Ermittlungsgruppenleiter Arno Angele abgesprochen und wollten der Sache mit dem Patienten aus dem ZfP nachgehen. Rainer hatte sich mit dem Facharzt von Franz Willer kurzgeschlossen und für den Nachmittag einen Termin vereinbart. Der Facharzt hatte die beiden Ermittler gebeten, dass nach Möglichkeit einer von ihnen federführend die Fragen an den Franz stellen sollte. Er wollte einfach sicher gehen, dass Franz sich von der Polizei nicht in die Ecke gedrängt fühlte. Damit waren die beiden Ermittler einverstanden und sie hatten sich vor dem Termin darauf geeinigt, dass Rainer Huser die Vernehmung durchführen würde. Der Facharzt empfing die beiden freundlich. Er hatte für die Vernehmung das gleiche Zimmer angeboten, in dem er sonst den Franz auch behandelte. „Guten Tag, die Herren Kommissare. Wir sind hier im Therapiezimmer. Das ist einerseits für die künftige Behandlung von Franz nicht sehr günstig, falls jetzt mächtig etwas schiefgehen sollte, bietet aber Ihnen die Möglichkeit den Franz in einer gewohnten Umgebung zu befragen. Aber bitte sind Sie in Ihrer Vorgehensweise empathisch! Ich bin mir sicher, dass der Franz nichts getan hat, informiere Sie aber gerne schon jetzt, dass er mir mitgeteilt hat, dass er mit einer Frau und einem Kind Boot gefahren sei. Also getroffen hat er die Opfer vielleicht. Doch bitte gehen Sie behutsam vor, sonst verlieren Sie ihn relativ schnell! Und wenn er zumacht, dann bekommen Sie von ihm gar nichts mehr heraus." Das war jetzt ein Ding. Rainer schaute seinen Kollegen Rudi an und hakte bei dem Arzt nach: „Also der Franz hat schon gesagt, dass er mit einer Frau und einem Kind Boot gefahren ist, habe ich das jetzt richtig verstanden?" „Ja, das haben Sie so richtig verstanden. Ich weiß auch, Sie müssen jetzt Ihren Job machen, aber gehen Sie mit dem Franz so behutsam es eben aus Ihrer Sicht geht um!" Der Arzt veranlasste, dass der Franz nun geholt wurde und kurze Zeit später saßen Franz Willer, die beiden Kommissare und der Arzt von Franz an einem Tisch. Rainer Huser hatte sich insoweit vorbereitet, dass er jetzt nicht fürs Protokoll die eingangs üblichen Fragen stellte, wie Personalien und Wohnort, sondern er überließ den Anfang dem Arzt: „Guten Tag, Franz. Hier sind die Herren von der Polizei. Ich habe dir ja heute Morgen gesagt, dass die Herren ein paar Fragen an dich haben. Ist das für dich in Ordnung?" Franz nickte und zuckte gleichzeitig. Nun war Rainer Huser dran. „Also Herr Willer, wir untersuchen den Mord an zwei Menschen. Einer Frau und einem Kind. Die beiden wurden in einem Boot gefunden und nun wollen wir von Ihnen gerne wissen, ob Sie die beiden irgendwo in Konstanz getroffen haben." Franz schaute den Polizisten an und wirkte sichtlich ein wenig aufgeregt. Rainer und Rudi konnten nicht zuordnen, ob die Aufregung etwas mit dem Fall zu tun hatte oder ob der Mann einfach nur aufgeregt war, weil die Polizei mit ihm sprechen wollte. Deshalb fasste Rainer Huser nach: „Haben Sie schon einmal Kontakt mit der Polizei gehabt und darin Erfahrung?“ Franz schaute vor sich hin und sah dann zu seinem Arzt. „Franz, du kannst ruhig sprechen. Wir hören dir hier alle gerne zu.“ Franz nickte und dann stotterte er die ersten Worte heraus: „Also, ich habe Erfahrung mit der Polizei. Aber mit denen in Uniform. Die haben mich schon ein paarmal nach Hause gebracht. Immer dann, wenn ich auf den See hinausgeschrien habe, und dann haben die halt mit mir geschimpft. Aber es waren auch sehr freundliche Polizisten dabei. Also manchmal sind sie sauer, aber nicht immer.“ Rainer nickte Hans zu und wartete, ob er noch von sich aus etwas sagen wollte. „Also, – das habe ich dem Arzt schon gesagt – ich bin mit einer sehr schönen Frau und einem hässlichen Kind Boot gefahren. Und das war sehr schön! Also das Boot fahren. Aber dann bin ich gegangen und hab die auch nicht mehr wiedergesehen. Aber das war eine schöne Frau!“, sagte Franz, dessen Tics sich während der Befragung scheinbar steigerten. Rainer Huser nahm den Faden vorsichtig auf und fragte nach: „Wo haben Sie denn die beiden getroffen und können Sie mir sagen, warum das Kind für Sie hässlich war?“ „Also das Kind war deshalb hässlich, weil ich darauf aufpassen musste, als die Frau das Boot bezahlt hat und ich das Kind dann besser sehen konnte.“ Franz stockte und Rainer Huser legte nach: „War das Kind hässlich, weil Sie darauf aufpassen mussten oder haben Sie etwas gesehen, was anders war als bei Kindern, die sie sonst schon gesehen haben?“ „Also ja, es war anders. Ich habe gesehen, dass das Baby einerseits klein war und andererseits das Gesicht älter wirkte, und es hatte üble Flecken am Hals! Aber es war ganz ruhig und hat nicht geschrien.“ Man spürte, dass Franz die Befragung anstrengte. Seine Tics nahmen zu und die Ermittler waren sich nicht sicher, wie sie das einzuordnen hatten. Hatte Franz Willer tatsächlich die beiden Opfer getroffen und war er wirklich mit ihnen Boot gefahren? Bei dem, wie er das Kind beschrieb, sprach eigentlich alles dafür. Und wenn ja, dann war er auf jeden Fall als Verdächtiger nicht raus. Rainer Huser ließ nicht locker: „Können Sie etwas dazu sagen, wie die beiden angezogen waren und ist Ihnen sonst noch was Besonderes an der Frau oder dem Kind aufgefallen?" „Die Frau, also Lacrima, war schön. Sie war nett. Das Kind war nicht schön. Dem wurde wehgetan", antwortete Franz Willer den Polizisten. Es war nun deutlich zu spüren, dass dem Patienten die Fragerei zusetzte und er irgendwie langsam panisch erschien. Huser wollte gerade nachfragen, was Franz Willer denn damit meinte, dass dem Kind wehgetan wurde und vor allem hatte er gerade einen Namen genannt, als der plötzlich unvermittelt aufstand und anfing an die Wand zu schreien. „ARSCHLOCH, DU SECKEL, IHR WICHSER, ARSCHFICKER, DRECKSACK!" Der Arzt winkte den beiden Kollegen ab. Die Vernehmung war vorbei. Der Patient war jetzt wieder in einer Sphäre, in der die beiden ihn nicht mehr erreichen konnten. Der Arzt kümmerte sich um seinen Patienten und bat die beiden Polizisten später oder am besten erst Morgen wieder zu kommen. Er versprach den Franz bis dahin wieder zu beruhigen.

Rainer Huser und Rudi Paschke fuhren zurück auf die Dienststelle. Es war schon spät und vielleicht gab es noch eine Abendbesprechung. „Was meinst du? Hat der was mit den Morden zu tun oder ist das einfach nur ein Kranker?", fragte Rainer seinen Kollegen. „Also ganz ehrlich, bei dem ist mir nicht wohl. Es ist eigentlich klar, er hat die beiden getroffen. Warum der mit den beiden Boot gefahren ist, das hat er noch nicht erklärt, kann es wahrscheinlich auch gar nicht. Aber was ist dann passiert? So wie der herumschreit. Vielleicht ist Teil des Krankheitsbildes auch Gewalt. Also auf die Meinung vom Doc würde ich mich nicht verlassen. Wobei die Zusammenarbeit mit den Ärzten vom ZfP wirklich sehr konstruktiv war. Aber wir beide haben schon so viele Abgründe erlebt, bei denen wir nicht davon ausgegangen sind, dass die Menschen, die uns gegenübersaßen, so schrecklich sein konnten. Also für mich ist der Franz nicht raus. Haben wir eigentlich die Uhrzeiten, zu denen er weg war, überprüft und war er zu den fraglichen

Zeiten unterwegs?“, fiel es Rudi noch ein. Rainer lachte und meinte: „Ja, haben wir überprüft“, und meinte damit, dass er diese Arbeit längst erledigt hatte. „Der Franz war am Freitag unterwegs und vor allem auch am Samstagabend. Er kam wohl so gegen 23.30 Uhr zurück. Also von daher bleibt er durchaus im Fokus.“

Konstanzer Yachthafen – am Tag zuvor

Adrian und Lacrima hatten ihre Runde in Konstanz beendet und so langsam wurde es Zeit sich einen Platz für die Nacht zu suchen. Das war nun für Lacrima nicht ganz so leicht. Geld hatte sie zwar noch. Das würde auch für ein günstiges Hotel reichen. Aber die beiden hatten keine Papiere. „Warum ruft denn Emanuele nicht an?“, ging es Lacrima durch den Kopf. Sie dachte darüber nach, ob sie es noch einmal versuchen sollte, aber Emanuele hatte ihr ausdrücklich gesagt, sie solle sich nicht mehr melden. Also ließ sie es bleiben. Lacrima dachte darüber nach, ob sie sich bei der Polizei melden sollte. Zumindest würde man sie dort nicht auf die Straße setzen. Aber das war genau das, was sie mit Emanuele gern besprochen hätte. Denn wenn sie jetzt noch eine bessere Lösung für Lacrima und Adrian wüsste, dann wäre diese Möglichkeit verspielt. Lacrima wusste von der deutschen Polizei so viel: Man würde ihr helfen. Und sie ging davon aus, dass man ihr erst einmal Asyl gewähren würde. Zumindest glaubte Lacrima das. Irgendwann in diesem Verfahren würde man sie und ihr Kind nach Rumänien abschieben. Aber vielleicht wäre das auch gar nicht das Schlechteste. Lacrima beschloss noch diese Nacht irgendwie zu überbrücken. Bis Morgen wollte sie noch warten und dann hatte sich entweder Emanuele gemeldet oder Lacrima würde zur Polizei gehen. Am Samstag arbeitete die Polizei ja schließlich auch. „Was meinst du Adrian? Gefällt es uns hier?“, sprach Lacrima zärtlich mit ihrem gebeutelten Kind. Adrian schaute seine Mutter an. Er hatte von dem Ganzen noch nicht so viel mitbekommen. Doch war er heute nicht in einen feuchten Keller eingesperrt worden. Seine Kleidung war trocken und es ging ihm im Vergleich zu sonst, seit er auf der Welt war, gut. Adrian streckte seine Finger aus der Decke heraus, fasste seiner Mutter mit den Fingern ins Gesicht und sagte: „Mama, Mama." Lacrima suchte ein Plätzchen, wo die beiden sich ein wenig ausruhen konnten. Sie hoffte immer noch, dass Emanuele sich melden würde und wollte noch ein wenig warten. Aber warten auf was? Im Stadtgarten war das übliche Freitagabendpublikum unterwegs. Touristen, die noch den Tag ein wenig auslaufen ließen und junge Menschen, die mit Gitarre und „Sixpack" bestückt den See und den Ausblick in den Konstanzer Hafen und die Bucht genossen oder einfach nur spazieren gingen. Im hinteren Bereich des Stadtparks war ein Spielplatz. Dort spielten Kinder und wurden in ihrem Treiben von ihren Müttern bewacht. Alles in allem so schön, wie es Lacrima seit langem nicht mehr oder eigentlich noch nie erleben durfte. In ihrer Erinnerung war das Dorf, in dem sie groß geworden war, langweilig gewesen. Das war ja auch der Grund, weshalb Florin so leichtes Spiel gehabt hatte. Aber sie hätte diese Langeweile in den letzten zwei Jahren schon oft so gerne gegen das Leben, das ihr aufgezwungen worden war, eingetauscht. Was wohl ihre Eltern machten? Ob ihr Papa, der schon alt war, als Lacrima weggegangen war, überhaupt noch lebte? Und die Mama? Bestimmt hätten sie Adrian akzeptiert, womöglich hätten sie sich sogar gefreut und vielleicht schaffte sie es auch. Heraus aus diesem kaputten Leben und zurück nach Hause. Lacrima setzte sich mitten im Park auf die Wiese, sie hatte ja eine zusätzliche Decke dabei und breitete diese nun für Adrian und sich aus. Sie schlief ein und wachte erst wieder auf, als es schon dunkel geworden war. Lacrima fröstelte ein wenig. Sie schaute sofort nach Adrian. Der war wach und schaute sie mit zufriedenen Augen an. Lacrima musste jetzt einen Schlafplatz finden. Emanuele hatte sich nach wie vor nicht gemeldet. Die beiden gingen am Ufer entlang, das im Stadtgarten sehr schön mit Steinen eingefasst war, vorbei am

Gondele-Hafen zurück in die Hafenstraße. Viele Möglichkeiten hatten die beiden nun nicht. Als sie den Hafen passiert hatten und an dem Steg vorbeikamen, an dem sie heute Morgen schon untergekommen waren, sah Lacrima, dass die Tür zum Steg nur angelehnt war. Sie schaute verstohlen auf den Steg. Leute, die auf ihren Booten waren, sah sie nicht. Es waren zwar weniger Boote angebunden als heute Vormittag, aber das Segelboot, in das sie eingebrochen war, lag noch im Hafen. Kein Licht darauf. Keine Eigner. Lacrima fasste all ihren Mut zusammen und riskierte es nochmal. Sie ging festen Schrittes den Steg entlang, stieg in das Boot und versteckte sich mit ihrem Adrian im Inneren. So konnte sie ihr Kind auch nochmal versorgen, frisch für die Nacht wickeln und es war beschützt, so wie Lacrima sich das immer für ihren Adrian gewünscht hatte.

Der Zeuge

Kerstin und Hans hatten ihre kleine Zwangspause im alten botanischen Garten genossen. Soweit Kerstin das beurteilen konnte, war der Park schön angelegt und eine kleine Oase inmitten der City. Aber für Entspannung war nicht so richtig Zeit. Kerstin bereitete sich gedanklich auf die Begegnung mit Beat Meier vor. Sie hoffte, dass Urs Müller bei der – wie die Schweizer sagen – Einvernahme etwas zurückhaltender blieb und sein Temperament zügeln konnte, aber sie wollte diese Chance auf jeden Fall nutzen. Hans verhielt sich bei diesem Fall eher ruhig, beantwortete alle Fragen, die Kerstin hatte, und kommentierte ihre Überlegungen freundlich und kollegial. „Hans, du bremst mich heute aus, wenn ich mich bei der Vernehmung verliere oder aufs Nebengleis komme. Ist das für dich ok?“ Hans Widenhold, der spürte, wie leidenschaftlich seine Kollegin diesen Fall verfolgte und sich immer noch sorgte, meinte: „Da mache ich mir keine großen Gedanken, Kerstin. Wenn der Beat Meier etwas weiß, dann bist du diejenige, die das aus ihm herausbekommt. Du machst einen klasse Job! Aber sei nicht enttäuscht, wenn nicht allzu viel rüberkommt. Im Rotlichtgewerbe ist der Vertrauensschutz der Kundschaft nicht ganz unwichtig." „Da hast du recht, Hans. Aber mir tun einfach die Frau und das Kind so leid. Was mussten denn die beiden alles aushalten und dann werden sie einfach nur umgebracht, weil sie jemandem im Weg waren oder nicht mehr funktionierten", meinte Kerstin. „Also komm, jetzt schauen wir mal, ob noch was geht", forderte Hans aufmunternd seine Kollegin auf zu gehen. Die Zeughausstraße hatten sie rasch wieder erreicht. Auf ihren Zeugen Beat Meier mussten sie noch einen Moment warten und Urs Müller schickte eine junge Kollegin, um die Vernehmung zu begleiten. Kerstin betrat das Vernehmungszimmer, in den die Schweizer Kollegen Beat Meier schon platziert hatten und legte vorsichtig los: „Herr Meier, zunächst herzlichen Dank, dass wir nochmal mit Ihnen sprechen können und herzlichen Dank, dass Sie es so kurzfristig einrichten konnten, heute Nachmittag hierher zu kommen!" Beat Meier hatte schwitzende Hände, sein Gesicht war leicht errötet und Kerstin spürte, dass ihr Zeuge erst einmal beruhigt werden musste. „Freiwillig bin ich nicht hier! Das habe ich nun davon. Da hilft man der Polizei und schon sitzt man mitten in der Scheiße!", echauffierte sich Beat Meier. „Ich bin gekommen, weil mich Ihr Kollege unter Druck gesetzt hat. Sie haben mir versprochen, dass das Amt nichts von meinem Besuch in der Langstraße erfährt, und er hat mir genau damit gedroht. Also alles, was recht ist, so geht das hier nicht!" Kerstin überlegte. Sollte sie jetzt besser ihren Schweizer Kollegen verteidigen oder wollte sie den Zeugen wieder herunterbekommen? Sie entschied sich für Zweiteres. „Sie haben vollkommen recht, wenn Sie sich darüber ärgern, aber es wird Ihrem Amt nichts mitgeteilt. Der Kollege hat das bestimmt nicht so gemeint", antwortete die Polizistin. Beat Meier wollte nochmal ausholen, aber Kerstin Elser war mit ihrer Frage schneller. „Herr Meier ich bin mir inzwischen ziemlich sicher, dass sie die beiden besser kannten, als Sie uns bisher sagen wollten. Machen Sie sich deswegen keinen Kopf. Das verstehe ich vollkommen. Aber wir sollten das nochmal miteinander durchgehen. Also seit wann kennen Sie die Lacrima und seit wann wissen Sie, dass Lacrima ein Kind hat?" Beat Meier rutschte unruhig auf seinem Stuhl hin und her und antwortete: „Wie kommen Sie denn darauf? Ich habe Ihnen doch erzählt, dass ich bei der Lacrima war und dass ich sie nachts in der Bar mit dem Kind gesehen habe und deshalb aufs Maul bekam", versuchte Beat Meier das Thema umzulenken. „Das haben Sie mir durchaus erzählt und das war mutig von Ihnen. Aber es gibt einen Zeugen und jetzt schlage ich vor, dass Sie mir die ganze Geschichte erzählen. Lacrima und ihr Kind sind tot und ich finde, die, die das getan haben, müssten wir zur Verantwortung ziehen und dabei könnten Sie mir helfen." Beat Meier rutsche weiter auf seinem Stuhl hin und her. Die Vernehmungssituation war ihm sichtlich unangenehm. „Möchten Sie Wasser oder etwas anderes? Sollen wir unterbrechen oder geht es Ihnen gut?" Kerstin wartete auf seine Antwort. Beat Meier ließ sich noch etwas Zeit. Man konnte fast hören, wie sein Gehirn arbeitete. „Also gut. Ich erzähle Ihnen, was ich weiß. Aber dann müssen Sie mir versprechen, dass Sie mich danach in Ruhe lassen." Kerstin nickte und Beat Meier fing an zu erzählen. Er wusste nicht viel, aber das, was er wusste, konnte zur Aufklärung des Falles wichtig werden. Beat Meier hatte Lacrima im Lago vor mehreren Monaten kennengelernt und bald mitbekommen, dass sie ein zweijähriges Kind hatte. Er war öfters bei ihr, bezahlte ganz normal, wie jeder andere Kunde auch, hatte sich aber mehr für sie interessiert und sich im Laufe der Zeit in Lacrima verliebt. Sie war sehr jung, hatte eine für Beat sehr angenehme Art und seine sexuellen Bedürfnisse waren bei ihr auch Bestens aufgehoben. „Sie war für mich, wie so ein Rundumwohlfühlpaket. Also ich meine damit nicht, dass ich sie als Sache sah. Nicht dass Sie das falsch verstehen. Aber sehen Sie mich doch an. Ich bin nicht besonders groß und auch nicht sonderlich attraktiv und dann so eine Frau. Natürlich habe ich für Liebe bezahlt, aber ich hoffte, dass sich das ändern könnte. Und an einem bestimmten Punkt unserer Beziehung wollte ich Lacrima für mich haben. Ich war eifersüchtig auf die anderen Freier und ich wollte einfach, dass sie nicht mehr auf den Strich gehen musste! Sie wollte wissen, ob ich ihr Kind, den Adrian, auch akzeptieren würde, wozu ich ‚ja' sagte. Und dann versuchte sie zum ersten Mal zu gehen. Wir hatten das miteinander besprochen, aber sie kam bei mir gar nicht an, sondern wurde von ihrem Zuhälter erwischt und wieder zurück in den Puff geschleppt und geschlagen!", kam Beat Meier ins Reden. „Und dann wurde ich unter Druck gesetzt. Da kamen Anrufe ins Steueramt, zu mir nach Hause und aufs Handy und man warnte mich. Ich sollte das Mädchen in Ruhe lassen." Kerstin Elser hörte aufmerksam zu und als ihr Zeuge eine Pause machte, fragte sie nach: „Ja und haben Sie sie dann in Ruhe gelassen?" „Das habe ich und ich bin darauf auch nicht sehr stolz. Ich habe noch mitbekommen, dass man sie quasi zu einem anderen Zuhälter versetzt hatte. Der war wahrscheinlich brutaler als der andere und ich selber hatte Angst. Die hatten mir gedroht, dass sie dafür sorgen, dass alle im Amt davon erfahren, dass ich ein Hurenbock bin und eine Hure heiraten wollte und sie drohten mir, wenn ich nicht mache, was sie sagen, dass ich nicht nur meinen Ruf, sondern auch mein Leben verlieren könnte. Das war mir einfach zu viel!" Beat Meier wirkte nicht mehr so verspannt, wie zu Beginn der Vernehmung. Kerstin Elser fragte weitere Details ab. Was sie in Erfahrung bringen konnte, bezog sich mehr auf Lacrima und Adrian. Beat Meier wusste von Lacrima, dass sie aus Rumänien stammte, irgendwo aus der Dobrudscha. Dort war sie in einem kleinen alten Dorf aufgewachsen. Ein Loverboy hatte sie mit der üblichen Masche auf diese Schiene gesetzt und den Menschenhändlern ausgeliefert. Am Anfang kam sie wohl nach Prag und nachdem Adrian auf der Welt war, wurde sie weiterverkauft, immer wieder. Bis sie irgendwann in Zürich landete. Was die Hintermänner anbelangte, konnte Beat Meier gar nichts beitragen. Auch die Namen der beiden Zuhälter kannte er nicht. „Über die Zuhälter hat sie nie gesprochen. Selbst wenn ich nachfragte, bekam ich von ihr dazu keine Auskunft." Auch als Kerstin den Einfluss von dem Chef vom Lago nochmal hinterfragte, kam von Beat Meier nichts rüber. Entweder hatte er Angst oder er wusste darüber tatsächlich nichts. Kerstin glaubte aber, dass ihr Zeuge Angst hatte, und das konnte sie auch verstehen. Er wusste sicher noch mehr und hätte der Ermittlerin noch Handhabe für das Lago in der Langstraße liefern können. Aber es war, nach dem, was sie nun von Beat Meier erfahren hatte, offensichtlich, dass Lacrima rumänischen Menschenhändlern zum Opfer gefallen war und es war klar, dass die rumänische Mafia ihre Finger ganz dick im Spiel hatte. Und davor durfte man definitiv Angst haben.

Kriminalkommissariat Konstanz – Montagabend

Arno Angele hatte seine Ermittler angerufen und ihnen gesagt, dass sie sich nach Hause verabschieden können. Er wollte morgen um 09.00 Uhr eine Besprechung durchführen, um alle wieder auf Ballhöhe zu bringen. Rainer und Rudi waren schon auf dem Kommissariat eingetroffen und hatten Arno über den Inhalt der Vernehmung des ZfP-Patienten informiert und auch darüber, dass sie abbrechen mussten. Kerstin und Hans hatte Arno auf der Rückfahrt von Zürich erwischt. Kerstin war froh, dass sie jetzt am Abend nicht noch nach Konstanz fahren mussten. Arno Angele und Karl Grimm setzten sich noch im Büro vom Chef zusammen und diskutierten über das, was sie von ihren Ermittlern erfahren hatten. Alex Preuß hatte sich auch noch dazugesellt und so deklinierten die drei den Fall rauf und runter. „Also, wenn wir die ganzen Ergebnisse bisher zusammenfassen, dann sieht das für mich so aus: Das Opfer wurde vor zwei Jahren aus Rumänien entführt und der Prostitution zugeführt. Dass ihr erlaubt wurde das Kind zu bekommen und zu behalten, das muss einer, der in der Hierarchie weiter oben angesiedelt ist, genehmigt haben. Ist im Übrigen sehr ungewöhnlich, das mit dem Kind. Als potenzielle Täter sehe ich den Zuhälter, den Steuerbeamten aus Zürich, den ZfP-Patienten, aber durchaus auch noch jemanden, den wir noch nicht auf dem Schirm haben. Dass die rumänische Mafia mit an Bord ist, ist für mich eindeutig. Inwieweit die aber für die Ermordung verantwortlich sind oder ob sie gar dazu den Auftrag erteilt haben, darüber wissen wir nichts. Und darüber etwas zu erfahren, wird nicht einfach sein. Unwahrscheinlicher ist, dass ein ungnädiger Freier diese Tat verübt hat. Für mich sieht es nach abstrafen aus oder es war die Hand eines Verrückten, weil die Leichen am Teufelstisch abgelegt wurden", meinte Alex Preuß gegenüber seinen beiden Chefs. Karl Grimm war heute eher etwas wortkarger als sonst und Arno Angele sinnierte darüber, was Alex Preuß gerade von sich gegeben hatte und die Informationen, die er von seinen vier Ermittlern bekommen hatte. „Wir werden auf diesem Weg die genauen Daten des Opfers nicht bekommen, es sei denn, wir erwischen den Zuhälter. Aber wir wissen jetzt wenigstens, wo sie herkam. Aus der Dobrudscha in Rumänien. Da werden wir auf jeden Fall über Europol eine Anfrage an die lokalen Behörden starten. Aber das wird dauern." Arno Angele nickte Karl Grimm zu und fragte, ob noch ein Zäpfle genehm wäre. Man könnte ja die weitere Besprechung in die Kripo-Kantine legen. Aber Karl winkte ab. Er wollte heute nach Hause.

Der Zuhälter – einen Tag vor der Tat

Sorin war mit dem nächsten Zug nach Konstanz gereist. Am Zürcher Hauptbahnhof musste er nicht lange warten. Nach Konstanz gab es etliche Verbindungen und gute eineinhalb Stunden später kam er in Konstanz an. Sorin war schon einmal vertretungsweise in Konstanz gewesen und hatte im Auftrag seines Bosses ein paar Mädchen „betreut“. Der Bahnhof, das wusste er, lag direkt am See und er wusste auch, dass der Yachthafen ziemlich in der Nähe war. Eigentlich musste er nur den hinteren Ausgang wählen und schon war er in der Hafenstraße und vor ihm lag der Yachthafen. Sorin hatte vom Boss noch keine näheren Anweisungen bekommen, weshalb er zunächst das Ganze in Ruhe beobachten wollte. Gegessen hatte er auch noch nichts und so traf er die erste Wahl und setzte sich in den Biergarten des Restaurants Hafenhalle. Von dort konnte er unmittelbar auf den Yachthafen schauen und essen konnte er hier auch. Also sollte Lacrima und das Balg hier irgendwo sein, dann müsste er sie bald entdecken. Die Bedienung war inzwischen bei ihm und nahm die Bestellung auf. Sorin gönnte sich nach der langen Fahrt und dem Ärger, den er heute schon wegen der Nutte hatte, eine Schweinshaxe mit Kraut und hausgemachten Semmelknödeln und zum Runterspülen eine Halbe Bier. Kaum hatte er bestellt, signalisierte sein Iphone, dass er eine SMS erhalten hatte. „Gerade nicht am Yachthafen. Arbeite am Standort.“ Sorin nahm die Information zur Kenntnis. Die Bedienung war zurück und servierte die Bestellung. Sorin aß mit großem Appetit und ließ sich das Essen in dem herrlichen Biergarten direkt am See schmecken. Er beobachtete weiter den See und den Yachthafen. Vielleicht war Lacrima doch da oder kam wieder. Nachdem Sorin zwei Stunden im Biergarten verbracht hatte und zwischenzeitlich mehr Bier getrunken hatte, als er vertragen konnte, machte er sich auf und wollte seinen Kontakt aufsuchen. Dort konnte er auch die Nacht verbringen. Den Kontakt sollte er am Fürstenberg treffen und da hatte er noch ein Stück Weg vor sich. Sorin hatte zuerst die Idee, sich ein Taxi zu nehmen. Dazu hätte er nur vor den Bahnhof gehen müssen, zum dortigen Taxistand. Da er das Bier aber ganz schön spürte und nicht wollte, dass der Kontakt das irgendwie verpfeifen würde, entschloss er sich den Weg zum Fürstenberg zu laufen. Nach fast einer Stunde war er angekommen und fühlte sich wieder nüchtern. Lacrima und ihr Kind hatte er um diese eine Stunde verpasst.

Emanuele alias Madeleine – einen Tag vor der Tat

Madeleine drückte das schlechte Gewissen. Sie hatte Lacrima gestern nicht mehr angerufen. Sie hatte gestern mehrere Kunden und schob das Telefonat vor sich her. Ihr war natürlich schon klar, dass Lacrima und Adrian nicht ohne Hilfe irgendwo unterkommen konnten und sie wusste auch, dass Lacrima, im Gegensatz zu ihr, über keinerlei Papiere verfügte. Madeleine hatte aber Angst. Sie war dem Druck aus Zürich ausgewichen und hatte für sich eine neue Bleibe gesucht. Sie wollte ihre Restschulden voll abarbeiten und dann wieder eine neue Existenz gründen. Und natürlich hatte Madeleine Mitleid. Aber wenn sie den beiden half und ihr rumänischer Zuhälter das herausbekommen sollte, dann war sie selbst in Gefahr. Bisher hatte es Madeleine mit viel Mühe und sicher auch etwas Glück geschafft, ohne Zuhälter zu arbeiten. Und gerade deshalb war sie aus Zürich verschwunden, weil der Rumäne ihr mächtig zugesetzt hatte. Und wenn man sie aber erwischen sollte, wie sie Lacrima und Adrian half, dann wäre ihre Selbstständigkeit vorbei. Mit viel Glück würde man sie am Leben lassen. Sie wusste aber auch, dass die rumänische Mafia solche Angelegenheiten sehr konsequent regelte. Ihre Gedanken gingen an diesem Morgen hin und her. Sie hatte Lacrima und dem Kind geholfen aus der Hölle herauszukommen. Schon der Kartenkauf für die Zugfahrt war nicht ganz ungefährlich für Madeleine gewesen. Aber wenn sie jetzt weitermachte und man sie sogar mit Adrian und Lacrima sehen sollte, dann war es für Madeleine vorbei. Die sonst so selbstsichere und selbstbewusste Madeleine war durch den Wind. Die beiden waren jetzt so nah bei ihr, aber sie traute sich einfach nicht, ihnen eine weitere Hilfestellung zu geben. Sie mochte Lacrima und sie hatten auch eine gute Zeit zusammen in Zürich gehabt. Ja, Lacrima war schon auch ihre Freundin geworden, aber die Angst überwog. „Nein, Lacrima. Das kann ich nicht für dich tun. Du musst jetzt sehen, wie du und dein Kind selbst klarkommen. Es tut mir leid. Aber ich wünsche euch beiden dennoch viel Glück", murmelte Madeleine vor sich hin und schaltete ihr Schweizer Handy aus. Nachdem das erledigt war, fragte sich Madeleine, warum sie das Handy überhaupt behalten hatte.

Konstanzer Yachthafen – am Tattag

Lacrima und Adrian hatten eine gute Nacht hinter sich. Sie waren sofort, nachdem sie auf das Boot zurückgekehrt waren, in der Kajüte verschwunden und hatten sich schlafen gelegt. Das Schaukeln und die entspannte Atmosphäre taten den beiden einfach nur gut. Lacrima arrangierte sich irgendwie mit der neuen Situation und hatte auch ihre Angst verdrängt. Schlimmer, als es in den letzten zwei Jahren gewesen war, konnte es nicht kommen und wenn die Polizei sie erwischte, war sie genauso weit, wie wenn sie selbst zur Polizei gegangen wäre. Den Einbruch auf dem Schiff konnte sie erklären und Lacrima wusste, dass die Gesetze in Deutschland nicht so streng waren, wie die der Mafia. Aber trotzdem wollte sie vorsichtig bleiben und das Glück, das sie gerade in ihren Händen hielt, nicht ohne Not verspielen. Die Sonne kündigte sich langsam an. Lacrima weckte Adrian, der seinen Brei mit großem Appetit aß, wickelte ihn nochmal, aß selbst ein wenig, machte sich zurecht und wollte wieder los. Ihr war klar, dass die Eigner irgendwann selbst nach dem Boot schauen würden oder dass die beiden sonst irgendwie entdeckt wurden. Lacrima schlich sich lautlos vom Boot und ging über den Steg in die menschenleere Hafenstraße. Sie hatte in der Kajüte wieder alles aufgeräumt, denn sie wollte den Menschen, die jetzt schon ein kaputtes Schloss reparieren mussten, nicht noch mehr schaden. Die Morgendämmerung hatte schon eingesetzt, aber es war noch zu früh, um auf Menschen zu stoßen. Lacrima hatte die Hoffnung noch nicht ganz aufgegeben, dass Emanuele sich doch noch melden würde. Aber ihr war natürlich auch klar, dass sie Emanuele in Gefahr brachte. Also vielleicht meldete sie sich. Vielleicht aber auch nicht. Lacrima ging mit Adrian in Richtung Stadtgarten. Dort wollte sie an der Uferböschung auf den Sonnenaufgang warten und danach wollte sie schauen, wie es weiter ging. Als die zwei auf dem Weg zum Stadtgarten den Gondele-Hafen passierten, reagierte Adrian und zeigte mit dem Finger zum Gondele-Hafen hinunter, wo die Ruder- und Tretboote sauber aufgereiht am Ufer lagen und an einer Kette hingen. Lacrima schaute auch hinunter und freute sich, dass ihr Kind auf das, was sie gestern erlebt hatten, reagierte. Das Boot mit dem kleinen Motor lag etwas abgesetzt im Wasser und weckte Lacrimas Neugier. Um diese Zeit war im Gondele-Hafen auch noch keine Menschenseele anzutreffen. Lacrima studierte die Situation und stellte fest, dass „ihr" Boot komischerweise nicht mit einer Kette gesichert, sondern mit einem Seil angebunden war. Die Sonne stieg langsam am Horizont auf und berührte die beiden mit ihren Strahlen freundlich im Gesicht. Lacrima legte ihren Adrian auf die Decke, die sie aus Zürich mitgenommen hatte und deckte ihn mit der neuen Decke zu. Sollte sie es probieren? Lief der Motor an, wenn sie an dem Seil zog? So viel Ahnung hatte Lacrima nicht. Aber gestern, als sie das Boot gemietet hatte, sah das alles sehr einfach aus und wie sie den Vorwärtsgang einlegen musste, wusste sie auch. Lacrima war neugierig und zog am Motorseil. Der Motor sprang an und tuckerte leise vor sich hin. Lacrima löste das Seil vom Ring und fuhr los. Die Richtung, die sie einschlug, war klar. Einfach der aufgehenden Sonne entgegen. Sie wollte das Boot auf jeden Fall zurückbringen und danach würde sie mit Adrian zur Polizei gehen. Das war der neue Plan.

Kriminalkommissariat Konstanz – Dienstagmorgen

Es war 09.00 Uhr und alle Kolleginnen und Kollegen des Kommissariats waren in den Besprechungsraum gekommen, um die neueste Entwicklung im Fall der Ermordung am Teufelstisch mitzubekommen. Rainer Huser und Rudi Paschke erläuterten die Spur mit dem Patienten aus dem ZfP, der mit den beiden nach eigenen Angaben mit dem Boot auf dem See war, Kerstin Elser berichtete über die Ermittlungen in Zürich in der Langstraße, über die Rotlichtbar Lago und vor allem über den Steuerbeamten, der die beiden Opfer so weit identifizieren konnte, dass man einen Ansatz hatte. Alex Preuß stellte kurz die Lage dar. Arno Angele verwies auf ein paar offene Spuren, die es in Wallhausen noch abzudecken galt und auf ein paar Hinweise vom Hinweistelefon, denen die Kommissarin Lena Mayer keine große Bedeutung zumaß. Mayer bekam den Auftrag die Papierlage für die Interpolanfrage zusammenzustellen. Schließlich wollte man die Identität des Opfers Lacrima noch eindeutiger klären und wenn möglich auch die Eltern verständigen. Die Kriminaltechniker hatten wie bei unbekannten Leichen üblich auch die Fingerabdrücke der Toten genommen und den Zahnstatus erhoben. Mit ein wenig Glück, konnte das klappen. „Du kannst auch noch anfragen, ob das Bundeskriminalamt einen Verbindungsbeamten in Bukarest stationiert hat. Der kann auf die örtliche Polizei zugehen, Lacrima wurde bestimmt von ihren Eltern als vermisst gemeldet“, ergänzte Arno Angele. Karl Grimm meldete sich auch noch zu Wort und stellte am Schluss noch eine Frage an Kerstin Elser: „Frau Elser, hatten Sie die Ortung von Madeleine veranlasst, so wie am Sonntag besprochen und hatten Sie Kontakt mit ihr?“ Autsch, das war Kerstin jetzt entfallen. Die letzten Tage und vor allem die Ermittlungen in Zürich waren so intensiv, dass sie das komplett vergessen hatte. „Sorry, Chef, das habe ich verbummelt.“ Karl Grimm antwortete entspannt: „Das haben Sie nicht verbummelt. Sie hatten die letzten Tage einen ganz schön stressigen Job. Da kann sowas passieren. Das Leben von Lacrima können wir eh nicht mehr retten. Frau Mayer, übernehmen Sie das Anpinnen von Madeleine und beauftragen Sie das Lagezentrum. Bitte dann den Standort umgehend an Frau Elser weitergeben, damit sie gleich weiß, ob Madeleine die Wahrheit sagt oder nicht!" Lena Mayer und Kerstin Elser nickten dem Chef zu. Arno Angele fragte zum Abschluss in die Runde hinein, ob es noch etwas gibt, was bislang nicht vorgetragen oder vergessen wurde. Danach löste sich die Runde rasch auf. Jeder hatte genug zu tun. Die Kolleginnen und Kollegen, die nicht in der Ermittlungsgruppe waren, mussten noch die zusätzlich anfallende Arbeit stemmen, die die Kollegen der Ermittlungsgruppe nicht erledigen konnten, weil sie dem Alltagsgeschäft entzogen worden waren. Die Ermittlungsgruppe war im Schlussspurt und hoffte auf einen Erfolg.

Madeleine

Lena Mayer hatte ihre Arbeiten schnell auf den Weg gebracht und nach einer guten halben Stunde bekam sie das erste Ergebnis vom Lagezentrum. Das Telefon, das man suchte, war in Berlin eingebucht. Also war Madeleine von Konstanz nach Berlin gereist. In Bukarest erreichte Lena Mayer den Verbindungsbeamten des Bundeskriminalamtes. Eine schriftliche Anfrage an Interpol hatte sie auch gestellt. Das lief. Lena informierte Kerstin über das Ergebnis. „Guten Tag, Madeleine. Hier spricht Kerstin Elser von der Konstanzer Kriminalpolizei. Kann ich Sie kurz stören oder ist es gerade schlecht?", begann Kerstin Elser das Telefonat. Madeleine überlegte kurz. Eigentlich wäre es ihr am liebsten gewesen, man würde sie ganz in Ruhe lassen. Sie hatte sich aus Sicherheitsgründen schon wieder verändern müssen und das sollte so schnell wie möglich wieder aufhören. Aber vielleicht wusste die Polizistin auch etwas, das sie interessieren würde. „Ja, das geht. Ich hätte Sie auch demnächst zurückgerufen. Das hatte ich ja versprochen", log Madeleine und fügte noch an: „Was gibt es denn?" „Also ich fasse mal auf die Schnelle zusammen, was wir zwischenzeitlich zusammengetragen haben. Lacrima und Adrian wurden ermordet. Das wissen Sie ja bereits. Und was die Identität der beiden anbelangt, wissen wir inzwischen, wo Lacrima herkommt. Ich bin mir sicher, das kriegen wir in den nächsten Tagen noch besser hin. Was mich noch interessieren würde: Wissen Sie wer Lacrima dabei unterstützt hat, von Zürich nach Konstanz zu fliehen und warum ihr dann hier nicht weiter geholfen wurde? Und könnten Sie mir vielleicht doch etwas zum Zuhälter von Lacrima sagen? Wir haben den Verdacht, dass er der Täter sein könnte und Lacrima aus Zürich gefolgt ist. Und darf ich fragen, wo Sie sind?" Dass sich Madeleine aus dem Staub gemacht hatte, weil Sorin, Lacrimas Zuhälter, sie in Konstanz angerufen hatte, das wollte Madeleine der Polizistin nicht sagen. Auch nicht, wo sie sich genau aufhielt. Aber trotzdem wollte sie, so viel es ihr möglich war, helfen. Für Madeleine war klar, dass Sorin der Täter sein musste. Warum sollte er sonst aus Zürich nach Konstanz kommen? Ein Freundschaftsbesuch war das nicht. Sorin hatte ihr vorgehalten, dass sie Lacrima und dem Kind zur Flucht geholfen hatte. Die Organisation wisse das, hatte er gesagt und natürlich wollte er wissen, wo Lacrima war. „Ich kann Ihnen sagen, dass ich in Berlin bin. Aber wo genau, das will ich Ihnen nicht mitteilen!" Damit wusste Kerstin, dass Madeleine zumindest, was ihren Aufenthaltsort anbelangte, nicht log. „Und was können Sie mir noch zu Lacrima und ihrer Flucht sagen?", fasste die Ermittlerin jetzt portionsweise nach. „Ich habe den beiden geholfen. Ich habe von Konstanz aus eine Bahnkarte für Lacrima gekauft und dafür gesorgt, dass sie in Zürich hinterlegt wird. Lacrima ist dann mit Adrian von Zürich nach Konstanz gereist und die beiden sind auch dort angekommen. Lacrima hat mich angerufen. Ich hatte sie aber dann gebeten, mich in Ruhe zu lassen. Ich bin nicht stolz darauf. Aber ich bin aus Zürich weg, weil mir die Rumänen auf die Pelle rückten. Lacrima war Eigentum der Rumänen und ich hatte einfach Angst noch mehr zu tun. Können Sie das verstehen?", fragte Madeleine nach. „Ja, das kann ich. Aber hätten Sie mir das nicht schon bei unserer letzten Begegnung sagen können? Dann hätten wir uns bei den Ermittlungen etwas leichter getan", antwortete Kerstin Elser. „Nein, ich konnte nichts sagen, weil ich mich schützen musste.

Ich bin von Konstanz weggegangen, weil ich bedroht wurde und ich weiß, dass mir die Polizei da nicht helfen kann. Also musste ich mich erst einmal selbst in Sicherheit bringen. Wie lange ich hier in Berlin sicher bin, das weiß ich heute auch noch nicht. Aber ich bin hier auf jeden Fall sicherer als in Konstanz! Und wenn über die Sache Gras gewachsen ist, dann verfolgt mich die rumänische Mafia vielleicht nicht mehr. Aber wenn die mich jetzt erwischen, dann geht das für mich nicht gut aus! Und wie gesagt: Die Polizei kann mich nicht schützen!“ Madeleine hatte damit der Ermittlerin schon sehr viel gesagt. Aber die hakte nochmal nach: „Meinen Sie, Sie können über Ihren Schatten springen und mir zum Zuhälter von Lacrima etwas sagen?“ „Das kann ich nicht! Wenn ich mich noch mehr vorwage, dann suchen die Rumänen so lange, bis sie mich haben. Also da bitte ich Sie um Verständnis, wenn ich nicht so lebensmüde bin. Wenn Sie da mehr erreichen wollen, müssen Sie in Zürich ansetzen. Ich habe Ihnen das Lokal genannt und ich habe Ihnen geholfen dort die Spur aufzunehmen. Mehr geht nicht! Und wenn Sie mir vorschlagen wollen, dass ich ins Zeugenschutzprogramm gehen soll, dann sage ich dazu nein! Lacrima und Adrian sind tot! Die werden nicht mehr lebendig. Egal, ob Sie den Zuhälter ermitteln und überführen. Aber mein Leben soll noch weitergehen und das ist mir jetzt wichtiger.“ Kerstin konnte Madeleine verstehen. Sie hätte natürlich nur zu gerne gewusst, wie der Zuhälter von Lacrima hieß. Dann hätte man wahrscheinlich mit der Blutspur, die man am Befestigungsrohr gefunden hatte und einem DNA-Vergleich nochmal über die Rechtshilfe in Zürich ansetzen können. Aber Madeleine hatte schon genug riskiert, so viel Preis zu geben.

Der Patient

Rainer Huser und Rudi Paschke waren nochmal unterwegs ins ZfP. Der Facharzt von Franz Willer hatte angerufen und gemeint, man könne die Befragung jetzt fortsetzen. Der Franz sei wieder „vernehmungsfähig". Die beiden Ermittler hatten mit dem Staatsanwalt abgeklärt, ob er gegebenenfalls eine Erkennungsdienstliche Behandlung anordnen würde, was dieser bejahte. Rainer und Rudi wussten bei ihrem jetzigen Treffen mit dem Patienten natürlich mehr als beim letzten Mal. Der Name, den Franz Willer genannt hatte, war derselbe, wie der, den Kerstin ermittelt hatte. Also war klar, dass Franz Kontakt mit den Opfern hatte. Jetzt galt es nur noch abzuklären, ob er als Täter in Frage kam oder nicht. Als die beiden im ZfP ankamen, wurden sie ins gleiche Zimmer gebracht wie beim letzten Einsatz. Franz Willer war schon da. Die Ermittler warteten noch, bis der Arzt eintraf, und dann ging es los. Willer wurde nochmal eindringlich zu der Bootsfahrt befragt und zu dem, was er mit der Frau besprochen hatte und was er bereits über das Kind geäußert hatte. „Die Frau hatte mir ihren Namen gesagt. Sie hieß Lacrima. Das Kind, das weiß ich nicht. Aber wie ich ihnen schon sagte, wirkte das Kind auf mich unnormal. Interessant, wenn jemand wie ich das sagt, aber das Kind sah älter aus, als es zu seiner Größe gepasst hätte und es hatte einen verletzten Hals", bestätigte Franz Willer noch einmal. Seine Tics waren auch bei der heutigen Vernehmung sichtbar, aber nicht so schlimm, wie beim ersten Mal. Die beiden Ermittler erlebten heute einen gut sortierten und aufgeräumten Franz Willer. Rainer Huser fasste noch mehrfach nach, aber sehr viel mehr an Informationen konnte man aus dem Patienten nicht herausbringen. „Ich habe Lacrima und das Kind nicht mehr gesehen. Ich war noch einmal beim Boot. Habe mir das auch ausgeliehen. Aber die waren nicht mehr da und dann bin ich später wieder nach Hause gegangen." Auf Nachfrage erklärte Franz Willer immer wieder, dass er die beiden nur einmal getroffen hatte und dass er sie zwar gesucht, aber nicht mehr gefunden habe. Der Arzt stimmte einer ED-Behandlung zu. Das war der sicherste Weg, um auszuschließen, dass das Blut am Fundort mit dem von Franz Willer übereinstimmte.

Sorin – am Tattag

Sorin hatte sich bei seinem Kontakt vernünftig ausgeschlafen, sollte sich aber dann wieder auf den Weg machen. So erwünscht war er hier nun auch wieder nicht. Es war so gegen 11.00 Uhr als Sorin sich auf die Suche nach Lacrima und ihrem Balg machte. Er fuhr mit dem Bus, dem roten Arnold, in die Stadt und stieg am Sternenplatz aus. Sorin wollte sich in der Niederburg und der Innenstadt umsehen. Vielleicht waren die beiden hier zu finden. Er ging davon aus, dass sie ja auch irgendetwas zum Essen und Trinken brauchten und hier in der Innenstadt konnten die beiden sich damit versorgen. Natürlich war es auch möglich, dass sie das wo ganz anders erledigten. Aber irgendwo musste Sorin ja schließlich anfangen. Also ging er vom Sternenplatz über die alte Rheinbrücke in die Niederburg. Als er diese durchstreift hatte, wandte er sich der Innenstadt zu, die am heutigen Samstag recht gut mit Touristen und Einheimischen gefüllt war. Er suchte als Erstes in einem größeren Kaufladen. Von dem Geschäft wusste er, dass man billige Sachen bekam, schaute sich in den Drogerien um, hatte aber keinen Erfolg. Nach gut zwei Stunden Suche ging er die Marktstätte hinunter zum See und setzte sich in der Hafenstraße erneut in den Biergarten. Vielleicht kam Lacrima ja wieder hier vorbei und er musste nicht überall herumrennen. Sorin musste nicht lange warten. Gegen 14.00 Uhr bekam er eine SMS. Dingelsdorf. Strand. Der Zuhälter wusste nicht genau, wo das war. Aber das war jetzt auch erst einmal egal. Es musste jetzt schnell gehen. Sorin verließ den Biergarten und ging zügig vor den Konstanzer Bahnhof zum Taxistand, stieg in ein leeres Taxi ein und wies den Fahrer an, nach Dingelsdorf zu fahren. „Wohin in Dingelsdorf?“, wollte der Fahrer wissen. „Bringen Sie mich zum Strandbad! Meine Freundin wartet dort auf mich“, antwortete Sorin in der Hoffnung, dass er mit dem Strandbad nicht danebengegriffen hatte. „Gut dann fahre ich Sie ins Strandbad ans Klausenhorn. Das haben wir gleich.“ Knapp 20 Minuten brauchte das Taxi dann doch und der Zuhälter hoffte, dass er auf der richtigen Spur war. Am Strandbad angekommen bewegte sich Sorin umsichtig in Richtung Seeufer. Er schaute sich vorsichtig um. Wenn seine Nutte hier war, dann wollte er sie als Erster entdecken. Den Vorteil wollte er auf seiner Seite haben. Sorin musste nicht lange suchen. Am Ufer, etwas abgesetzt vom eigentlichen Strandbad, entdeckte er ein kleines Boot und in der Nähe zwei Personen. Das konnten sie sein. Sorin zog sich zurück und näherte sich den beiden von der Landseite her. Bis kurz vor dem Ufer war dieser Teil bewaldet, so dass der Zuhälter beim Anschleichen gute Deckung fand. Als er in der Nähe von Adrian und Lacrima war, wartete er noch ab, bis er die Gelegenheit als günstig einschätzte. „So, meine Liebe. Hast du einen Ausflug gemacht? Halt ja die Klappe, sonst ist dein Kind sofort tot!", war das Entree für die völlig überraschte und zu Tode erschrockene Lacrima. Gerade noch wähnte sie sich an einem der schönsten Plätze, die sie bisher hatte kennenlernen dürfen und jetzt war dieses Schwein wieder da. Lacrima hatte mit dem Boot hier angelegt und sich etwas abseits des Strandbads und von den anderen Gästen aufgehalten. Sie wollte mit ihrem Adrian allein sein und den Tag genießen, bevor sie dann zur Polizei gehen wollte. Emanuele hatte auch nicht mehr angerufen. Also wusste sie, dass sie auf sich selbst gestellt war. „Also, mein Liebling. Wir warten jetzt hier mit dem Balg, bis es etwas ruhiger wird und dann gehen wir nach Hause. Was ist denn mit dem Boot hier? Hast du das irgendwo geklaut?", fragte Sorin nach. Lacrima biss sich auf die Lippen und wollte diesem Arschloch nichts mehr sagen. Es war jetzt eh aus. Entweder tötete er sie oder sie musste zurück in eine noch schlimmere Hölle als die, aus der sie geflohen war. Aber es half nichts. Er wusste, wie er sie zum Reden bringen konnte. Sorin ließ sein Springmesser aufklappen und setzte die Schneide an Adrians Hals an. „Schau mal, meine Hübsche! Das Halsband für dein Kind und das Seil habe ich auch wieder dabei. Kannst du ihm das bitte umlegen?" Lacrima tat, was ihr bislang größter Peiniger ihr auftrug. Adrian fing an zu schreien. Lacrima beruhigte ihn wieder. Gerade noch war sie von Lebensfreude erfüllt und voller Hoffnung gewesen und jetzt? „Ja, das Boot habe ich mir nur geliehen. Ich wollte es wieder zurückbringen“, antwortete sie verzweifelt.

Als es zu dämmern anfing, stiegen die drei in das Boot und fuhren los. Sorin steuerte den Überlinger See hinauf. Nach dem kleinen Wallhausen in Richtung Marienschlucht fing der bewaldete Uferbereich an. Dort wollte er sich der beiden entledigen. Und mit Adrian fing er an. Als sie Wallhausen passiert hatten, blickte er sich um und prüfte, ob er irgendetwas Verdächtiges auf dem See entdeckte. Und plötzlich und für Lacrima völlig überraschend warf er das schreiende Kind hinter das Boot. Das Seil, an dem das Halsband fixiert war, band er am Bootsheck fest. Lacrima, die aufsprang und sich zu ihrem Kind drehte, drückte er eine vorbereitete Spritze mit einer Überdosis Heroin in die rechte Kniebeuge, sie klappte zusammen und dann zwang er sie, sich wieder hinzulegen. Damit sie nicht weiterschreien konnte, legte er ihr die Hand auf den Mund, aber es half nichts. Sie gab keine Ruhe. Sorin hatte sich schon so über das schreiende Kind aufgeregt, dass es ihm jetzt nicht mehr darauf ankam und sein Adrenalinspiegel ihn zum Explodieren brachte. Er erwürgte Lacrima, bevor das Heroin für ihren Tod sorgen konnte. Aber das war eigentlich nicht der Plan gewesen. Hätte er sich mehr im Griff gehabt, dann wäre Lacrima vielleicht bei der Polizei als Drogentote durchgegangen, die ihr Kind in ihrem Wahn im See ertränkt hatte. Inzwischen war er mit dem Boot auf Höhe des Teufelstisches angekommen. Sorin steuerte das Seezeichen an, das auf dem Teufelstisch stand und band das Boot kurz an. Er wollte die Blage aus dem Wasser ziehen und dann schnell weiter. Adrian, den er aus dem Wasser fischte, war tot. Lacrima war ebenfalls tot. Sorin hatte sich an der rechten Hand mit seinem Springmesser leicht verletzt, was er selbst aber gar nicht mitbekommen hatte. Irgendwo am Ufer wollte er anlegen und die Leichen entsorgen. Am Überlinger See hinauf war auf dieser Uferseite nur noch Wald. Die nächste Ortschaft war Bodman und die lag am Ende des Sees. Er wollte das Boot gerade wieder losbinden, als er in der Nähe Stimmen vernahm. Ein Boot, das noch gut 100 Meter von ihm entfernt war und das er nicht gesehen hatte, hatte ihn möglicherweise entdeckt. Es lag hinter Baumzweigen, kaum erkennbar nahe am Ufer vor Anker. Zumindest sah Sorin, dass es sich nicht bewegte. Dann rief man ihm zu: „Was ist denn hier los? Brauchen Sie Hilfe? Wer hat denn da gerade so geschrien?" Sorin rief geistesgegenwärtig: „Nein, alles gut!" Der Zuhälter wartete noch einen Moment und hoffte, dass das Boot weiterfahren würde. Es blieb aber an seinem Platz liegen. Jemand auf dem Boot hatte eine Taschenlampe angeschaltet und leuchtete auf den See. „Wir kommen rüber, wenn Sie Hilfe brauchen. Kein Problem!", hörte Sorin und fühlte sich langsam in die Ecke gedrängt. „NEIN, IHR ARSCHLÖCHER! ES IST ALLES OK! VERPISST EUCH UND LASST MICH IN RUHE!", schrie Sorin in Richtung des Bootes. Er konnte sich aber nicht mehr sicher sein, ob die auf dem Boot, sich auch daran hielten und vor allem, ob seine unfreundliche Antwort verstanden worden war. Auf dem See von Überlingen herkommend bewegten sich mehrere Boote mit eingeschalteten Positionslichtern auf ihn zu. Sorin wurde der Boden zu heiß. Er glitt vom Boot langsam ins Wasser und schwamm zum Ufer. Die beiden Leichen ließ er liegen. Er musste zum Kontakt, schnell die Wäsche wechseln und dann zurück nach Zürich. Den Auftrag hatte er erfüllt. Das Handy von Lacrima hatte er mitgenommen und den Buggy, den Lacrima für das Kind vor dem Konzil gestohlen hatte und der im Boot verstaut war, versenkte er lautlos im See. Die Spuren, die ihn verraten konnten, hatte er entsorgt. Zumindest glaubte er das.

Kriminalkommissariat Konstanz

Rainer Huser und Rudi Paschke hatten ihre Spuren soweit erledigt und warteten auf den DNA-Vergleich von Franz Willer mit der am Teufelstisch festgestellten Blutspur. Auf das

Ergebnis mussten sie nicht lange warten. Die DNA stimmte nicht überein. Damit war Franz Willer raus. Alle in der Ermittlungsgruppe waren sich einig, dass mit an Sicherheit grenzender Wahrscheinlichkeit der noch unbekannte Zuhälter von Lacrima die Tat verübt hatte. Arno Angele veranlasste über die Staatsanwaltschaft, dass wegen des dringenden Tatverdachts wegen zweifachen Mordes, das DNA-Muster in das Forensische Institut nach Zürich geschickt und mit den Schweizer Systemen abgeglichen wurde. Der Staatsanwalt stimmte dem Vorschlag zu, dass man das Handy von Madeleine anzapfte und die Nummern überprüfte, die sie vor der Tat aus der Schweiz angerufen hatten. Es waren zwei Nummern. Aber beides waren Prepaidkarten und brachten nicht den gewünschten Erfolg. In binnen einer Wochenfrist waren die Überprüfungen erledigt. Die Schweizer Datenbank verzeichnete einen Treffer. Die Blutspur am Seezeichen und das daraus generierte DNA-Muster stimmten mit dem erkennungsdienstlich in der Schweiz behandelten Sorin Dalca überein. Dalca war 31 Jahre alt und insbesondere in der Langstraße schon mehrfach polizeilich in Erscheinung getreten. Sorin Dalca war anhängig wegen schwerer und gefährlicher Körperverletzung, Verdacht der Vergewaltigung und weiterer einfacher Körperverletzungsdelikte. Aus den Akten ging zwar hervor, dass er ohne festen Wohnsitz war. Die Schweizer Fahnder stöberten ihn aber rasch im Bereich der Langstraße auf, wo er immer noch für seinen Boss, den er nach wie vor nicht persönlich kannte, tätig war. Er wurde an die deutsche Justiz ausgeliefert und zu lebenslanger Haft verurteilt. Die rumänische Mafia stellte ihm keinen Anwalt. Er wurde fallen gelassen. Die Interpol Anfrage klärte sich ebenfalls rasch über den BKA-Verbindungsbeamten. Lacrima war von ihren Eltern als vermisst gemeldet worden und so erfuhren die Eltern nach zwei Jahren, dass ihre Tochter am Tag ihres Verschwindens entführt worden war und zusammen mit ihrem Enkelkind, das sie nie kennenlernen durften, nun am Bodensee getötet worden war. Nach mehr als vier Wochen versammelte sich die Ermittlungsgruppe noch einmal im Besprechungsraum, um den Fall abzuschließen und die Ermittlungsgruppe aufzulösen. Kerstin Elser knabberte noch an dem, was sie während der intensiven Ermittlungsarbeit erlebt hatte. Das Schicksal der Opfer hatte sie aufgewühlt und vor allem die Hilflosigkeit der Frauen, die in diesem Milieu herrschte und die Brutalität, mit der dort vorgegangen wurde. Kerstin sprach das eine oder andere Mal mit Hans darüber. Und auch der Chef Karl Grimm hatte die Stimmungslage der Kollegin Elser mitbekommen und vermittelte sie an einen Konfliktberater, aber nach ein paar Gesprächen hörte sie damit auf. Es brauchte einfach Zeit.

Ende

Epilog

Für den Leser bleibt noch offen, was denn mit dem Unbekannten war, der das Boot, mit und in dem die Taten verübt wurden, gemietet und nicht wieder zurückgebracht hatte. Die Ermittler vermuteten, dass Franz Willer da seine Hände im Spiel hatte. Nachdem der Fall aber soweit geklärt war und Franz Willer als Täter ausschied, war diese Frage nicht mehr von großer Relevanz. Der Bootsverleiher hatte sein Boot zurück und Schaden hatte Franz eigentlich keinen angerichtet. Er hatte das Boot eben am falschen Platz „abgegeben".

Dieses Buch ist ein fiktiver Roman. Handlungen und Personen sind frei erfunden. Ähnlichkeiten mit lebenden oder toten Personen sind nicht gewollt und rein zufällig. Natürlich bleibt es nicht aus, dass Lebens- und Berufserfahrungen des Autors miteinfließen und den Charakter Karl Grimm ein stückweit beeinflussen. Und Frauen, die so oder so ähnlich, in die Zwangsprostitution gezwungen werden, gibt es viele – auch bei uns in Deutschland.

Dank

Herzlichen Dank dem Verlag Regionalkultur und allen die sich dort mit meinem Roman beschäftigt haben. Großes Dankeschön an die Lektorin, Melina Lamadé, die den Roman verantwortlich lektorierte und an der einen oder anderen Stelle das Ganze noch abrundete. Dank an alle, die meine Arbeit unterstützten und geduldig meine Fragen beantworteten. Besonderen Dank richte ich gerne an die Polizei in Konstanz und Zürich, die für den Roman eine wichtige Bühne darstellen. Das gilt auch für die namensgleichen und wunderschönen Städte. Danke an die Wasserschutzpolizei am Bodensee, die sich im Roman auch wiederfindet. Herzlichen Dank für die Organisationen, Unternehmen oder Einrichtungen, die mir erlaubt haben, sie im Roman expressis verbis nennen zu dürfen. Das sind: das Zentrum für Psychiatrie Reichenau, das Restaurant Hafenhalle Konstanz, Marc Fluck Bootsvermietung Konstanz und der Südkurier. Ein freundliches Dankeschön geht an den Ersten Polizeihauptkommissar Banholzer, der als lizensierter Tauchlehrer mir den intellektuellen Zugang „unter Wasser" ermöglichte, selbst schon am Teufelstisch getaucht ist und mir bei der Orientierung in und um Wallhausen behilflich war. Danke an den Schweizer Kollegen Marco Aeberli, vom Dezernat Milieu- und Sexualdelikte, für die eine oder andere Information rund um das Rotlichtmilieu in Zürich. Herzlichen Dank an den Ersten Kriminalhauptkommissar a. D. Achim Denz, der den Roman nicht nur gelesen und auf seine Stichhaltigkeit überprüft hat, sondern mich auch mit fachlichem Rat unterstützte. Danke an meine Probeleser Veronika Netzhammer, Fabian Stiefel und Gerhard Unger, die den Roman konstruktiv-kritisch gelesen und mich auf die eine oder andere literarische Schwachstelle hingewiesen haben.

Stockach, im Juni 2023

Begriffe

Amused	amüsiert
Alles guat	Schweizerdeutsch: „Alles gut" oder „Alles in Ordnung"
Badegondel	kleines Boot
Bis gli	Schweizerdeutsch: „bis gleich"
Dä Dütscha	Schweizerdeutsch: „den Deutschen"
Fleischkäsweckle	Brötchen belegt mit Fleischkäse
Grund machen	etwas genauer hinterfragen
Guatan Abig	Schweizer Deutsch: „Guten Abend"
Güggeli	Schweizer Deutsch: „Hähnchen"
Isch des guat	Schweizerdeutsch: „Ist das in Ordnung?"
Kittel	badischer/schwäbischer Begriff für Jacke
KT	Kriminaltechnik
Loddel	Zuhälter
Metzgersgang	Schwäbisch: „der Weg war umsonst"
Penner	abwertende Bezeichnung für einen Obdachlosen
Risalit	ein aus der Fluchtlinie eines Gebäudes hervorspringender Gebäudeteil. Architektur der Renaissance oder des Barock
Roter Arnold	Bezeichnung für öffentliche Busse in Konstanz
Seehas	regionale Zug Linie am Bodensee
Sixpack	hier: sechser Pack Bier
Stange	Schweizer Deutsch: ein Glas Bier
Stubendurchgang	im Polizeichargon: polizeibekannte Orte, die routinemäßig überprüft werden

Unter Wind nehmen	im Polizeichargon ein Objekt, eine Person observieren
Verruckt	Schweizerdeutsch: „Verrückt"
Zäpfle	Rothaus Pils, 0,33 Liter

Figurenbiografien

Karl Grimm: Kriminaloberrat, lebt mit seiner Frau Maria und drei Kindern in Konstanz-Litzelstetten. Er ist ein akribischer, verantwortungsbewusster und fachlich breit aufgestellter Kommissariatsleiter, mit Hang zur operativen Arbeit. Seine weitere Karriere hat er zugunsten seiner Frau Maria und den Kindern zunächst zurückgestellt.

Maria Grimm: Ehefrau von Karl Grimm, hat sich vom Umzug von Stuttgart nach Konstanz erholt und ist einem Ruf der Juristischen Fakultät an die Uni Konstanz gefolgt. Ihre Liebe zu Karl ist groß und durch Karls Rücksicht auf die Familie noch mehr gewachsen. Die frühere Staatsanwältin ist Mittelpunkt der Familie, mit einem sehr ausgleichenden Wesen.

Arno Angele: Erster Kriminalhauptkommissar, hat zur Polizeireform, zu „hohen Tieren" und zu Konstanz ein distanziertes Verhältnis. Er war Leiter der Singener Außenstelle und wurde durch die Polizeireform zwangsweise nach Konstanz versetzt. Er ist Stellvertreter von Karl Grimm und in seiner Rolle ein gewissenhafter und sehr engagierter Ermittler mit hohem Maß an Verantwortungsbewusstsein. Er hat ein ausgesprochen gutes Verhältnis zu seinem Chef Karl Grimm.

Kerstin Elser: Kriminalkommissarin, arbeitet mit Hans Widenhold zusammen. Ist empathisch, sehr sorgfältig in ihrer Arbeit und gewissenhaft. In diesem Fall ist sie die engagierteste Ermittlerin. Der Fall setzt ihr persönlich zu und wirkt sich auf ihre private Beziehung aus. Sie wird von Karl Grimm geschätzt und von ihrem Ermittlungspartner Hans Widenhold zu 100% unterstützt.

Hans Widenhold: Kriminaloberkommissar, arbeitet mit Kerstin Elser zusammen. Er ist ein typischer Kollege mit Wurzeln in Singen. Er kommt gelegentlich robust rüber, hat aber eine gute Seele und ein gutes Herz. Er ist im Team für die Rolle des „Bad Cop" zuständig und in diesem Fall eher die Rückendeckung und der „Backup" für Kerstin Elser.

Alex Preuß: Kriminaloberkommissar, EDV-Experte und Spurenkoordinator. Er unterstützt die Chefs bei der Spurenbewertung und würde gerne alle Daten und Fakten in ein Programm geben, um weitere Ansätze und Verdachtsmomente zu generieren. Bei diesem Fall unterstützt er mehr mit Verstand und guter Kombinationsgabe. Er ist empathisch, zuverlässig und ist eine angenehme Erscheinung.

Lacrima: 20 Jahre, Prostituierte, gutaussehend, wird von einem Loverboy reingelegt und muss für die rumänische Mafia auf den Strich. Lacrima hat keinen eigenen Freiraum und lebt wie eine Gefangene, verbunden mit der ständigen Angst, dass man ihr das Kind wegnimmt.

Madeleine: Prostituierte, die durch eigenes Verschulden auf die schiefe Bahn kam. Schafft als Prosituierte in Zürich an und kennt das Opfer Lacrima und das Kind. Sie verhilft den beiden zur Flucht nach Konstanz und bringt sich dadurch selbst in Lebensgefahr. Eine empathische und sympathische Person.

Franz Willer, ZfP-Patient, harmlos, freundlich. Er kommt in den Fokus, weil er unter dem Tourette-Syndrom leidet, zwanghaft schreit und das bei der Tatausübung auch in ähnlicher Form wahrgenommen wird. Er wirkt sympathisch.

Finanzministerium BW	Sanierung der Klosterkaserne und Umbau zur Polizeidirektion, 1995
Neue Zürcher Zeitung	Diverse Ausgaben 2013–2021
Zang, Gert	Kleine Geschichte der Stadt Konstanz, Karlsruhe, 2. Auflage, 2012
Stadt Konstanz	Konstanzer Almanach 2014, Konstanz, 2014
Stadt Konstanz	Konstanzer Almanach 2015, Konstanz, 2015

Zum Autor

Gerd Stiefel wurde 1959 in Albstadt-Ebingen geboren und lebt seit vielen Jahren am Bodensee. Schon in seiner Kindheit und Jugend war das Lesen und spannende Romane ein Muss. Nach dem Abitur erlernte er den Beruf des Polizeibeamten und stieg vom Polizeiwachtmeister zum Leitenden Kriminaldirektor auf. Seine wesentlichen beruflichen Stationen waren Stuttgart, Waiblingen, Konstanz, Skopje, Sigmaringen und Tuttlingen. Er war mehr als zehn Jahre Kripochef im Landkreis Konstanz. Danach übernahm er bis zur Pensionierung 2021 die Direktionen Sigmaringen, Konstanz und Tuttlingen. Stiefel studierte in Hagen Sozialwissenschaften, Geschichte und Jura mit dem Abschluss „Magister Artium".

Sylvia Schraut

Eine Frau muss schweigen können

Historischer Kriminalroman

Helene Wolf, die respektable Kaufmannsgattin, hat ein Problem. Vor wenigen Tagen, am 7. Oktober 1865, ist in Mannheim ein Mord geschehen. Eigentlich sind Kriminaluntersuchungen und Gerichtsverfahren keine Frauensache. Gerne würde sie die Suche nach dem Mörder den zuständigen Behörden überlassen. Doch es droht ein Familienskandal. Aber wie kann eine Frau, die ihren Wissensstand dürftig findet, einen Mord aufklären? Ärgerlicherweise hat sie keinen Zugang zu offiziellen Informationen und noch dazu muss sie im Interesse der Familie äußerst diskret vorgehen. Dann ist da noch die ganze Hausarbeit! Die Dienstboten müssen überwacht werden, gesellschaftliche Verpflichtungen fordern ihren Tribut, in Berlin und Leipzig entsteht die Frauenbewegung und zu allem Überdruss gibt es auch noch Krieg zwischen Preußen und den süddeutschen Staaten. Der historische Kriminalroman spielt in Mannheim, dem Odenwald und Berlin. Er begleitet die Recherchen von Helene Wolf über ein Jahr hinweg zwischen dem 11. Oktober 1865 und dem 6. September 1866.

280 S., Broschur. ISBN 978-3-95505-328-4. € 16,90.